Carola Clasen

Sechs in der Eifel

Der achte Fall von Sonja Senger

KBV

1. Auflage Dezember 2013
2. Auflage Januar 2014

www.kbv-verlag.de
E-Mail: info@kbv-verlag.de
Telefon: 0 65 93 - 998 96-0
Fax: 0 65 93 - 998 96-20
Umschlagillustration: Ralf Kramp
Redaktion: Volker Maria Neumann, Köln
Druck: Aalexx Buchproduktion GmbH, Großburgwedel
Printed in Germany
ISBN 978-3-942446-95-2

Carola Clasen
Sechs in der Eifel

Bisher von der Autorin bei KBV erschienen:

»Novembernebel«
»Das Fenster zum Zoo«
»Tot und begraben«
»Auszeit«
»Schwarze Schafe«
»Wildflug«
»Mord im Eifel-Express«
»Spiel mir das Lied vom Wind«
»Tote gehen nicht den Eifelsteig«
»Die Eifel sehen und sterben«
»Nirgendwo in der Eifel«

Seit 1998 schreibt **Carola Clasen** Kriminalromane, die in der Eifel spielen. »Sechs in der Eifel« ist ihr achter Roman mit der eigenwilligen Kommissarin Sonja Senger. Auch mit ihren Kurzgeschichten und Lesungen hat Carola Clasen sich einen Namen in der Region gemacht. Die »Queen of Eifel-Crime« ist Mitglied im Syndikat, lebt und arbeitet in Hürth.

Für Marie-Luise und Ina
Ihr wisst schon, warum.

»Das verstehe ich nicht«, sagte Martin Beck.
Kommissar der Riksmord-Kommissionen in Stockholm,
in *Und die Großen lässt man laufen*
von Maj Sjöwall und Per Wahlöö

1. Kapitel

Kaum hatte Anselmo die Tür des kleinen Mansardenzimmers hinter sich geschlossen, stürmte Sandra ans Fenster, zog die Gardinen zurück und riss beide Flügel auf. Es war kurz nach Mitternacht, ein zunehmender Mond hing in einem wolkenlos schwarzen Himmel voller Sterne. Alle sechs Birnen der Deckenlampe brannten, die ganze Welt sollte sehen, wenn Sandra sich auszog.

Obwohl sie eigentlich niemand sehen konnte, wie Anselmo wusste, denn Uwe hatte ihnen die absolute Einöde in Weyer in der Eifel versprochen, und tatsächlich stand weit und breit kein anderes Haus am Waldrand. Der alte Hof Bergrath mitsamt Scheune und Schuppen gehörte Uwes Vater, der aber keinerlei Interesse daran zeigte, sondern ihn leer stehen und verkommen ließ. Er wusste wahrscheinlich nicht einmal, dass sein eigener Sohn hier jeden Sommer mit sechs Kommilitonen ein paar Wochen lang immer wieder das gleiche aufregende Rollenspiel veranstaltete. Sie nannten das »Sommermärchen«.

In Karnevalskostüme verkleidet konnten sich die Studenten neu erfinden. Jeder Tag stand unter einem anderen Motto. Gestern war es um Vertrauen gegangen, vorgestern um Loslassen. Eifersucht war das heutige Thema. Ein spannendes Problem aus psychologischer Sicht. Ging es doch bei der Eifersucht ursprünglich vor allem darum, die eigene Stellung innerhalb einer Gruppe und damit letztlich den Zugang zu lebenswichtigen Ressourcen zu sichern.

Das war schon der vierte Sommer, und jeder verlief anders, obwohl die Themen immer dieselben waren. Jeder der ausge-

wählten Probanden ging anders mit den künstlich gestellten Situationen um. Einmal hatten zwei schon in der ersten Nacht den Hof panikartig verlassen, und letzten Sommer, da hatte es eine ziemlich heftige Prügelei unter den Männern gegeben, und die Frauen hatten sich beinah die Augen ausgekratzt.

Und in diesem Jahr? Noch war alles paletti. Keine Katastrophen in Sicht. Eine Woche lang hielten alle tapfer durch. Drei Wochen hatten sie noch vor sich. An ihm sollte es nicht liegen, dachte Anselmo und freute sich auf eine Nacht ganz allein mit Sandra Klemens.

Er musterte sie ausgiebig. Sie war hübsch, nicht gerade schlank, ihr Krankenschwesterkostüm machte ihre Kurven unübersehbar. Und sie hatte diese ungeheure Lust auf alles, was sich jenseits der Konventionen befand. Verglichen mit den beiden anderen jungen Frauen, Schneewittchen und Dirndl, mit denen Anselmo schon das Vergnügen gehabt hatte, war Krankenschwester Sandra eindeutig das große Los. Im wirklichen Leben war sie – wie alle anderen auch – Studentin der Psychologie.

Sie stand noch immer am Fenster. Sie breitete die Arme aus, schüttelte ihre langen, blonden Haare unter dem Schwesternhäubchen und rief in die Finsternis hinein: »Die Show beginnt!« Sie öffnete den breiten, roten Lackledergürtel, den sie um ihren engen Schwesternkittel, der knapp ihren runden Po bedeckte, gebunden hatte. Laszív ließ sie den Gürtel hinter sich fallen, sodass er sich um ihre roten Highheels schlängelte, ehe sie sich wieder Anselmo zuwandte und aufgeregt rief: »Da ist jemand!«

Anselmo schielte über ihre Schulter und entdeckte tatsächlich gegenüber im kleinen Fenster des Schuppens ein wackliges Licht, das gegen die Dunkelheit kämpfte. Unmöglich,

Sandra sah Gespenster. »Ach wo! Das ist nur unsere Deckenlampe, die sich in der Fensterscheibe spiegelt.«

»Nein«, behauptete Sandra. »Echt! Da ist jemand!«

»Und wenn schon!«, sagte Anselmo und legte seine weißen Vampirhandschuhe um ihren Hals. »Dann bieten wir ihm was!«

Von der Musik, die durch das Haus dröhnte, kamen im ersten Stock nur die rhythmischen Bässe an. Sandra und Anselmo bewegten sich dazu im Takt. Die ersten Motten segelten herein und steuerten auf die Deckenlampe zu. Anselmo streifte die weißen Handschuhe von seinen Händen und öffnete den Haken seines schwarzen Umhangs mit dem hohen Kragen des Vampirkostüms, ließ ihn von den Schultern gleiten und schleuderte ihn durch die Luft wie ein Torero seine Muleta.

Sandra öffnete den ersten Knopf ihres Kittels. Der Ausschnitt gab den Blick auf ihren roten Spitzenbüstenhalter und das kleine Tattoo auf der rechten Brust frei. Anselmo konnte seinen Blick kaum von der schwarzen Rose abwenden, deren Blätter sich öffneten.

Der zweite Knopf, der dritte Knopf, der Kittel sprang auf. Die schwarzen, halterlosen Strümpfe endeten eine Handbreit unter dem knappen Slip. Im Bauchnabel glitzerte eine Perle.

Anselmo riss sich das weiße Rüschenhemd vom Leib. Sein Amulett – ein silbernes Pentagramm – verdrehte sich am Lederband, ehe es auf seiner nackten Brust zur Ruhe kam.

Sandra warf die roten Highheels von den Füßen, kam mit tänzelnden Schritten auf Anselmo zu, legte ihre Hände auf seine Schultern und ließ sie langsam über seine Brust und seinen flachen Bauch bis zu seinem Gürtel gleiten. Anselmo knirschte mit seinen Vampirzähnen und fauchte leise.

»Beiß mich«, hauchte sie.

»Wenn du die Strümpfe anlässt«, forderte er.

»Wie du willst«, flötete Sandra und drehte sich zum offenen Fenster. Für den unsichtbaren Mann im Schuppen streichelten sie sich. Anselmo trat hinter sie, hakte ihren BH auf, streifte die Träger von ihren Schultern Sandra warf den Kopf zurück.

»Leg dich hin!«, verlangte Anselmo.

Sandra winkte dem Licht im Schuppen zum Abschied zu, schickte ihm einen Luftkuss, gewährte ihm einen letzten Anblick ihrer Rückseite, ehe sie umständlich aufs Bett kletterte auf der Suche nach einer malerischen Position. Sie rekelte sich auf den Laken, kreuzte die Arme unter dem Kopf und winkelte ein Bein an. Das Schwesternhäubchen mit dem roten Kreuz rutschte ihr über den Pony.

Mit einem Hechtsprung warf Anselmo sich auf sie. Sie schrie auf. Das Bett ging in die Knie Er presste seine Lippen an ihren Hals und begann an ihrer Schlagader zu knabbern. Von dort wanderten seine Vampirzähne über ihre Brüste und ihren Bauch und nagten zart an der Innenseite ihrer Oberschenkel.

Vergessen waren das offene Fenster, die Festbeleuchtung, das Schwirren der Motten, die schwarze Nacht, das Licht im Schuppen, die Freunde, die Bässe, die Welt.

Und ungehört öffnete sich die Tür.

2. Kapitel

Wenn möglich, bitte wenden, riet Alexander fürsorglich.

»Ach, nee!« Hauptkommissarin Sonja Senger hielt an, beugte sich vor, legte ihr Kinn aufs Lenkrad und blinzelte durch die Windschutzscheibe: Keine Straßenlaternen, keine Ampeln, keine Häuser, keine anderen Autos, rein gar nichts war zu erkennen, nur die Stele einer einsamen Bushaltestelle, die das Licht der Scheinwerfer reflektierte. Sonja bog in die Parkbucht ab und entnahm der Inschrift, dass sie sich an der Haltestelle *Siedlung Weyer* befand. Sie stieg aus und studierte den Fahrplan. Die Linie 821 fuhr auf dieser Seite in Richtung Kall.

»Kall?« Das war völlig unmöglich! Sie kam aus Bonn und wollte nach Hause, nach Wolfgarten. Kall lag keinesfalls auf ihrer Strecke.

Der 821er war ein sogenannter Taxi-Bus, der nur auf telefonische Anforderung fuhr und das nur zu zivilen Zeiten und erst dreißig Minuten, nachdem man auf die Idee gekommen war, mit einem Bus fahren zu wollen. Aber auf keinen Fall um 1.27 Uhr mitten in der Nacht.

Gegenüber, wo es nicht nur eine weitere Stele, sondern auch ein marodes Wartehäuschen mit Bank gab, fuhr der 821er nach Zingsheim – wenn man ihn vorher angefordert hatte. Zingsheim! Das war genauso unmöglich. Und perfide zugleich. Der VRS spielte der Frau Hauptkommissarin einen bösen Streich. Anders konnte es nicht sein. Einziger Trost war, dass Sonja nun wusste, wo sie sich befand. Aber auch das war kein Anlass zur Zuversicht.

Als sie wieder ins Auto stieg, schnurrte Alexander wieder: *Wenn möglich, bitte wenden.*

»Klugscheißer!«, fluchte sie, was ungerecht war, denn sie hatte ihr Navigationsgerät erst vor wenigen Kilometern eingeschaltet, als sie feststellte, dass sie die Orientierung verloren hatte. Und Alexander hatte bis eben noch vergeblich versucht, Kontakt zu einem Satelliten herzustellen.

Sonja tippte auf das Display, der Kartenausschnitt verkleinerte sich, weitere Ortschaften tauchten auf: Urft, Weyer, Zingsheim, Nettersheim. Die Straße, auf der sie stand, war die L 206.

Wenn möglich, bitte wenden.

»Ja, ja, ist ja schon gut.« Sonja hatte eine männliche Stimme gewählt, als sie ihr neues Navi einrichtete, weil sie es liebte, mit einem Mann zu diskutieren und nicht zu tun, was er sagte. Ihn Alexander zu nennen, war nicht Sonjas Idee gewesen, sondern die des Herstellers, der auch noch eine Frauenstimme namens Daniela im Programm hatte. Wütend koppelte Sonja das Navi aus seiner Befestigung und warf es neben sich, trommelte mit den Fingern aufs Lenkrad und sprang wieder aus dem Auto.

Sie trug ein dunkelrotes, schmal geschnittenes Abendkleid aus leichtem Jersey, das nicht besonders tief ausgeschnitten, aber ärmellos und eng anliegend war und ihr bis auf die Knöchel reichte. Sie zog die schwarze Stola vom Rücksitz und raffte sie um ihre Schultern. Ratlos strich sie mit den Händen über das feuchte Autodach und beobachtete ihre Atemstöße, wie sie sich im Dunst der Nacht verloren. Unruhig blickte sie sich um. Kälte und Dunkelheit und Stille und Einsamkeit. Sie redete sich gut zu: Polizisten kennen keine Angst.

Die Frage, wie sie hier wieder wegkam, war weniger brisant als die Frage, wie sie bloß hierhergekommen war.

Sie war zu einer Party in die Staatsanwaltschaft Bonn eingeladen worden, hatte ein Glas Rotwein zu viel getrunken, zu viel geredet und gegessen. Als Krönung hatte sie ihren obersten Dienstherrn, Oberstaatsanwalt Bernd Wesseling, dazu überredet, mit ihr ein Tänzchen zu wagen. Zur Belustigung der Kollegen waren sie sich gegenseitig auf die Füße getreten und sich dabei nähergekommen, rein physisch, als je zuvor. In einem Anfall von Übermut hatte sie nicht widerstehen können, als er ihr lange vor Ende der Veranstaltung unbedingt seine neue Wohnung zeigen wollte. Sie war hinter ihm hergefahren und fragte sich, ob sie von allen guten Geistern verlassen sei. Ja, sie war es.

Bernd Wesseling hatte sich vor zwei Jahren aus unklaren Gründen von Aachen nach Bonn versetzen lassen. Nach einem halben Jahr war er das Pendeln satt geworden und hatte nach einer kleinen Dienstwohnung gesucht, denn Hilde, seine Frau, hatte nicht umziehen wollen. Sie hatte ihn noch nie in Bonn besucht. Das Ehepaar Wesseling führte nun eine Fernbeziehung, die beiden sahen sich nur am Wochenende, und nicht an jedem, was – wie Wesseling betonte – ihrer Ehe guttat. Obwohl er nicht mehr ganz so korrekt gekleidet war wie zu der Zeit, als Hilde noch auf seine Bügelfalten geachtet hatte, saß sein blonder Mittelscheitel doch immer akkurat am selben Platz, und seinen Herrenduft hatte er auch nicht gewechselt. Jene Mischung aus Sandelholz, Tabak und Zedern, von der er offenbar annahm, dass sie Frauen betörte.

Seine neue Wohnung lag unterm Dach in einer alten, hochherrschaftlichen Villa an der Poppelsdorfer Allee. Unten wohnte die Eigentümerin, eine ältere Dame, Elisabeth Hornschuh, Kunsthistorikerin im Ruhestand und Witwe, im ersten Stock ihr Sohn Theo, ein junger Anwalt, der aber die

meiste Zeit in seiner Kanzlei verbrachte. Einen Staatsanwalt im Haus zu haben, empfand Frau Hornschuh als beruhigend, noch dazu einen älteren, seriösen Herrn, der gewiss kein Lotterleben führen würde.

So konnte man sich irren.

Die alte Dame war noch wach, hinter den Vorhängen brannte ein schummriges Licht. Die geschwungene Holztreppe knarrte unter den Schritten der verstohlenen Heimkehrer, sie kicherten und stolperten. Als sie oben angekommen waren, wurde unten eine Tür geöffnet.

»Herr Oberstaatsanwalt?«, krähte Frau Hornschuh.

»Psst!«, machte Wesseling und zog Sonja zu seiner Wohnungstür.

»Alles in Ordnung?«

»Aber sicher«, antwortete er, trat an das Geländer und sah hinunter. »Ich bitte um Verzeihung, wenn ich Sie geweckt haben sollte.« Ganz Gentleman vom Mittelscheitel bis zum handgenähten Lederschuh.

»Nein, nein, das haben Sie nicht«, beteuerte Frau Hornschuh und trat in die Diele.

Sonja konnte sie nicht sehen, aber sie hatte sich längst ein Bild von ihr gemacht. Weiße Haare, aufgesteckt zu einer Vogelnestfrisur, teure Perlenkette auf einem grauem Twinset, Plüschpantoffeln – so musste sie aussehen.

»Ich bin froh«, rief die alte Dame, »dass Sie endlich da sind. Ich kann einfach nicht schlafen, wenn ich allein im Haus bin, und Theo ist noch unterwegs.«

»Ein fleißiger Junge«, lobte Wesseling. »Aus dem wird mal was.«

»Das will ich hoffen«, sagte Frau Hornschuh. »Eine gute Nacht wünsche ich Ihnen, Herr Oberstaatsanwalt, und der Dame auch.«

Wesseling wollte protestieren, aber sie hatte ihre Wohnungstüre schon zugedrückt. Er schloss seine Wohnung auf, küsste Sonja auf den Handrücken und schob sie sanft hinein. Im Halbdunkel streifte er ihr die Stola von den Schultern, hängte sie an den Türgriff und fragte: »Was möchtest du trinken?«

»Wasser!«, stieß Sonja hervor, balancierte voraus und hörte, wie die Wohnungstür mit einem kleinen Seufzer zufiel.

Der Flur war lang und schmal. Die Zimmertüren standen weit offen. Wohn- und Schlafzimmer seines Asyls zeigten zum dunklen Garten, Küche und Bad blickten über die Straße hinweg zur gegenüberliegenden Häuserzeile, ebenfalls Villen mit hohen, halbrunden Fenstern, Erkern und Giebeln.

Sonja konstatierte Gediegenheit: alte Dielenböden, Stuck an den Zimmerdecken, weiß lackierte Kassettentüren. Wesseling hatte seine Wohnung minimalistisch eingerichtet, kein Nippes, keine Blumen. Allein ein Balkon fehlte, wie Sonja im Stillen bemängelte.

Wesseling hängte sein Jackett ordentlich über eine Stuhllehne. Er trug ein blau-weiß gestreiftes Hemd und eine rote Krawatte. Er schenkte Rotwein in zwei Gläser. Sie ließ sich auf das schwarze Ledersofa fallen, er legte eine Platte auf – er hatte tatsächlich einen Schallplattenspieler –, setzte sich auf die Armlehne und reichte ihr ein Glas. War es das Glas, das ihre nackte Schulter kurz berührte, oder seine Finger? Sie prosteten sich zu, leise Piano-Musik begann im Hintergrund zu plätschern.

»Gershwin«, erklärte Wesseling überflüssigerweise. Sonja hatte *Summertime* aus *Porgy and Bess* längst erkannt. Sie nippte am Wein, er trank gar nichts, beide stellten ihre Gläser zurück. Er beugte sich hinunter zu ihr, näherte sich ihrem Ohr und flüsterte hinein: »Endlich.«

Sonja zog die Stirn kraus. Moment! Was ging hier vor? Sollte dieses »Endlich« sich auf ihren letzten gemeinsamen Fall vor über einem Jahr beziehen, als er darauf bestanden hatte, sie nach Hause zu fahren, nachdem sie sich auf dem Eifelsteig bei einem Gerangel mit Tätern und Opfern ihr rechtes Bein verletzt hatte? Seine Fürsorge im Schlafzimmer des Forsthauses war damals nur durch den Kollegen Neugebauer gestört worden, der Wesseling seinen Dienstwagen brachte, kurz bevor ... oder hatte er etwa schon länger ... etwa schon seit ihrer ersten Begegnung auf dem Feuerwachturm ... oder immer schon? Und sie selbst? Wollte sie das? Nein, hämmerte es in ihrem Kopf. Nein, nein, nicht jetzt, nicht hier, nicht so!

»Ich muss gehen«, sagte sie entschlossen, stieß ihn beiseite, erhob sich und strich ihr Kleid glatt. Ehe er aufstehen konnte, war sie schon an der Tür und nahm ihre Stola von der Klinke.

»Tut mir leid«, sagte sie, wartete seine Worte nicht ab, balancierte auf Zehenspitzen die Holztreppe hinunter und hörte, wie hinter ihr die Wohnungstür mit einem kleinen Seufzer zufiel.

Sonja floh hinaus und in ihr Auto wie auf eine rettende Insel, warf den Motor an und scherte aus. Ohne Hinweisschilder zu beachten, irrte sie umher, sie wollte nicht nach Hause. Noch nicht. Nach einigen Kilometern entkam sie endlich der Stadt Bonn und geriet auf freie Strecke, wo sie Gas geben und mit jedem Kilometer dem entsetzlichen Gedanken davonbrausen konnte: Was wäre geschehen, wenn sie geblieben wäre?

»Mist! Mist! Mist!«, fluchte Sonja und schlug dreimal mit der Faust aufs Autodach. Als der dumpfe Knall verhallt war,

blinzelte sie hilfesuchend in den Himmel. Es war eine klare, wolkenlose Nacht. Die blasse Mondsichel war ab-, nein, zunehmend, und um sie herum tummelten sich die für einen Julihimmel üblichen Sternenkombinationen. Hilfe war von dort oben nicht zu erwarten. Auf keinen Fall würde jemand eine gepflegte Damentoilette herunterfallen lassen.

Sie stieg wieder ein, rollte einige Meter weiter, bog in einen Forstweg ein und parkte vor einer geschlossenen, rot-weißen Schranke. Die Scheinwerfer leuchteten ihr den Weg, als sie auf der Suche nach einem geeigneten Plätzchen unter der Schranke herkroch und hinter der Informationstafel *Grabhügel der vorrömischen Eisenzeit* über die Böschung kletterte.

3. Kapitel

Ein Poltern, lang anhaltend, kurze Stille, spitze Schreie. Sie gellten durchs Haus und riefen nach und nach die anderen auf den Plan: Schneewittchen, Dirndl und Cäsar, alle drei kaum bekleidet, aufgeschreckt, mit erhitzten Gesichtern, hielten sich an den Händen. Ungläubig kamen sie näher, schnell versuchten ihre Blicke die Situation zu erfassen.

Sandra lag am Fuß der Treppe auf dem Steinboden, wie dahingestreckt, Arme und Beine seltsam verdreht und verwinkelt und schlaff wie bei einer Puppe. Das Schwesternhäubchen mit dem roten Kreuz saß schief, der kurze Kittel hatte sich geöffnet und legte einen braun gebrannten Busen und den Spitzenansatz eines Slips frei. Die halterlosen Strümpfe waren verrutscht und durchlöchert. Schuhe trug sie keine. Ihr Gesicht war kreidebleich, die Augen starrten unbeweglich in das Licht des Kronleuchters. Anselmo kniete neben ihr.

»Was ist passiert?«, schrie Dirndl und schlug sich die Hand vor den Mund.

»Sie ist gestürzt!« Die Stimme kam von oben. Dort stand Uwe in seinem Piratenkostüm auf dem Treppenabsatz und hielt sich am Geländer fest, als wäre ihm schwindlig.

Anselmo legte seine Hand an Sandras Hals, dorthin, wo seine Vampirzähne rote Flecken hinterlassen hatten. Er fühlte keinen Puls, schlug ihr gegen die Wangen und schrie: »Sandra! Sandra! Hörst du mich?« Er knetete ihren Brustkorb, er blies ihr seinen Atem in den offen stehenden, rot bemalten Mund, nichts, nichts, sie reagierte nicht. »Sandra! Bitte! Sandra!« Er hob ihren Kopf vorsichtig an und entdeckte eine Blutspur, die

durch ihre Haare sickerte. »Nein!« Langsam legte er den Kopf wieder ab und strich ihr über die Wangen. »Nein!«

»Wieso?«, stieß das Dirndl hervor.

Schneewittchen griff sich ans Herz, ihre Stimme kippte um: »Wie konnte es ...?«

»Das ist doch unmöglich!«, winselte Cäsar.

»Wir müssen den Notarzt rufen!«, forderte Anselmo.

»Warum? Du siehst doch, dass sie tot ist!«, schrie Uwe von oben.

»Oh mein Gott!«, schrie Cäsar mit hochrotem Kopf. Seine Worte prallten an den Wänden ab. Als das Echo im Treppenhaus verhallt war, breitete sich entsetztes Schweigen aus.

»Das war kein Unfall!« Anselmos Stimme durchschnitt die Stille.

Uwe lachte drohend auf. Schneewittchen und Dirndl und Cäsar blickten fragend von einem zum anderen und rissen entsetzt die Augen auf.

Das Dirndl fasste sich mit beiden Händen an den Hals: »Aber ...«

Schneewittchen erbleichte, sie schwankte, drohte in Ohnmacht zu fallen: »Was denn sonst?«

Cäsar stand der Schweiß auf der Oberlippe: »Was denn sonst, etwa ...?«

»Mord!«, schrie Anselmo erbost. »Mord! Es war Mord!«

Uwe setzte einen Fuß auf die oberste Treppenstufe. »Gut, wenn du es unbedingt so willst, dann kannst du auch gleich zugeben, dass du es warst, der sie heruntergestoßen hat.«

»Anselmo?«, kreischten Schneewittchen und Dirndl im Chor und wandten sich ihm zu.

»Ich war es nicht!«, fluchte Anselmo.

»Du?«, stieß nun auch Cäsar hervor. Nervös nestelte er an seinem goldenen Gewand, das völlig verknautscht war, und

wackelte nervös an seinem Lorbeerkranz aus Plastik, der ihm über den Kopf bis auf seine Schultern gerutscht war und aussah wie eine zu enge Kette. »Du? Ausgerechnet du?«

»Anselmo Lopes!«, ertönte Uwes unheilschwangere Stimme von oben. »Wir haben einen Mörder unter uns!« So sicher und endgültig hörte sich das an wie das Jüngste Gericht.

Mit weit aufgerissenen, schwarz geschminkten Augen starrten die beiden Frauen ihn an, als sei er tatsächlich zum Vampir mutiert.

»Ihr seid ja alle wahnsinnig!«, fluchte er, war mit zwei Schritten an der Haustür und stürzte hinaus, flog mit einem Satz die Stufen hinunter und stolperte in die Dunkelheit. Gehetzt blickte er sich um, aber niemand folgte ihm. Im Laufen riss er das Vampirgebiss aus seinem Mund und trug es in der geballten Faust, so fest, dass sich die Zähne in seine Handballen bohrten. Der Schmerz tat gut. Anselmo griff fester zu. Nicht genug Schmerz. Sein Herz schlug bis zum Hals.

Er kannte den Weg zur Landstraße. Was er dort tun könnte, wusste er erst, als durch das Unterholz die Scheinwerfer eines Auto aufblinkten, das vor der geschlossenen Schranke angehalten hatte. Atemlos hielt er inne, zerrte den schwarzen Umhang aus dem Hosenbund, schlug ihn über die Schultern und hielt ihn vorne zusammen, damit seine nackte, helle Haut und das glänzende Amulett ihn nicht verraten konnten. Dann sprang er von Deckung zu Deckung. Während er hinter dem letzten Baum beobachtete, wie der Fahrer ausstieg, wünschte er, dass er sich nicht kalkweiß geschminkt hätte.

Der Fahrer war eine Frau. Sie trug ein langes Kleid und blickte sich suchend um. Was trieb sie hier mitten in der Nacht? Hatte sie sich verfahren? Hatte sie eine Verabredung? Ein dunkles Geschäft? Wütend fluchte und schimpfte sie herum, während sie unter der Schranke hindurchkroch und

hinter der Informationstafel *Grabhügel der vorrömischen Eisenzeit* über die Böschung kletterte. Als sie zwischen den ersten Baumstämmen verschwand, war Anselmos Stunde gekommen, und er sprang mit einem Satz über die Schranke.

4. Kapitel

Mitten in das erleichterte Aufatmen drangen hastige Schritte und ein Schnaufen an Sonja Sengers Ohr, gefolgt vom leisen Klacken einer Tür, einem vorsichtigen Brummen, dem schabenden Rollen von Reifen auf Asphalt. Sonja richtete sich auf. Die zwei Lichtkegel entfernten sich und wandten sich ab. Hastig stolperte sie über die Böschung, kroch unter der Schranke hindurch und lief zur Landstraße, stellte sich mitten auf den Asphalt und stemmte die Hände in die Hüften. »Das darf doch nicht wahr sein!«

Ihr neuer Dienstwagen, ein dunkelblauer Passat, ihr ganzer Stolz, der lang ersehnte Nachfolger ihres altes Polos, hatte sich mitsamt allem Zubehör einschließlich Alexander aus dem Staub gemacht und zeigte ihr nur noch seine beiden schwankenden, roten Rücklichter. Hämisch, wie sie fand.

Aufgelöst lief sie auf und ab. Als ihr klar wurde, dass ihre Handtasche, ihre einzige Abendtasche, die schwarze Clutch, dass Mantel, Hut und Schirm, einfach alles, was sie besaß, bis auf das, was sie wie üblich im Forsthaus vergessen hatte – nämlich Dienstausweis, Pistole und Handy – im Passat gelegen hatte, ließ sie sich resigniert auf die Bank im Wartehäuschen fallen. Die morschen Balken krachten. Sie streifte die Pumps von den Füßen und begann zu schluchzen. Niemand konnte sie sehen oder hören – wenn das keine Gelegenheit zum hemmungslosen Heulen war. Und sie glaubte, nicht mehr aufhören zu können. Nie mehr!

Aber irgendwann waren doch sämtliche Tränen vergossen, sie schluckte und schniefte und stieg wieder in die Pumps, um bereit zu sein, wenn ein Auto vorbeifuhr. Sie würde den

Daumen heben und winken und hoffen, dass sie keinem Triebtäter in die Hände fiel. Am besten gar keinem Mann, sondern einer Frau. Von Männern hatte sie für heute genug, denn selbstverständlich ging sie davon aus, dass auch der Autodieb ein Mann gewesen war.

Aber es kam kein Auto.

»Ich hasse dich!«, knurrte sie leise vor sich hin und raffte die Stola enger um ihre Schultern. Wen hasste sie mehr? Wesseling? Alexander? Den Autodieb? Sich selbst? Vermutlich alle zusammen und in dieser Reihenfolge.

Ihre Augen hatten sich längst an die Dunkelheit gewöhnt. Schemenhaft tauchten einzeln stehende Bäume auf, ferne Gehöfte, Scheunen und Silos, aber nach einer Weile glaubte sie, hinter der rot-weißen Schranke ein kleines, rotes Licht zu erkennen. Ein beständig flackernder, roter Fleck.

Sonja raffte ihr Kleid hoch und marschierte entschlossen dem Licht entgegen, kroch dazu wieder unter der Schranke hindurch, ließ die Informationstafel *Grabhügel der vorrömischen Eisenzeit* rechts liegen und folgte dem Forstweg. Wenn das rote Licht eine Kapelle war, malte sie sich aus, wollte sie dort auf den Tag warten, sich auf einer der harten Bänke ausstrecken, die Augen schließen und Maria oder wem auch immer das Häuschen geweiht war, um Verzeihung und Verständnis bitten, um Erlösung von allem Übel sowieso. In Ewigkeit. Amen.

Immer wieder verschwand das rote Licht für eine Sekunde oder mehr aus ihrem Blickfeld, kehrte aber kurz darauf flackernd zurück und zeigte ihr den Weg. Bald wurde es größer und ruhiger. Ein zweites gesellte sich dazu. Nach und nach entpuppte sich die vermeintliche Kapelle als ein Bauernhaus, und das Bauernhaus als ein altes Gehöft mit Nebengebäuden, das U-förmig einen Hof umschloss und hinter einer

mannshohen Hecke lag, die um einen alten Baum mit ausladenden Ästen und Zweigen einen kleinen Bogen machte.

Sonja betrat das Gelände durch zwei Torpfosten ohne Tor.

Drei Motorräder mit Kölner Kennzeichen parkten vor einer halb offenen Scheune. Aus dem Schornstein im Wohnhaus quollen Rauchwolken, und hinter den Fenstern schien in beiden Stockwerken Licht durch die Ritzen der Vorhänge. Drei ausgetretene Steinstufen führten zur Eingangstür, an der ein selbst gemaltes Pappschild an einer Kordel baumelte. *Kein Zutritt* stand dort in krakeliger Handschrift geschrieben. Leise Musik erfüllte das Gelände, vermischt mit Stimmengemurmel.

»Das wollen wir doch mal sehen«, sagte sich Sonja und wollte klopfen, aber die Haustür war nur angelehnt. Sie steckte ihren Kopf durch den Spalt.

In einer großen und hohen Diele, am Ende einer steilen Holztreppe, standen mit dem Rücken zu ihr einige Leute und hielten sich an den Händen. Zwei Männer und zwei Frauen, die vor sich auf den Boden blickten, als hätten sie dort einen Schatz entdeckt. Unter der Treppe türmte sich schwarzes Motorradzubehör: Helme, Stiefel, Lederkombis. Das Erdgeschoss reichte bis hinauf zur dunklen Balkendecke, von der ein antiker Kronleuchter, von Spinnweben durchzogen, auf die Köpfe der Männer und Frauen schien.

Sie waren verkleidet, obwohl es doch Sommer und nicht Karneval war. Ein Pirat und ein Cäsar, ein Dirndl und ein Schneewittchen. In allen Fällen gab es mehr Haut als Stoff zu sehen. Schneewittchens langes, weißes Kleid war durchsichtig wie eine Gardine, der Rock des grellgeblümten Dirndls war schwindelerregend kurz. Der Pirat trug seine Lederweste auf nackter Haut, Cäsar nur einen goldenen Lendenschurz und eine lose flatternde Schärpe.

Sonja räusperte sich.

Mit einem Ruck ließen die Männer und Frauen einander los und drehten sich zu ihr um. Von vorne besehen waren die Kostüme nicht weniger freizügig. Der Ausschnitt des Dirndls reichte fast bis zum spitzenbesetzten Latz der weißen Halbschürze. Schneewittchen schien nichts unter seiner Gardine zu tragen. Der Pirat stellte mehr als drei Viertel seiner schwarz behaarten Brust zur Schau, und unter Cäsars goldenem Lendenschurz ragte ein Paar stramme Oberschenkel heraus.

Das seltsame Völkchen musterte Sonja erschrocken.

Der Pirat verließ als Erster den Kreis, riss seinen Dreispitz vom Kopf, warf seine Haare zurück und trat hervor. »Können Sie nicht lesen?«

»Doch«, sagte Sonja zögernd. Durch die Lücke im Kreis erspähte sie eine Person, eine Frau, die auf dem schwarzweiß gefliesten Boden lag, Arme und Beine verwinkelt, den Hals verdreht. Sie musste eine von ihnen sein, denn sie war ebenfalls verkleidet – als Krankenschwester. Das Häubchen mit dem roten Kreuz saß schief, der kurze Kittel hatte sich geöffnet und legte einen braun gebrannten, nackten Busen und den Spitzenansatz eines roten Slips frei. Die halterlosen Strümpfe waren verrutscht und durchlöchert. Schuhe trug sie keine. Das Gesicht war kreidebleich, die Augen starrten unbeweglich in das Licht des Kronleuchters. Kein Wimpernschlag. Die knallroten Lippen waren geöffnet. »Was ist mit ihr? Wollen Sie ihr nicht helfen?«, fuhr Sonja den Piraten an und zeigte auf die Gestalt am Boden. Sie reckte sich und versuchte, mehr von der Frau zu erkennen. Lebte sie noch? »Haben Sie einen Arzt gerufen? Die Frau braucht einen Arzt, sehen Sie das denn nicht?«

Der Pirat blickte Sonja mitleidig an. »Keine Sorge, das ist nur ein Spiel.«

»Komisches Spiel.«

»Und außerdem geht Sie das nichts an. Raus hier!«, brüllte er plötzlich, zog seinen Plastiksäbel und zielte damit auf Sonja. Und als hätten alle nur auf sein Kommando gewartet, packten sie Sonja, schoben sie rückwärts Richtung Haustür und stießen sie über die Türschwelle die Stufen hinunter. Sonja stolperte und sank in ihrem schmal geschnittenen Kleid draußen auf die Knie. Das Pflaster nahm sie ungnädig auf.

»Kein Zutritt, kapiert?«, schnauzte der Pirat boshaft und zeigte auf das Pappschild.

»Vielleicht wollte sie mitmachen?«, gackerte das Dirndl und lehnte sich an ihn.

»Nein, danke«, meinte der, »verzichte, kommt, lasst uns wieder reingehen, wir wollen uns doch von der da nicht den Spaß verderben lassen.«

»Aber die Frau!«, schrie Sonja und rappelte sich auf.

»Wir kümmern uns schon um sie.«

»Ich bin Polizistin!«

»Tolle Uniform!«, rief der Pirat anerkennend, gab dem Dirndl einen Klaps auf den Po. »Hinein mit dir!«

Sie kicherte und lief voraus.

»Können Sie mir wenigstens ein Taxi rufen?«, fragte Sonja kläglich, als die Haustür schon so heftig vor ihrer Nase zugefallen war, dass der Putz von den Wänden rieselte. Sie erhielt keine Antwort. Sonja schniefte und sah an sich hinunter. Ihr Kleid war schmutzig, Knie und Handflächen brannten vom Sturz, ihr Auto war gestohlen worden, sie hatte Kopfschmerzen und nichts und niemanden auf der ganzen Welt. Sie war am Ende.

Erschöpft ließ sie sich auf der niedrigen Bruchsteinmauer vor der Hecke nieder und wickelte sich in ihre Stola. In einem

der niedrigen Nebengebäude, einer Art Scheune oder Schuppen, schien jemand zu sein. Das Licht einer Taschenlampe wanderte unruhig umher. In ihrem Schein nahm Sonja einen Schatten wahr.

Als im gleichen Augenblick das Blaulicht ohne Martinshorn näher kam, erlosch das Licht und Sonja vergaß es wieder. Der rot-weiße Rettungswagen, der kurz darauf vor ihr hielt, kam vermutlich aus dem Kreiskrankenhaus in Mechernich. Zwei Rettungssanitäter und ein Arzt sprangen heraus und kamen auf sie zu.

»Was ist passiert?«, fragte der Mann, auf dessen roter Weste in gelben Lettern *Notarzt* stand. Er war extra lang und extra jung, vermutlich ein Assistenzarzt, der die beste Zeit seines Lebens im Nachtdienst verbrachte.

»Oh, da könnte ich Ihnen einiges erzählen«, antwortete Sonja. »Aber es geht nicht um mich. Im Haus liegt eine Frau, sie ist die Treppe heruntergefallen.«

Die Sanitäter holten eine Trage. Alle drei verschwanden im Laufschritt ins Haus. Sonja blieb wie gelähmt auf der Mauer hocken.

Es dauerte nicht lange und der Notarzt kam allein heraus, er stellte seinen Koffer neben Sonja ab und sagte: »Zu spät.« Er rief von seinem Handy aus den Leichenwagen und fragte Sonja: »Haben Sie gesehen, wie es passiert ist?«

Sie schüttelte den Kopf. »Sie lag schon da, als ich reinkam. Wer hat Sie eigentlich gerufen?«

»Anonymer Anruf. Das lieben wir.«

»Gibt es Anzeichen für Fremdeinwirkung?«

Skeptisch blickte der Notarzt auf sie herunter.

»Reine Routine«, erklärte sie und breitete die Arme aus. »Ich bin bei der Kripo Euskirchen.«

Er musterte sie von Kopf bis Fuß. »So sehen Sie nicht aus.«

»Danke«, meinte Sonja.

»Können Sie sich ausweisen?«

Sie zeigte ihm ihre leeren Hände. »Ich komme von einer Party.«

Er zeigte ungläubig hinter sich. »Hier?«

»Natürlich nicht, ich war in Bonn, in der Staatsanwaltschaft. Danach habe ich mich verfahren, mein Auto wurde gestohlen, mit allem Drum und Dran. Ich kam zu Fuß hierher, weil ich dachte, hier würde mir jemand helfen.«

»Wo wollten Sie denn hin?«

»Ich wohne in Wolfgarten.«

»Da haben Sie sich aber ordentlich verfahren«, kommentierte er. »Haben Sie etwa Alkohol getrunken?«

»Natürlich«, antwortete Sonja, »aber offensichtlich nicht genug. Ich wünschte, das hier wäre nur ein Delirium.«

»Ihr Name?«, fragte er weiter.

»Sonja Senger.«

Der Notarzt tippte eine Nummer in sein Handy. Als sich eine Stimme meldete, fragte er, ob eine Sonja Senger bekannt sei, und nickte. »Aha. Hauptkommissarin. Wie sieht sie aus?« Er betrachtete sie während er die Antwort hörte. Sein Lächeln war umwerfend. »Stimmt. Moment, ich frage sie mal.« Er wandte sich an Sonja und fragte, »Wo wohnen Sie?«

Sonja verdrehte die Augen. »In einem Forsthaus am Ende der Stromleitung.«

»Alles klar.« Der Notarzt beendete das Gespräch. Das Gelächter am Ende der Leitung war nicht zu überhören. »Hat es eine Bewandtnis mit dieser Location?«

»Die hat es«, stimmte Sonja zu.

Er beließ es dabei und entledigte sich seiner Einmalhandschuhe, fuhr sich durch die Haare und streckte ihr seine Hand entgegen. »Ich bin übrigens Henning Schumacher.«

»Mit oder ohne Doktor?«

»Ohne.«

Sonja lag die Frage auf den Lippen, ob er sich ausweisen könne, da kamen die beiden Rettungssanitäter mit der leeren Trage aus dem Haus.

»Auf Ihre Frage, ob es Anzeichen für Fremdeinwirkung gibt, bin ich Ihnen noch eine Antwort schuldig, Frau Hauptkommissarin«, sagte Schumacher, während er beobachtete, wie die Trage im Rettungswagen verstaut wurde und die Sanitäter einstiegen. »Die Treppe im Haus ist lang und steil. Ich habe vierundzwanzig Stufen gezählt. Wenn die Frau von oben heruntergefallen ist, hat sie einen ziemlich langen Weg hinter sich. Ich habe keinen Hinweis auf eine sogenannte sturzfremde Gewalt gefunden. Schätze, die junge Frau hat sich bei dem Sturz das Genick gebrochen, denn sie hat nur eine kleine Platzwunde am Kopf. Schrammen an Beinen und Armen. Und rechts am Hals in Höhe der Halsschlagader zwei tiefe Abdrücke.« Er zeigte mit Daumen und Zeigefinger einen Abstand von etwa vier Zentimetern.

»Ein Vampir war bei dieser illustren Gesellschaft aber nicht dabei«, meinte Sonja nachdenklich.

»Was glauben Sie, was die da drinnen gespielt haben?«, fragte Schumacher.

»Ringelpietz mit Anfassen«, antwortete Sonja lakonisch.

Er genehmigte sich ein Lächeln.

»Ich möchte schon gern die Leiche beschlagnahmen und in die Rechtsmedizin bringen lassen«, sagte Sonja nachdenklich. »Denn normal ist das hier nicht.«

Schumacher nickte. »Das dachte ich mir. Ich kreuze auf dem Totenschein mal *ungeklärt* an.«

»Und ich hole mir das staatsanwaltliche Okay dafür.« Nur kurz dachte sie an Bernd Wesseling, aber dann wischte sie

den Gedanken schnell beiseite, er hatte nichts von einer Bereitschaft für heute Nacht erzählt.

»Meinen Sie nicht, in Bonn wird immer noch gefeiert?«, fragte Schumacher, während er den Totenschein ausfüllte.

»Möglich. Aber das ist wie bei Ihnen, es gibt immer einen Notdienst. Wenn Sie mir Ihr Handy leihen würden, könnte ich die Staatsanwaltschaft anrufen.«

»Kennen Sie die Nummer auswendig?«, fragte Schumacher erstaunt, als er ihr sein Handy reichte.

»Nein«, antwortete Sonja. »Ich frag mich durch. Keine Sorge.«

Von der Kripo Euskirchen zur Staatsanwaltschaft Bonn war es eine kurze Verbindung, und zu ihrer Erleichterung erfuhr Sonja, dass nicht Wesseling, sondern ein gewisser Staatsanwalt Herbst Bereitschaft hatte. Den Namen hatte sie noch nie gehört. Sie atmete tief durch, ehe sie ihm die Lage der Dinge ausführlich schilderte. Er machte keine Umstände, wollte auch nicht den Fundort der Leiche sehen, hatte vermutlich Besseres zu tun, und bot sich aber immerhin an, per Fax oder Mail die Rechtsmedizin Bonn mit der Obduktion der Leiche zu beauftragen.

»Das Schreiben ist eher in Bonn als die Leiche«, versicherte er. »Ich schicke Ihnen auch die Spurensicherung.«

»Danke, danke«, sagte Sonja und gab Herbst die Lage des Tatortes durch. »Wir lassen das Blaulicht an, damit die Kollegen uns finden.«

»Geht klar. Und Gratulation zu Ihrer Präsenz!«

»Wie ...?«, fragte Sonja zurück, aber da hatte er das Gespräch schon beendet.

Sie gab Schumacher das Handy zurück und bat ihn, noch einmal mit ihr zusammen ins Haus zu gehen, wenn sie die Personalien aufnahm.

»Kein Problem, solange ich nicht angepiepst werde«, antwortete er und gab den Sanitätern ein Zeichen. »Haben Sie etwa Angst vor denen da drinnen?«

»Vielleicht?«, gab sie zögernd zu und sah an sich hinunter. »In Stola und Abendkleid bin ich nicht gerade eine Respektsperson, oder?«

»Auch Eleganz kann Respekt einflößen.«

Sonja blickte ihn erstaunt an. »In meinem Fall gilt das bestimmt nicht.« Sie hielt ihm eine offene Hand entgegen. »Haben Sie etwas zu schreiben für mich? Ich war auf ein Verhör nicht vorbereitet.«

Er riss ein paar Seiten aus einem Notizbuch, reichte ihr einen Kuli und sagte: »Ich werde Sie beschützen.«

»Nun übertreiben Sie mal nicht. Ich will nur herausfinden, ob jemand von dem Tod der Frau profitiert.«

»Die Frage aller Fragen.«

Im Haus hatten sich die vier traurigen Gestalten inzwischen einzeln und hintereinander auf die Treppenstufen gesetzt – wie die Bremer Stadtmusikanten. »Nichts anfassen«, hatte der Notarzt ihnen offensichtlich gesagt, und es sah so aus, als hätten sie sich daran gehalten. Die Krankenschwester lag noch am selben Platz. Schumacher stellte Sonja als Kriminalhauptkommissarin vor, die von jedem die Personalien und die Beschreibung des Hergangs aufnehmen müsse. Keine Fragen. Keine Zweifel. Nur betretene Gesichter. Sie hatten verstanden, der Spaß war vorbei.

»Ich brauche Ihre Personalausweise«, verlangte Sonja. »Auch den Ausweis der Toten.«

Die jungen Leute stoben auseinander.

Sonja erspähte hinter einer offenen Tür eine Küche. Der Raum war ein Schlachtfeld: schmutziges Geschirr und Be-

steck, Essensreste in Pfannen und Töpfen auf dem großen Herd, halb volle Gläser mit Bier und Wein in allen Ecken. Neben dem Fenster stand ein Buffet – Gelsenkirchener Barock. Im Ofen ging gerade das Feuer aus. Sonja räumte zwei Holzstühle frei und hängte ihre Stola über eine Lehne. Durch das Küchenfenster fiel das Blaulicht herein.

Als die jungen Leute im Türrahmen erschienen und in ihren Händen ihre Ausweise hielten, bat Sonja Schneewittchen herein und die anderen, draußen zu warten. Schneewittchen setzte sich ihr gegenüber. Sie hatte lange, rabenschwarze Haare, die nicht wie eine Perücke aussahen, war groß und zart und ihre Haut fast so durchsichtig wie ihr Kostüm. Sie hatte volle, auffallend dunkle, fast blaurote Lippen. Sie legte ihren Ausweis auf den Tisch und gab stockend von sich, als stecke ihr ein Apfelstück im Hals, sie sei Italienerin, wohne jetzt aber in Köln und sei Studentin der Psychologie. Mit einer ihrer feingliedrigen Hände bedeckte sie ihren großzügigen Ausschnitt.

Chiara Tommaso stand auf dem Personalausweis, geboren 1986 in Bologna.

»Sie können die Hand ruhig herunternehmen«, meinte Sonja. »Ich habe schon einmal eine Brust gesehen.«

»Nicht deswegen«, entgegnete Chiara und schluchzte. »Mein Herz. Ich muss jede Aufregung meiden, verstehen Sie?« Sie rang nach Luft. Ihr Deutsch war perfekt.

Sonja nickte. Daher also die blauen Lippen. »Sind Sie in Behandlung?«

Chiara nickte und zog zum Beweis eine Tablettenpackung heran, die auf dem Küchentisch lag. »Wenn ich nicht jeden Tag diese Betablocker hier nehmen würde, dann ...«

Sonja hatte noch drei weitere Zeugen zu befragen und war jetzt schon bedient. »Warum sehen Sie alle so aus, als wäre es Karneval?«

»Ach, das war Uwes Idee. Er macht das jedes Jahr hier im Haus. Es gehört seinem Vater und steht immer leer. Uwe macht das immer mit anderen Kommilitonen. Dieses Jahr durften wir fünf mit.«

»Durften?«, unterbrach Sonja sie verwundert.

»Na ja, es ist schon so eine Art Ehre, auserwählt zu werden«, gab Chiara zu. »Viele reißen sich darum. Aber es ist alles nur ein Spiel, ein Rollenspiel, wissen Sie, wirklich sonst nichts, ehrlich, wir sind völlig harmlos ... jedenfalls bis heute.« Sie seufzte. »Ich kann es nicht glauben, dass Anselmo Sandra ...«

»Wer sagt das?«

»Uwe.«

»Moment! Moment!«, unterbrach Sonja. »Ich komme nicht mit. Wer ist wer?«

»Uwe ist der Pirat.«

»Dann ist Anselmo Cäsar?«, schloss Sonja.

»Nein, Heiko ist Cäsar«, berichtigte Chiara sie. »Anselmo ist Vampir.«

»Vampir? Ich habe keinen Vampir gesehen.«

»Er ist abgehauen«, sagte Chiara. »Einfach so.«

»Wann?«

»Nachdem Sandra ... nachdem es passiert ist.«

Mein Auto!, schoss es Sonja durch den Kopf. »Wann war das denn?«

»Ich habe nicht auf die Uhr gesehen, es war kurz bevor Sie das erste Mal hier waren.«

Mein Auto!

Sonja hatte Mühe, sich auf Chiaras Worte zu konzentrieren.

»Ich bin von einem Poltern wach geworden, aber erst aus dem Zimmer gekommen, als ich Schreie hörte, und da lag Sandra schon unten auf dem Boden.«

»Wissen Sie denn, wie viel Uhr es da war?«

»Ja. Wir haben eine Funkuhr auf dem Nachttisch stehen. Es war genau 1.16 Uhr.«

»In welchem Zimmer haben Sie geschlafen?«

»Im Eckzimmer, im sogenannten Mädchenzimmer.«

»Allein?«, fragte Sonja weiter und wunderte sich im Stillen über die Bezeichnung. Mädchenzimmer klang rührend harmlos.

Chiara schüttelte den Kopf. »Uwe war bei mir.«

»Wie kann er dann wissen, wie es zu dem Sturz kam?«, wunderte sich Sonja.

»Ich bin wohl eingeschlafen, nachdem wir ... als ich von einem schrecklichen Gepolter und den Schreien wach wurde, war Uwe nicht mehr da. Ich weiß nicht genau, wann er gegangen ist.«

»Wer stand denn wo, als Sie aus Ihrem Zimmer kamen?«

»Uwe stand oben auf dem Treppenabsatz, und Anselmo kniete unten neben Sandra.«

Sonja nickte und schrieb und fragte weiter: »Könnten denn Anselmo oder Uwe oder Heiko ein Motiv haben, Sandra umzubringen?«

»Um Gottes willen! Nein! Was denn auch für eines?«, fragte Chiara ungläubig. »Das ist doch alles nur ein Spiel. Ein Rollenspiel. Habe ich Ihnen doch eben gesagt!«

Rollenspiele waren Sonja durchaus ein Begriff. Aber sie hatte bisher nur von Rittern oder Fantasiegestalten einer unbekannten Welt gehört. Nie von Karnevalisten.

Sonja musterte Chiara. »Warum in diesem Hauch von einem Kostüm?«

Chiara nickte. »Warum nicht? Das ist doch mal was anderes.«

»In Italien kennt man auch das Schneewittchen?«

»Natürlich.« Chiara lächelte zaghaft. »Biancaneve nennen wir es.«

»Mit Sex hat das Ganze wohl nichts zu tun?«, fragte Sonja nach.

»Nicht direkt.«

»Gut«, fand Sonja, obwohl nichts gut war. »Das reicht mir bis hierhin. Danke, Frau Tommaso, Sie können gehen. Rufen Sie mir diesen Cäsar mal herein, ja?«

Cäsar reichte Sonja seinen Personalausweis. Er war im wirklichen Leben ebenfalls Student der Psychologie, wohnte ebenfalls in Köln, war aber erst fünfundzwanzig Jahre alt. Er hatte nur noch wenige, farblose Haare, war stämmig untersetzt und hieß Heiko Niemeyer. Er war fertig mit der Welt, sackte Sonja gegenüber auf dem Holzstuhl zusammen und bestätigte alle Angaben, die Chiara Tommaso gemacht hatte. Allerdings war er im »Jungenzimmer« zusammen mit Claudia gewesen, als die Schreie durch das Haus gellten.

»Wo liegt das Jungenzimmer?«, fragte Sonja erstaunt und kontrollierte die beiden Daten auf dem Personalausweis – Ausstellung und Ablauf – neun Jahre war das Foto mindestens alt. Er war darauf kaum wiederzuerkennen.

»Gegenüber dem Mädchenzimmer.«

»Claudia ist das Dirndl, richtig?«, versicherte sich Sonja.

Er nickte.

Damit waren die Namen der Karnevalstruppe komplett. Und Sonja blickte durch und hoffte, sie nicht zu verwechseln.

Freimütig gestand Heiko dann, dass er bisexuell sei. »Ich weiß jetzt nicht, was Sie von mir denken ...«

Sonja hob abwehrend die Hände. »Ich denke überhaupt nichts.«

Heiko warf einen tragischen Blick zur Zimmerdecke, ehe er ihn auf Sonja richtete. »Ich mache mir wirklich ganz, ganz große Sorgen um Anselmo. Wie soll er nur fertig werden mit dem, was geschehen ist. So ganz allein ...«

»Unfall oder Mord?«, fragte Sonja schnell weiter, ehe sich Heiko in Anselmos Schicksal vertiefen konnte.

Heiko schüttelte den Kopf und sortierte nebenbei seine Toga und seinen Lorbeerkranz. »Ich glaube, ich weiß, worauf Sie hinauswollen, aber wir sind Freunde und haben nur ein Spiel gespielt.«

»Das hat Chiara auch gesagt«, sagte Sonja genervt und lehnte sich zurück. »Danke erst mal für Ihre Auskünfte, Herr Niemeyer.«

Er erhob sich erleichtert. »Wollen Sie jetzt mit Uwe reden?«

»Nein«, sagte Sonja, »erst mit dem Dirndl ... ich meine mit ...« Sie suchte auf ihrem Zettel nach dem Vornamen.

Heiko strich seinen Lendenschurz glatt. »Claudia. Ich sag ihr Bescheid.«

»Claudia!«, hörte Sonja ihn rufen, als er draußen war. »Du bist dran.«

Im Hof fuhr im Schein des flackernden Blaulichts der Leichenwagen vor und hielt neben dem Rettungswagen. Als die beiden Bestatter ausstiegen und mit feierlichen Schritten um den Wagen herumgingen, kam Claudia vorsichtig in die Küche geschlichen, setzte sich auf eine Stuhlkante und begann nervös zu kippeln. Sie wirkte verloren in ihrem grellgeblümten Dirndl, das ein wenig zu klein für sie schien, und die blütenweiße Halbschürze schien nach dem, was geschehen war, fehl am Platze. Sie trug weiße Kniestrümpfe und schwarze Lackschuhe und um den Hals ein enges, schwarzes Samtband mit einer Edelweißbrosche. Sie nahm ihre blonde

Zopfperücke ab und ein kupferrot gefärbter, verstrubbelter Kurzhaarschnitt kam zum Vorschein.

Sie bestätigte das Bild der einvernehmlich swingenden Gemeinschaft. Abweichungen zu Chiaras und Heikos Berichten betrafen nur ihre Personalien. Auch sie hielt weder Uwe, Chiara oder Heiko noch den verschwundenen Anselmo für fähig, einen Mord zu begehen. Krankenschwester Sandra schilderte sie als eine leichtsinnige Person, die im Übermut durchaus eine Treppe herunterfallen konnte, wenn sie obendrein getrunken hatte.

»Hatte sie das denn?«, fragte Sonja.

»Das hatten wir wohl alle«, seufzte Claudia und fuhr sich durch die Haare. »Ach, es ist alles irgendwie aus dem Ruder gelaufen. Ich vermisse Sandra schon jetzt. Eine furchtbare Geschichte. Hoffentlich finden Sie Anselmo bald.«

Sonja merkte auf. »Warum sollten wir ihn denn suchen?«

Claudia biss sich auf die Lippen. »Ich dachte, Sie machen das automatisch ...«

»Wir werden sehen«, sagte Sonja, erhob sich, legte sich ihre Stola über den Arm und gab Claudia mit einer Handbewegung zu verstehen, ihr zu folgen.

Im Treppenhaus, wo Heiko und Chiara nebeneinander an der Wand lehnten, marschierte der Pirat mit vor der Brust gekreuzten Armen auf und ab, während sein Plastiksäbel von seiner rechten Hüfte baumelte und seine Stiefel auf dem Steinboden klackten. Sein Dreispitz hing über dem Treppengeländer. Chiara nahm Claudia in Empfang, als hätte diese eine Katastrophe nur knapp überlebt. Sie umarmten sich, und ihre Kostüme bauschten sich zu einem bunten Stoffgebilde auf.

»Wie war es?«, flüsterte Chiara und nahm Claudias Gesicht in ihre Hände.

Claudia nickte schluchzend. »Ganz gut, glaube ich.«

Das klang nach Absprache, dachte Sonja grimmig. Zeit genug hätten die vier gehabt, während sie selbst draußen mit dem Notarzt auf den Leichenwagen gewartet hatte. Sie hätte sie besser nicht allein gelassen, sondern einen der Sanitäter als Wachhund abgestellt.

Sandra, die tote Krankenschwester, war bereits abtransportiert worden. Sonja blickte nachdenklich auf den Blutfleck auf dem Steinboden. Als sie aufsah, bemerkte sie Henning Schumacher, der ihr zunickte. Er hatte sich auf die unterste Treppenstufe gesetzt.

An Uwe, den Piraten, gewandt, sagte Sonja: »Ich möchte, dass Sie mit mir nach oben gehen.«

»Wenn's der Wahrheitsfindung dient«, meinte er gelangweilt und breitete die Arme aus. Sie schienen ungewöhnlich lang, seine dünnen Beine ebenso. Hände wie Schaufeln, Schuhe wie Kähne. Er war insgesamt knochig wie ein Schiffsgespenst, das schon so manche Hungersnot an Bord überstehen musste.

Schumacher machte Platz, und sie stiegen die Treppe hoch, während Uwe sich seinen Dreispitz wieder aufsetzte.

»Was ist passiert?«, fragte Sonja, als sie oben ankamen. Ein bunter Fleckenteppich kringelte sich auf den Holzdielen.

»Kommen Sie!« Uwe führte sie in eines der beiden Zimmer, die vom Flur aus abgingen. Das Licht brannte noch, das Fenster stand offen, das Bett war zerwühlt. Es gab einen Kleiderschrank und eine Kommode und einen Stuhl. Über der Kommode hing ein kitschiges Bild von einem Sonnenuntergang am Meer. Hinter der Tür hing eine Garderobenleiste. Auf den Holzdielen lagen ein Paar weißer Handschuhe und umgekippte, rote Highheels, über die sich ein roter Spitzen-BH schlängelte.

»Nichts anfassen«, befahl Sonja und stieg über die Reste der Party hinweg ans Fenster. Sie blickte auf den dunklen Hof, wo gerade der Leichenwagen im Schein des Blaulichts das Gelände verließ.

Die Nebengebäude schienen leer und verfallen, auch im Schuppen war es dunkel. Das Licht der Taschenlampe, das sie geglaubt hatte dort herumwandern zu sehen, als sie auf der Bruchsteinmauer gesessen hatte, war vermutlich nur ein Licht im Wohnhaus gewesen, das sich in dem kleinen Sprossenfenster des Schuppens gespiegelt hatte.

»Sandra hat um Hilfe geschrien«, begann Uwe hinter ihr.

Das hatte bisher niemand erwähnt. Sonja schloss das Fenster und zog den wild gemusterten Vorhang vor. Verwundert drehte sie sich um.

»Anselmo war wohl zu weit gegangen«, fuhr Uwe fort.

»Was meinen Sie damit?«

Uwe presste die Lippen aufeinander, dann stieß er hervor: »Ich hatte keine Gelegenheit mehr, sie danach zu fragen. Ich nehme an, Anselmo wollte sie zu irgendetwas zwingen ... sexuell, wenn Sie wissen, was ich meine.«

Sonja nickte zögernd. »Ich bin nicht von gestern.«

»Ich bin jedenfalls hier hoch gerannt und habe versucht, sie aus seinen Klauen zu befreien.«

»Was haben die beiden gerade gemacht, als Sie hereinkamen?«

»Was wohl? Sie fuhren auseinander, als sie mich hörten. Anselmo wollte Sandra nicht hergeben, hat an ihr gerissen und gezerrt. Sie hat sich losgemacht, da hat er aus lauter Wut nach ihr getreten, sodass sie über diesen blöden Teppich im Flur gestolpert ist und ...«

»Und was haben *Sie* gemacht?«, fragte Sonja verwundert.

»Was wohl? Ich habe versucht, genau das zu vermeiden.« Uwe schlug sich mit der Hand gegen die Stirn. »Was glauben

Sie denn? Sandra ist ...«, er schien von plötzlicher Trauer übermannt zu werden, riss sich aber wieder zusammen und wurde wütend, »sie war etwas ganz Besonderes.«

»Waren Sie in sie verliebt, Herr Bergrath?«, fragte Sonja. »Waren Sie vielleicht eifersüchtig auf Anselmo?«

Er schloss kurz die Augen und holte tief Luft. »Ich werde es Ihnen erklären. In unserem Seminar behandeln wir bestimmte gruppendynamische Themen und halten die Ergebnisse in Berichten fest. Vorgestern zum Beispiel war unsere Aufgabe ›Loslassen‹.«

Sonja sah ihn aufmerksam an.

»Wir haben das mit kleinen Fesselspielen geübt. Gestern war unsere Aufgabe ›Vertrauen‹, und wir haben unsere Augen verbunden. Morgen ist sie vielleicht die ›Projektion‹. ›Distanz und Nähe‹ üben wir ja fast täglich auf unseren gemeinsamen Motorradtouren und im Zusammenleben hier auf dem Hof, wenn wir ständig die Paarkonstellationen wechseln und ...«

»Und heute war das Thema ›Eifersucht‹?«, fragte Sonja.

Uwe nickte sichtlich genervt. »Das hat wohl nicht ganz geklappt.«

»Doch. Auseinandersetzungen sind Teil des Programms.«

»Aber es läuft immer irgendwie auf Sex hinaus?«, fragte Sonja weiter.

»Nicht immer, aber die Sexualität ist nun einmal die stärkste Triebkraft«, dozierte Uwe, und seine Mundwinkel sanken herab. »Anselmo hat die ganze Versuchsreihe zunichtegemacht. Wenn ich den kriege ... Der kann was erleben ... Was meinen Sie, warum er abgehauen ist?«

»Sagen Sie es mir«, forderte Sonja ihn auf.

»Weil er fürchtet, was Sandra über ihn berichten würde.«

»Aber sie ist tot«, warf Sonja verwundert ein. »Sie kann nichts mehr sagen.«

»Eben.«

Sonja glaubte zu verstehen. Sie setzte sich an den wackligen Tisch, legte ihre Notizzettel darauf und sagte: »Ihren Ausweis.«

»Hier«, sagte er und reichte ihr drei Personalausweise. »Das ist Anselmos, das ist Sandras, und das ist meiner.«

Er zeigte sich überraschend kooperativ, und Sonja bedankte sich. »In welchem Semester sind Sie?«

»Im achten.«

Sonja betrachtete Anselmos Passbild. Er musste wirklich ein hübscher Kerl sein, denn sogar auf dem Foto konnte man noch erkennen, wie attraktiv er war, und der Ausweis war erst ein Jahr alt. Ein Portugiese. Vierundzwanzig Jahre alt. Augenfarbe dunkelbraun. Größe 1,98 Meter. Als Adresse war der Hansaring 24 b in Köln angegeben.

Sonja blickte zu Uwe auf. »Und Ihr Vater?«

»Was hat mein Vater damit zu tun?«, fragte Uwe irritiert.

»Ihm gehört doch das alles hier, hat Schneewittchen ...«, Sonja suchte auf ihren Zetteln nach dem Namen, »ich meine Chiara Tommaso mir gesagt.«

»Na und?«

»Weiß er von Ihren Rollenspielen?«

Uwe winkte ab. »Selbst wenn er es wüsste, es wäre ihm egal. Sie sehen ja, in welchem Zustand der Hof ist, er würde ihn gern verkaufen, aber er findet keinen Interessenten.« Uwe breitete die Arme aus. »Wer hält es hier schon auf Dauer aus?«

»Und wo wohnt Ihr Vater?«, fragte Sonja nach.

Uwe seufzte und berichtete, dass Wolfgang Bergrath, einundsechzig Jahre alt, Immobilienkaufmann, Inhaber der bekannten Firma Immoset mit Sitz in Köln, geschieden und wieder verheiratet, sich inzwischen auf der Insel Sylt in eine seiner Strandvillen zurückgezogen habe.

Der Ärmste, dachte Sonja, die einmal für einen Tagesausflug auf der Insel gewesen war und sie schrecklich gefunden hatte. Sie zeigte auf die weißen Handschuhe am Boden. »Gehören die auch Sandra?«

»Nein, Anselmo!«, stieß Uwe hervor und trat danach.

»Hören Sie auf! Erzählen Sie mir lieber, nach welchen Kriterien Sie Ihre Kandidaten für Ihre seltsamen Spielchen aussuchen?«

»Sympathie, ganz einfach.«

Sonja verzog den Mund. »Das ist ein bisschen mager für einen Studenten der Psychologie.«

»Experimentierfreude, Lust, Neugier, Sinnlichkeit, Offenheit, Übermut. Ich habe immer gern mindestens zwei mit Migrationshintergrund dabei, sie sollten alle nach allen Seiten offen sein, also auch keine falsche Scham vor dem gleichen Geschlecht haben, die Frauen sollten alle Wunschvorstellungen erfüllen: schwarz, blond, rot, dick, klein, groß, dünn ...«

Sonja winkte ab. »Das reicht.«

Uwe grinste zufrieden.

»Und Sandra?«

Er seufzte tief und innig. »Ich kann es nicht fassen, sie war erst vierundzwanzig Jahre alt und die Klügste von uns. Definitiv. Sie stand schon kurz vor dem Examen.« Er unterbrach sich und scharrte mit den Füßen auf den Holzdielen. »Man muss ihrer Mutter Bescheid sagen. Ich kann das nicht.«

»Das werden wir machen«, sagte Sonja. »Wohnt sie noch zu Hause?«

»Nein«, meinte er. »Sie wohnt in einem Studentenheim. Ihre Eltern wohnen in Weilerswist oder so, glaube ich. Die Telefonnummer finden Sie bestimmt in ihrem Smartphone. Ihre Sachen sind alle unten im Mädchenzimmer, links im

Eckzimmer. Ihre Lederkombi, die Stiefel und der Helm liegen unter der Treppe.«

»Gut.« Sonja erhob sich.

»Was wird aus Sandras Motorrad?«, fragte er.

»Das lassen wir abholen«, antwortete sie. »Und wem gehören die anderen beiden Motorräder?«

»Mir und Heiko«, sagte er kurz angebunden.

Im Erdgeschoss hatte sich die Situation nicht verändert. Die KTU war noch nicht eingetroffen. Claudia, Chiara und Heiko lehnten an der Wand und drängten sich aneinander, Schumacher hockte immer noch auf der untersten Treppenstufe. Er sah müde aus.

Sonja musterte jeden einzelnen Studenten in der Runde. »Wie lange wollten Sie eigentlich dieses Rollenspiel betreiben?«

»Vier Wochen lang, eigentlich bis zum 11. August«, antwortete Heiko schnell. »Aber jetzt hat wohl keiner von uns mehr große Lust ...«

»Wie kommst du denn darauf?«, unterbrach Uwe ihn und zog zornig die Augenbrauen zusammen.

»Ich meine, wegen Sandra«, gab Heiko zögernd zu bedenken.

»Sie müssen sich auf jeden Fall zu unserer Verfügung halten«, mischte sich Sonja ein. »Bis wir sicher sind, dass wir es weder mit Mord noch Totschlag zu tun haben, werde ich Ihre Personalausweise behalten.«

Die drei an der Wand nickten betreten.

»Sollen wir hierbleiben?«, schlug Uwe vor.

»Das würde es einfacher machen.« Sonja wandte sich ab.

»Wie lange wird es denn dauern?«, fragte Uwe hinter ihr.

»Keine Ahnung. Vor Montag wird die Obduktion auf keinen Fall stattfinden. In der Rechtsmedizin ist immer viel zu tun.«

Sonja warf sich die Stola über die Schultern, riss die Haustür auf und lief auf der Schwelle in die Arme der Spurensicherung: Helmut Signon, der Ältere, und Matthias Krings, der Jüngere. In ihren weißen Overalls mit Kapuze, den weißen Schuhüberzügen und weißen Handschuhen sahen sie aus wie Marsmenschen. Sie hoben kurz die Hände zum Gruß, blieben stehen und blickten sie fragend an. Sie waren beide nicht besonders redselig, so als dürften sie auch akustisch keine Spuren hinterlassen. Das hatte Sonja schon an anderen Tatorten festgestellt. Missbilligend betrachteten sie den Notarzt, während Sonja sie ins Geschehen einwies und angab, welche Orte sie eingehend und unbedingt untersuchen sollten: die Treppe, den Blutfleck, das Bett ...

»Denkt bitte dran, alles, was der Toten gehört, einzupacken, auch ihre Motorradkleidung. Ihr Motorrad müsst ihr abschleppen lassen.«

»Logisch«, meinte Signon. »Noch was?«

»Ja«, sagte Sonja und überreichte ihm den kleinen Stapel Personalausweise. »Die Tote heißt Sandra Klemens. Könnt ihr bitte ausnahmsweise dafür sorgen, dass irgendjemand von der Kripo Euskirchen ihre Mutter informiert?«

»Ausnahmsweise«, sagte Signon und fragte nicht, warum diese Ausnahme nötig war, sondern trat ungeduldig von einem Bein aufs andere. »Noch was?«

Sonja tippte auf den Personalausweis von Anselmo Lopes. »Dieser Mann ist flüchtig. Die Fahndung muss sofort raus.«

Krings nickte ergeben. »Ich geb es weiter.«

»Ausnahmsweise.«

»Noch was?«

Sonja schüttelte den Kopf. »Nein, danke.«

Sie ging hinaus. Es war kühl geworden in der Zwischenzeit. Der Himmel wurde langsam heller. Bald würde die Sonne aufgehen.

Schumacher erhob sich von der Treppenstufe. Auf der Türschwelle wandte er sich den vier Karnevalisten zu, hob warnend den Zeigefinger und meinte: »Benehmt euch! Ich habe keine Lust, noch mal vorbeizukommen.«

Ich auch nicht, dachte Sonja. Sie war unzufrieden mit der Gesamtsituation. Die Vernehmungen der Studenten hatten nicht viel ergeben. An einen Unfall mochte sie nicht glauben. Für einen Mord schien es aber keine Anhaltspunkte zu geben. Ihre Kopfschmerzen wurden davon nicht besser, ihr Abendkleid nicht weiter, ihre Schuhe nicht flacher. Manchmal machte es einfach keinen Spaß, Polizistin zu sein.

»Was haben die Karnevalisten gesagt?«, fragte Schumacher und beugte sich zu ihr hinunter.

»Nichts. Die da drinnen haben sich alle abgesprochen, so viel steht fest«, meinte Sonja resigniert.

»Das war nicht anders zu erwarten. Und was machen Sie jetzt, Frau Hauptkommissarin?«

»Das Übliche. Sobald wir wissen, ob wir es hier nicht mit einem Unfall, sondern Mord oder Totschlag zu tun haben, werden wir Anselmo Lopes finden müssen.«

»Ach, es fehlt einer?«, fragte er erstaunt.

»Ja, der Vampir, der seine Zähne in Sandras Hals geschlagen hat. Er ist abgehauen.«

»Abhauen ist ziemlich verdächtig, oder?«, fragte er.

»Nein, das heißt nichts.«

Die beiden Sanitäter saßen auf den vorderen Sitzen des Rettungswagens, die Köpfe an die Kopfstützen gelehnt, und schienen zu schlafen. Sonja fragte Schumacher, ob er sie vielleicht mitnehmen könne.

»Aber sicher«, meinte er und klopfte auf die Motorhaube. Die Sanitäter fuhren mit einem Ruck hoch. »Wir bringen Sie selbstverständlich nach Hause.« Zum Fahrer, der die Seitenscheibe herunterließ, sagte Schumacher: »Wir fahren über Wolfgarten.« Als Sonja ihr langes Kleid raffte und umständlich hinten in den Wagen stieg, fragte er: »Haben Sie denn wenigstens noch Ihren Hausschlüssel?«

»Nein. Aber ein Ersatzschlüssel müsste unter der Fußmatte liegen.«

»Sie können sich ruhig hinlegen«, bot er ihr an, zeigte auf die Liege und lächelte ihr aufmunternd zu.

Vorsichtig setzte Sonja sich auf die Kante der Liege und ließ sich langsam zur Seite sinken, als könnte sie etwas kaputt machen. Aus den Augenwinkeln sah sie, wie Schumacher neben ihr Platz nahm und sich anschnallte. Sie hörte, wie der Motor angelassen wurde, spürte das Ruckeln der Anfahrt und die erste Kurve, dann fielen ihr die Augen zu. Aber schlafen konnte sie nicht. Sie ging die einzelnen Stationen dieser Nacht noch einmal durch und rekapitulierte, ob sie im Hof Bergrath nichts übersehen oder vergessen hatte. Sie hatte das Gefühl, unter ihren Eindrücken begraben zu werden. Jeder Gedanke, den sie zu fassen versuchte, zerfiel zu Staub. Ihr Kopf war leer wie ein Tanzsaal am Montagmorgen.

Als der Notarzt sie aus ihrem Standby-Zustand weckte, war eine halbe Stunde spurlos verschwunden, und sie hatten Wolfgarten erreicht. Sonja dirigierte den Rettungswagen zum Forsthaus, vor dem ihr Passat parkte, als hätte er nie etwas anderes getan. Sie rieb sich die Augen. Ungläubig kletterte sie hinaus, verabschiedete sich rasch von Schumacher und seinen Helfern und spähte in ihr Auto hinein. Abendtasche, Mantel, Hut, Schirm – alles war da. Die Türen waren verschlossen. Die Motorhaube war kalt.

5. Kapitel

Martin Hoppes Hand zitterte, als er den Lichtstrahl der Taschenlampe wieder auf sein Tagebuch richtete. Er hatte sich die Finger wundgeschrieben, um festzuhalten, was sich in den letzten Stunden jenseits des kleinen Sprossenfensters abgespielt hatte. Er zerrte an seiner Krawatte und öffnete den obersten Hemdknopf. Seine neue Anzughose klebte an seinen Schenkeln, seine neuen Lederschuhe hatte er längst von den Füßen gezogen.

Verglichen mit dem, was er zum Schluss vom Schuppen aus hatte miterleben müssen, waren die Tage zuvor die reine Komödie gewesen, die allerdings seinen brachliegenden Hormonhaushalt ganz schön auf Vordermann gebracht hatte.

Er war ein braver Mann und kein Frauenheld, dazu war er nicht groß und nicht schön genug. Wenn er sich beim Rasieren im Spiegel betrachtete, dann blickte ihm ein Mann mit rundem Gesicht und roten Wangen entgegen. Hinter seiner Brille wirkten die Augen klein und blass. Auch über seine Ohren, seinen Hals oder seine Haare konnte man nichts Besonderes sagen. Aber auch aus Mangel an Gelegenheit war er Eva-Maria immer treu geblieben, hatte sich nie nach anderen Frauen umgesehen und war es nicht mal im Ansatz gewöhnt, dass sich eine Frau vor ihm auszog. Nicht seine eigene, erst recht nicht eine völlig fremde Frau.

Daher hatte er seinen Augen kaum trauen wollen, als er vor einer Woche zum ersten Mal am helllichten Tage diese halb nackten Frauen und Männer in Karnevalskostümen im Hof erblickt hatte, die zu einem wilden Rhythmus tanzten, als

wäre der Hof Bergrath das Paradies auf Erden, auf dem alten Traktor, ihren Motorrädern oder dem zerfurchten Baumstamm, der vor der Hauswand unter dem Küchenfenster lag. Zugegeben, der Anblick gefiel ihm. Jeden Tag ein bisschen mehr. Die Tage waren lang und hell und die Frauen blond, rot oder schwarz, schlank, groß und füllig, alles, was ein Männerherz begehren konnte. Sie lenkten Hoppes Fantasie in erotische Gefilde, von denen er nicht einmal gewusst hatte, dass es sie gab. Die Fotos, die ab und an von einem der Männer geschossen wurden, hätte Hoppe gern gehabt und einmal in Ruhe betrachtet. Immer sah es aus, als wäre die Show ganz allein für ihn gemacht. So manches Mal war er kurz davor gewesen, sich die Kleider vom Leib zu reißen, aus dem Schuppen zu springen und sich mitten ins Gewühl zu stürzen. Aber der Gedanke an Eva-Maria hatte ihn jedes Mal wieder ausgebremst.

Aber heute, da war Schluss mit der Komödie, da war die Hölle los gewesen.

Dabei hatte alles wie immer ganz harmlos begonnen, als er, nachdem er das letzte Päckchen ausgeliefert hatte, am Nachmittag auf dem Hof ankam. Sie hatten schon mit ihrem Freiluftkino begonnen und waren viel zu sehr mit sich selbst beschäftigt, um zu bemerken, dass er hinter der Hecke zum Schuppen schlich. Es fiel ihnen auch nicht auf, als er geduckt auf halbem Wege stehen blieb und durch das Blätterwerk spähte. Den beiden Frauen so nah, keine Wand, kein Fenster trennte sie von ihm, jedes übermütige Wort, das sie sich zuwarfen, konnte er verstehen. Jeder ihrer Jauchzer ging ihm durch und durch. Der Duft ihres Parfums vermischte sich mit dem Geruch, der aus der blühenden Dornenhecke strömte. Die Sonne verfing sich in den Locken der Frauen, er hätte nur die Hand nach ihnen ausstrecken müssen. Aber er tat es

natürlich nicht, sondern schlich in seinen Schuppen, linste durch das Sprossenfenster und schrieb alles in sein Tagebuch.

Gegen 21 Uhr endete die Vorstellung, und die jungen Leute verzogen sich ins Haus, so wie jeden Abend. Zeit für Hoppe, zu verschwinden und nach Hause zu fahren. Aber heute war ihm nach einem kurzen Nickerchen. Ein bisschen träumen wollte er. Nur ein Viertelstündchen.

Er wurde wach, als ein Lichtstrahl in seinen stockdunklen Schuppen fiel. Er langte nach seiner Taschenlampe, rappelte sich auf und trat ans Fenster. Der Hausgiebel ragte schwarz in den Himmel, und aus dem Schornstein stiegen die letzten Rauchkringel auf, alle Lichter im Wohnhaus waren erloschen, alle bis auf eines. Im ersten Stock stand die blonde Krankenschwester am offenen Fenster und riss sich die Kleider vom Leib, während hinter ihr einer der Männer stand und seine Finger nicht bei sich behalten konnte.

Hoppe musste schlucken. Wenn er nicht auf seiner Liege im Schuppen eingeschlafen wäre, wäre ihm dies entgangen. Um diese Uhrzeit war er sonst längst zu Hause. So lange hatte er Eva-Maria noch nie warten lassen. Er würde sich eine gute Ausrede für sie einfallen lassen, denn trennen konnte er sich vom Anblick der jungen Frau nicht. Nicht jetzt.

Lange dauerte die Vorstellung nicht. Kurz nachdem die beiden von der Fensteröffnung verschwunden waren, zerrissen schrille Schreie die Stille der Eifel.

Schreie voller Angst.

Todesangst.

Hoppe erstarrte. Unmöglich für ihn nachzusehen, was geschehen war. Aber untätig bleiben konnte er auch nicht. Er rang mit sich und wählte schließlich in seiner Not mit einem anonymen Anruf von seinem Handy aus die 112. Das war das Mindeste, was er tun konnte, das war seine Bürger-

pflicht. Er wollte sich nicht der unterlassenen Hilfeleistung schuldig machen. Danach wollte er sich davonmachen, mindestens dreimal versuchte er, den Schuppen zu verlassen, aber jedes Mal erschien jemand auf der Bildfläche und versperrte ihm den Fluchtweg.

Erst kam einer der Studenten aus dem Haus gelaufen und rannte davon. Es musste einer der drei Männer sein, er trug einen langen Umhang. Kurz darauf kam wieder einer heraus, irrte auf dem Hof hin und her, als suchte er etwas, stand eine Weile wartend herum, bis er wieder ins Haus zurückging.

Und kaum wollte Hoppe das Weite suchen, tauchte aus dem Wald eine Frau im roten Abendkleid auf und betrat die Bühne, verschwand im Haus und wurde kurz darauf wieder hinausgeworfen. Dann hatten Rettungswagen, Notarzt und Sanitäter ihren Auftritt. Sie gingen mit einer leeren Trage ins Haus und kamen mit einer leeren Trage wieder heraus. Notarzt und Abendkleid gingen zusammen ins Haus. Ein Leichenwagen kam, zwei Bestatter betraten das Haus und kamen mit einem Leichensack wieder heraus, der eindeutig beladen war, denn er hing in der Mitte durch. Der Leichenwagen rollte davon. Ein Transporter löste ihn ab, dem zwei Männer in weißen Overalls entstiegen und mit Koffern ins Haus liefen. Notarzt und Abendkleid kamen wieder heraus und fuhren mit dem Rettungswagen davon. Zum Schluss kehrten auch die Papiermänner im Transporter der Szene wieder den Rücken.

Darauf mache sich mal einer einen Reim! Von der Polizei keine Spur! Das war doch alles nicht normal. Hoppe stöhnte auf. Mit zitternden Fingern blätterte er noch einmal zurück und überflog die Notizen von heute, dem 21. Juli, als wollte er sich vergewissern, dass alles wirklich stattgefunden hatte. Unter den gestochen scharfen Buchstaben fuhr sein Zeigefin-

ger die schnurgeraden Zeilen ohne Linien entlang. Wegen seiner akribischen Schrift war er schon in der Schule aufgefallen. Gehänselt von den Mitschülern, gelobt von den Lehrern. Er schrieb wie eine Schreibmaschine.

Seufzend schlug er das Tagebuch zu und steckte es in seine Aktentasche, dieses altmodische, abgewetzte Modell aus dunkelbraunem, sprödem Leder und einer Messingschnalle mit Schnappschloss. Er presste sie an sich, verriegelte den Schuppen, verbarg den Schlüssel im Mauerspalt hinter dem Regenrohr, lief geduckt die wenigen Meter zu seinem versteckten Auto und fuhr nach Hause.

Während er sein Auto über den Kreuzweg Richtung Weyer lenkte, musste er daran denken, wie alles angefangen hatte und dass auch Steinfest, sein ehemaliger Chef, seine Schrift lobend erwähnt hatte, als er ihm letztes Jahr mitteilte, dass die Weyerer Sparkassenfiliale zum 1. April geschlossen werden musste. Hoppe würde diesen Tag nie wieder vergessen.

Es war der 12. März. Und er wusste auch noch die Uhrzeit, denn hinter seinem Chef schlug gerade die alte Pendeluhr. Ein Mal. Es war viertel nach neun, als Hoppes Welt zusammenbrach. In seinen Ohren rauschte und sauste es, als säße er am Meer, sodass Steinfests weitere Worte ihn nicht erreichten. Was nun? Was tun? Wie sollte er das Eva-Maria sagen? Sie lebten jetzt schon anspruchslos. Sie wohnten mietfrei im Haus der verstorbenen Schwiegermutter, sie aßen und tranken in Maßen, Eva kaufte sich keine schicken Kleider und keine neuen Möbel. Sie verreisten nie.

»Herr Hoppe!«, hörte er Steinfest aus weiter Ferne rufen. »Herr Hoppe, hören Sie mir überhaupt zu?«

Hoppe riss sich zusammen und brachte ein klägliches »Ja« zustande.

»Herr Hoppe, machen Sie sich keine Sorgen«, fügte Steinfest hinzu. »Aufgrund Ihrer Zuverlässigkeit und Loyalität und langjährigen Mitarbeit lassen wir Sie nicht im Regen stehen. Wir können Ihnen Folgendes anbieten ...«

»Was denn?«, unterbrach Hoppe ihn verwirrt und hielt sich an den Armlehnen seines Stuhls fest.

»Wir zahlen Ihnen selbstverständlich eine angemessene Abfindung. Sie können sich auch arbeitslos melden.«

Arbeitslos? Die wenigen Haare standen Hoppe zu Berge. Wie sollte er mit dieser Schande vor Eva-Maria treten?

Steinfest lächelte freundlich den Gummibaum an, der hinter Hoppe stand. »Sie haben es doch nicht mehr lang bis zur Rente.«

»Aber ...«, stieß Hoppe hervor.

»Schlafen Sie einmal drüber, und dann werden Sie die Angelegenheit in einem anderen Licht sehen. Es ist auch eine Chance. Sie müssen sie nur ergreifen. Wer weiß«, lachte Steinfest unmotiviert auf, »vielleicht werden Sie eines Tages froh sein, dass es so gekommen ist. Wir werden Ihnen ein fantastisches Zeugnis ausstellen ...«

Hoppe schaltete sein Gehör ab. Sein Blick wanderte zum Wandkalender. Heute war Freitag, der 12. März. Ein schwarzer Freitag.

Die Abfindung ließ ihm genau sechs Monate Zeit, einen neuen Job zu finden, hoffte er, notfalls konnte er sich dann mit seinem Sparbuch, von dem Eva-Maria nichts wusste, noch zwei weitere Monate über Wasser halten. Und dann? Nur eines war sicher: Arbeitslos würde er sich nie im Leben melden.

Eva-Maria gegenüber verwandelte er die Katastrophe in einen Glücksfall und machte ihr weis, er sei zum 1. April in die Hauptgeschäftsstelle nach Euskirchen versetzt worden,

was eine Beförderung beinhalte. »200 Euro mehr im Monat, meine Liebe, ist das nicht wunderbar?«

Sie lächelte, nur mit den Mundwinkeln, aber sie lächelte immerhin, das hatte sie schon sehr lange nicht mehr getan. Sie ließ sich sogar von ihm umarmen. Er drückte sie ganz fest an sich. Aber als er versuchte, sie zu küssen, stieß sie ihn weg und sagte mit Tränen in den Augen: »Du tust mir weh.« Dann musterte sie ihn von Kopf bis Fuß. »Du brauchst etwas Neues zum Anziehen.«

»Du hast recht«, sagte er und sah verlegen an sich hinunter.

Im Versandhandel bestellte Eva-Maria neue Anzüge, blau und grau, und einen Sechserpack Hemden. Krawatten hatte er genug. Aber ein Paar neue Lederschuhe war nach der Beförderung auch fällig.

Dass Eva-Maria etwas auffallen konnte, machte Hoppe keine Sorgen, denn in seine Bankgeschäfte hatte sie keinen Einblick.

Viel zu früh saß er also an seinem ersten neuen »Arbeitstag« im neuen Anzug im alten Auto und fuhr von Weyer nach Euskirchen. Am Abend kehrte er müde zurück und berichtete Eva-Maria von seinen wichtigen Tätigkeiten in der Hauptgeschäftsstelle der Sparkasse. Tatsächlich hatte er sich aber in dieser Zeit nur in der Stadt herumgetrieben, war durch Kaufhäuser geschlendert und hatte in verschiedenen Cafés gehockt, die vorübereilenden Menschen beobachtet und mit seinem Schicksal gehadert. So ging es von nun an jeden Tag. Von Montag bis Freitag. Lang konnte so ein Tag sein. Unendlich lang.

Nach zwei Monaten aber, im Juni, als er sich zu müde und zu hoffnungslos fühlte, um wieder von Weyer nach Euskirchen zu fahren, kaufte er sich einen *Kölner Stadt-Anzeiger* und versteckte sich und sein Auto in einem Waldstück in der

Nähe der *Siedlung Weyer*, die nur einen knappen Kilometer von seinem Haus entfernt lag.

Er studierte die Kleinanzeigen *Stellenangebote* und *Arbeitsangebote*, machte sich danach auf der Rückbank lang und döste dabei weg. Später machte er einen kleinen Spaziergang, um sich die Beine zu vertreten, und stieß nach einer Weile auf einen alten Bauernhof, der hinter einer mannshohen Hecke aus Brombeere, Sanddorn und Hagebutte lag, die ihn dicht und weiträumig umschloss und nur einen kleinen Bogen um eine alte Linde machte. Einziger Zugang war eine Fahrspur, die durch zwei Torpfosten bis zu einer Art Garage führte.

Hof Bergrath.

Die U-förmig angelegten Gebäude bestanden neben der Garage noch aus einem zweistöckigen Wohnhaus, einer halb offenen Scheune, in der ein alter Traktor und vergammelte Gerätschaften ihr Dasein fristeten. Im Hof blühten gelber Löwenzahn und weiße Gänseblümchen im Kopfsteinpflaster um die Wette, wilder Wein und Efeu machten sich über die Wände, Fenster und die Haustür her.

In Weyer hieß es, dass der alte Bergrath nach dem Tod seiner Frau ins Altenheim gegangen sei und den Hof seinem Sohn überlassen habe. Aber der schien sich nicht darum zu kümmern. Nie wurde er gesehen. Er ließ den Hof verfallen.

Das nordwestlich gelegene Garagentor war verschlossen, aber Hoppe entdeckte hinter dem wackligen Regenrohr einen Mauerspalt, in dem ein rostiger Bartschlüssel steckte. Er angelte ihn hervor. Der Schlüssel passte, und das zweiflügelige Tor ließ sich öffnen. Die Angeln mussten dringend geölt werden, dachte Hoppe, während er eintrat und sich umsah. Das Dach war dicht, der Boden staubig, aber trocken, und durch das kleine, schmutzige Sprossenfenster, das zum Wohnhaus zeigte, fiel ein wenig Tageslicht herein.

Die Garage war eher als Schuppen genutzt worden und bis auf einiges undefinierbares Gerümpel, Holzbalken und Eisenstangen und einen vergessenen alten Strohballen leer. Ein schweres, graues Seil baumelte in einer dunklen Ecke an einer Metallschiene von der Balkendecke herab und endete in einer Schlinge, die seemännisch verknotet war. Es musste dort schon ewig hängen, wie Hoppe aus den Spinnweben schloss. Vielleicht hatte der alte Bergrath es zum Heben von Lasten benutzt.

War das hier nicht die ideale Zufluchtstätte für einen Mann wie ihn?

Hinter dem Schuppen entdeckte Hoppe einen wackligen Tisch und in dessen Schublade vergessenes Werkzeug. Mithilfe einer rostigen, krummen Stichsäge, Schrauben und verbogenen Nägeln, Hammer und Schraubendreher, baute er aus den Holzbalken einen Schlafplatz und einen Hocker. Den Strohballen pflückte er auseinander und machte daraus eine Matratze. Von zu Hause brachte er sich nach und nach sein Fernglas, ein kleines, batteriebetriebenes Kofferradio, eine alte Fransendecke und ein geblümtes Kissen mit. Nichts davon würde Eva-Maria vermissen. Er legte einige Vorräte an, Konserven und Dosenbier, und er ölte die Torangeln. So wurde es im Schuppen richtig gemütlich. Jeden Tag hielt er sich hier für ein paar Stunden auf, wenn er seine erfolglose Suche nach einem Job beendet hatte.

Als Hoppe in Euskirchen alles abgegrast hatte, erweiterte er seinen Radius, nahm den Eifelexpress und fuhr in die Großstadt, nach Köln. Aber die Lage in Köln war noch hoffnungsloser. Niemand wollte einen alten Mann beschäftigen.

Im September des letzten Jahres, kurz bevor die Abfindung aufgebraucht war, sprach ihn im Hauptbahnhof an einer Imbissbude ein Mann an. Ein bulliger Typ im dunklen, abge-

schabten Anzug, mit Sonnenbrille im Haar, dickem Goldarmband und spitzen, abgetragenen Schuhen. Sie kamen in ein holperiges Gespräch, von leckeren Würstchen über verspätete Züge zur Arbeitslosigkeit. Der Mann sprach mit einem harten, rauen Akzent und duzte Hoppe. Er schien aus Osteuropa zu kommen. Beiläufig erwähnte Hoppe, dass er auf der Suche nach einem neuen Job sei. Wie der Zufall es wollte, suchte der Mann gerade einen zuverlässigen Kurier, der in aller Diskretion Päckchen im Umkreis von Köln-Aachen-Bonn-Trier auslieferte. Ohne lange nachzudenken, griff Hoppe zu. Und per Handschlag wurde das Geschäft perfekt.

»Wie heißt du?«

»Martin Hoppe«, stellte Hoppe sich vor. »Und ... du?«

»Peter Schmitz. Für dich Peter!«

Hoppe stimmte aufgeregt zu.

Und schon am nächsten Tag fuhr Hoppe mit seinem Ford nach Köln. Treffpunkt war die Autobahnraststätte Ville, wo Peter in einem grau-grünen, ramponierten Lada mit Berliner Kennzeichen auf ihn wartete und zwei große Kartons in Hoppes Kofferraum lud, die randvoll mit kleinen Päckchen waren, die mit dreistelligen Zahlen beschriftet waren.

»Willst du wissen, was es ist?«, fragte Peter, ehe er die Tür des Kofferraums zuschlug.

Hoppe schüttelte den Kopf, der sich in Peters Sonnenbrille spiegelte, obwohl er gerne gewusst hätte, was in den kleinen, rechteckigen, in braunes Packpapier eingewickelten Päckchen steckte, die nicht größer als ein Paket Butter waren.

Peter schaute ihn finster an. »Kannst du schweigen?«

»Natürlich«, sagte Hoppe schnell. »Wie ein Grab.«

»Wie ein Stein sagen wir bei uns.«

»Wo ist das?«

Peter winkte ab. »Also?«

»Auch wie ein Stein.«

»Willst du eines?« Peter streckte ihm ein Päckchen entgegen. »Für dich Sonderpreis.«

Hoppe nahm es zögernd entgegen. Es war leicht. Er schüttelte es, es rappelte. »Was ist es denn?«

Peter kam näher, legte eine Hand um den Mund und zischte: »Für Männer!« Dann machte er mit beiden Händen ein ziemlich eindeutiges Zeichen.

Martin ließ das Päckchen fallen, trat entsetzt einen Schritt zurück und hob abwehrend die Hände.

»Wie du willst«, meinte Peter und hob das Päckchen auf. »Wenn du es überlegst, sag Bescheid.«

»Niemals!«, beteuerte Hoppe. Peter kannte Eva-Maria nicht.

»Bei mir«, raunte Peter und tippte sich auf die Brust. »Kostet die Tablette statt elf nur fünf Euro. Ohne Rezept! Für dich ... sagen wir ... drei Euro.«

»Das ist aber immer noch ziemlich viel für eine einzige Tablette«, sagte Hoppe und schob die Unterlippe vor.

»Du brauchst für jede Nummer nur eine«, grinste Peter.

»Und wie viele Tabletten sind in so einem Päckchen drin?«

»So viele wie du bezahlen kannst«, meinte Peter und reichte Hoppe eine braune Banktasche mit Reißverschluss, in der sich ein Quittungsblock und eine zusammengefaltete Liste befanden.

Auf der Liste standen neben Name und Adresse dreistellige Zahlen, Codes, wie Peter sie nannte, die mit den Zahlen auf den Päckchen übereinstimmten, und die Summen, die dafür fällig waren. Das Geld gehörte ebenfalls in die Banktasche. Natürlich, wohin sonst? Peter betete ihm vor, wie er die Übergabe zu halten hatte: erst das Geld und die Quittung,

dann das Päckchen. Geld und Liste mussten immer separat aufbewahrt werden: Liste am Mann, Geld im Auto, falls das Auto mal gestohlen wurde, denn die Liste war wichtiger. Außerdem habe Hoppe sich unbedingt und jederzeit gefälligst strikt an die Straßenverkehrsordnung zu halten, und zwar immer. Klar, das tat Hoppe sowieso. Immer.

»Warum machst du das nicht im Internet?«, fragte Hoppe.

»Du bist ein Schlauer«, grinste Peter selbstgefällig. »Aber nicht jeder Bauer hat Internet.«

»Stimmt«, gab Hoppe zu. Er hatte auch keines. Obwohl er kein Bauer war.

»Aber Sex wollen sie alle haben, he?«

Auch das stimmte, aber Hoppe sagte nur: »Weiß nicht. Aber ...«

»Aber was?«

»Wo hast du denn all die Namen her?«

Peter lächelte milde. »Ich habe Flyer verteilt.«

»An jeder Haustür?«, fragte Hoppe ungläubig. »Du allein?«

»Natürlich nicht«, erklärte Peter geduldig. »Noch Fragen?«

Hoppe schüttelte den Kopf, obwohl er noch viele Fragen hatte.

»OK. Dann kann es losgehen.«

Peter hatte Hoppe eine Route zusammengestellt. Sein Verdienst richtete sich nach der Anzahl der Päckchen, die er auslieferte. Pro Päckchen erhielt er fünf Euro. Cash auf die Kralle. Das Benzin bezahlte Hoppe aber selbst. Er war mit allem einverstanden, weil er keinen Verhandlungsspielraum sah und den Job dringend brauchte.

Mit der Zeit fand er sogar Gefallen an seiner neuen Tätigkeit. Die Auslieferung gestaltete sich reibungslos, er lernte Orte kennen, die er noch nie gesehen hatte, und Leute, die er

sonst nie getroffen hätte. Ein ganz neues, aufregendes Leben begann.

Da war zum Beispiel Codenummer 079, Gerhard Pfennig, der junge Rollstuhlfahrer aus Kall, der gern von früher erzählte, als er noch Eisenbahner war, bevor seine Beine zwischen zwei Waggons zerquetscht wurden. Damals war er auch ein hoffnungsvolles Talent in der Fußballmannschaft gewesen. Alles war nach dem Unfall vorbei. Keine Frau wollte mehr was von ihm wissen, außer gegen Geld. Auch wenn Pfennig immer dasselbe erzählte, hörte Hoppe ihm gerührt zu. Es gab Menschen, die hatten es noch schlechter getroffen als er selbst.

Da gab es auch Brigitte Matthies aus Euskirchen, Codenummer 114, die ihm die Päckchen abkaufte und ihm gestand, dass sie das Medikament ihrem Mann unters Essen mische, weil er es sonst nicht nehmen würde. Sie beschwerte sich bei Hoppe, dass die Wirkung auf sich warten lasse.

»Und das bei dem Preis! Ich zweig die Kosten nämlich vom Haushaltsgeld ab, müssen Sie wissen.«

»Das wird schon noch«, tröstete Hoppe und kam sich ein bisschen wie ein Held vor, wenn er mit seinem Auto voller Wundermedizin durch die Eifel fuhr und Männer und Frauen glücklich machte.

So ging die Zeit ins Land. Der Winter kam, da wurde das Reisen beschwerlicher, aber im Frühling dieses Jahres war Hoppe schon ein richtiger Profi-Kurier. Und Eva-Maria hatte immer noch nichts gemerkt. Aber an sein ehemaliges Gehalt als Bankangestellter kamen seine Einnahmen nicht heran. Monat für Monat musste er an sein Sparbuch gehen. Um eine Gehaltserhöhung zu bitten, wagte er nicht. Er konnte sich ausrechnen, wie lange das gut gehen würde.

Als Peter Anfang Juli Hoppe fragte, ob er nicht einen bombensicheren Lagerplatz irgendwo in seiner komischen Eifel

wüsste, in Köln würde ihm langsam der Boden zu heiß unter den Füßen, da musste der nicht lange überlegen. Sein Schuppen im leer stehenden Bergrath-Hof war doch wie geschaffen dafür. Peter war skeptisch, wollte ihn besichtigen, und sie vereinbarten einen Ortstermin: Samstag, 14. Juli, 15 Uhr.

Pünktlich war Peter an jenem Tag mit seinem grau-grünen Lada und dem Berliner Autokennzeichen auf den Hof gefahren. Er stieg aus, knöpfte sein abgetragenes Jackett zu und schlug den Kragen hoch, obwohl er zu schwitzen schien. Mit der Sonnenbrille auf der Nase stieg er mit spitzen Schuhen über den Schotterweg. Mit missmutigem Gesicht checkte er die Gesamtlage und betrat zuletzt den Schuppen. Abfällig glitten seine Blicke über die Inneneinrichtung.

»Ich habe noch ein anderes Angebot«, sagte Peter nachdenklich und zupfte an seinem Ohrläppchen, in dem eine Perle steckte.

»Aber hier kommt wirklich nie einer hin«, beschwor Hoppe ihn.

»Woher hast du den Schlüssel?«

»Komm, ich zeig es dir.« Er winkte Peter nach draußen, schob das Tor zu, damit die Regenrinne und hinter ihr der kleine, geheime Mauerspalt sichtbar wurden.

»Wenn du mich reinlegst, dann ...« Er ließ den Satz auf eine Art unvollendet, als hätte er einen Stein in einen Brunnen geworfen, ohne dass Hoppe ihn aufschlagen hörte. So lange er auch wartete, es kam nichts mehr. Dann brach Peter das Schweigen. »Fünfhundert zusätzlich im Monat, cash auf die Kralle, wenn du keinen Scheiß baust.«

Hoppes Herz machte einen Sprung. Zusammen mit seinen Einnahmen aus dem Kuriergeschäft war das mehr, als er als Bankangestellter gehabt hatte. Wenn er Eva-Maria von dieser Gehaltserhöhung berichten konnte, wer weiß, was dann alles

geschehen würde. Geld macht sexy, hatte er neulich erst wieder auf der Titelseite einer dieser Männerzeitschriften gelesen, die in Peters Kofferraum herumflogen.

Peter entdeckte eine Stofftasche mit vier Bierflaschen, die unter dem Tisch stand, Hoppes eiserne Ration. Peter nahm zwei Flaschen heraus, studierte das Etikett, öffnete dann die eine Flasche am Kronkorken der anderen und sagte: »Ich liefere in vierzehn Tagen.«

Mit zwei Stubbis stießen sie auf das Geschäft an.

Kaum war Peter wieder verschwunden, schloss Hoppe sich im Schuppen ein, holte sein Tagebuch aus seiner Aktentasche, um die Neuigkeiten niederzuschreiben. Er rechnete gerade aus, wie gut es Eva-Maria und ihm ab sofort gehen würde, als Motorenlärm ihn aufhorchen ließ. Drei schwer bepackte Motorräder rollten auf den Hof. Nach und nach stiegen insgesamt sechs Personen ab und zogen ihre Helme vom Kopf. Drei Männer, drei Frauen.

Sicher fahren sie gleich wieder weg, wenn sie sehen, wie vergammelt hier alles ist, hoffte Hoppe. Aber so war es nicht.

Einer hatte einen Schlüssel zum Haus. Die jungen Leute schleppten ihre Packtaschen hinein und liefen neugierig im Gelände umher, rappelten sogar am Tor zum Schuppen und versuchten durch das Fenster hineinzuspähen. Hoppe presste sich an die Wand neben dem Fenster und stellte das Atmen ein. Gut, dass er nicht vergessen hatte, sich einzuschließen.

»Was ist denn da drin?«, hörte er eine der Frauen fragen.

»Nichts«, sagte eine Männerstimme.

»Hast du keinen Schlüssel?«, fragte eine andere weibliche Stimme.

»Doch, der hängt drinnen im Flur.«

Hoppe fuhr zusammen. Er hatte sich immer sicher gefühlt, wenn er den Schlüssel von innen herumgedreht hatte.

»Hol ihn doch!«, forderte eine Frauenstimme.

»Wozu? Kommt, wir gehen lieber rein. Die Mädels müssen noch putzen, und ich habe Hunger!«, sagte der Mann.

Als er Peter am nächsten Morgen an der Autobahnraststätte Ville traf, um seine Päckchen und Listen in Empfang zu nehmen, fragte er: »Bleibt es beim 28. Juli?«

»Wieso?«, fragte Peter ungnädig zurück.

»Um wie viel Uhr denn?«

»Das erfährst du früh genug. Was ist los, Mann? Hast du kalte Füße bekommen?«

»Ich doch nicht«, beteuerte Hoppe. »Ich wollte es nur wissen. Nur so. Damit nichts schiefgeht. Damit ich auch da bin, wenn du kommst. Du kommst bestimmt nicht früher?«

»Nerv nicht.«

Vor zwei Tagen war Peter richtig wütend geworden, als Hoppe ihn wieder mit seiner Fragerei bombardierte, und hatte gedroht: »Wenn du noch einmal fragst, dann überlege ich das Ganze noch mal. Vergiss nicht, ich habe noch ein Angebot.«

»Alles ist gut, Peter, wirklich.«

Aber das Gegenteil war der Fall, denn bis heute Abend war ihm nichts Vernünftiges eingefallen, wie er die jungen Leute vom Hof Bergrath verscheuchen konnte. Wenn er Glück hatte, spielte ihm jetzt das Schicksal in die Hände, und nach dem nächtlichen Fiasko, das offensichtlich tödlich geendet war, war ihnen der Spaß vergangen, sie packten und verschwanden von selbst. Freiwillig. Dann wäre er aus dem Schneider. In jeder Beziehung.

Hoppe parkte vor seinem Haus und schloss leise die Tür auf. Alle Zimmer lagen im Dunkel. Er zog die Schuhe aus und ging auf Zehenspitzen die Treppe hinauf ins Schlafzimmer.

Eva-Maria schlief. Sie lag auf ihrer linken Seite, ihr Gesicht in ihrer linken Hand. Sie hatte die Knie bis zur Brust hochgezogen. Ihre dünnen, hellbraunen Haare, die sie sonst in einem Knoten trug, hingen wie Spinnweben auf ihren Schultern. Ihre schmalen Lippen waren zusammengepresst. Die Wangen waren blass, so weiß wie der Kissenbezug. Die Augen hinter den Lidern schienen sich zu bewegen. Hoppe betrachtete sie eine Weile. Morgen früh würde er ihr sagen, dass er wieder Überstunden hatte machen müssen, weil etwas zu tun war, was nur er allein konnte und von dem er ihr nichts sagen durfte, so geheim war es. Stichwort Euro-Krise. Und dass er bald schon wieder befördert werden würde.

6. Kapitel

Mit der bangen Frage, ob der Autodieb im Haus auf sie wartete, hatte Sonja Senger, nachdem der Rettungswagen sie in Wolfgarten abgesetzt hatte, unter der Fußmatte vor der Haustür ihren Schlüssel vorgefunden. Die Haustür war nicht abgeschlossen. Sonja ließ sich dreimal gegen sie fallen und stemmte sie auf. West, ihr dunkelgrauer Kater, schnurrte ihr entgegen, betrachtete irritiert ihr Abendkleid und schnupperte an ihren Pumps. Zu Recht, die Spitzen waren verstaubt. Sonja warf sie von sich und stieg in ihre Filzpantoffeln. Eine Wohltat.

West meckerte.

»Hast du Besuch?«, flüsterte sie und betrat, ohne Licht zu machen, die Wohnküche. Dunkelheit. Ruhe. Leere. Die kleine Küchenzeile, der grüne Kachelofen, der karierte Ohrensessel, der ovale Tisch mit den Stühlen schienen matt im Scheinwerferlicht des Rettungswagens, der beharrlich wartete. Handy und Dienstausweis lagen auf der Anrichte neben dem Kühlschrank. Neben ihnen der komplette Schlüsselbund. Sie berührte ihn. Er war kalt wie die Motorhaube ihres Dienstwagens.

Schnell inspizierte sie oben im Schlafzimmer ihren Nachttisch. Ihre Pistole, eine Walther P 99, lag in der Schublade. Ohne Magazin. Das Magazin verbarg sich hinter den Winterpullovern im Kleiderschrank. Die fünfzehn Patronen, 9x19 Millimeter, steckten vollständig in Zweierreihen. So weit, so gut. Ein anständiger Dieb war das gewesen, der beim Anblick ihres polizeilichen Dienstausweises vermutlich kalte Füße bekommen hatte. Oder? Sonja schob das Magazin in das Griff-

stück und arretierte es. Ohne weitere Sicherungsbetätigung schussbereit, machte sie mit der Pistole in der Hand in allen Räumen Licht und kontrollierte jeden Winkel. Nichts.

Vorsichtig legte sie die Pistole auf dem Küchentisch ab und gab dem Rettungswagen mit überschwänglichem Winken durchs Fenster grünes Licht, woraufhin dieser sich davonmachte.

Sonja schloss die Haustür ab und steuerte ihren Ohrensessel an. Mit der Pistole im Schoß machte sie es sich darin bequem. Es dauerte nicht lange, bis West sich zu ihr gesellte. Während er behaglich schnurrte, erzählte sie ihm alles, was geschehen war. Sogar die Details. Auch ihren Auftritt in Wesselings Wohnung. West war nicht besonders beeindruckt, obwohl es doch wirklich eine dreiste Geschichte war.

Dreister war nur noch die Vorstellung, dass ihr Auto als Fluchtauto gedient haben könnte. Aber nahe lag es irgendwie schon.

Schließlich raffte sie sich auf, kroch auf allen vieren die Stiege hoch, legte die Pistole auf den Nachttisch und fiel kopfüber in ihr Bett. Als das Gedankenkarussell sich wieder zu drehen begann, machte sie Licht und schlug das Buch auf, das neben der Pistole lag: *Und die Großen lässt man laufen* von Sjöwall und Walhöö in einer deutschen Erstausgabe von 1977.

Mit das Beste an diesem Roman war für Sonja die Tatsache, dass niemand – weder die Guten noch die Bösen – auch nur ein einziges Mal ein Handy, geschweige denn ein Smartphone, einen Computer oder ein Navigationsgerät benutzte und Martin Beck, Kommissar der Riksmordkommissionen in Stockholm, trotzdem – oder vielleicht sogar deswegen? – auch nicht länger brauchte, um einen Fall zu lösen als die Kommissare heutzutage. Sonja war inzwischen auf Seite 131

angekommen, auf der Martin Beck Direktor Hof-Jenssen zum zweiten Mal befragte, ob er sich nicht daran erinnern könne, wie der Täter ausgesehen habe, der an jenem unseligen Abend in Malmö einfach in das Hotel eingedrungen sei, einen gewissen Viktor Palmgren kurzerhand erschoss und ungehindert aus dem offen stehenden Fenster floh.

Hof-Jenssens nichtssagende Antworten erinnerten Sonja an die nichtssagenden Antworten der Studenten im Hof Bergrath. Aber noch bevor sie auf Seite 132 das zwanzigste Kapitel beginnen konnte, fielen ihr die Augen zu. Beim Einschlafen streifte sie wieder der Gedanke, dass sie einem Mörder zur Flucht verholfen haben könnte, nur weil ...

Von der Miss-Marple-Melodie ihres Handys geweckt, öffnete Sonja Senger am nächsten Morgen langsam die Augenlider. West lag auf ihren Beinen, ihr Buch auf ihrem Bauch, die Pistole auf dem Nachttisch, der Wecker zeigte 12.10 Uhr.

Sie beschloss, das Telefonklingeln im Erdgeschoss zu ignorieren, und ließ ihren Blick zum Fenster wandern. Das helle Tageslicht, das durch das Dachfenster fiel, bestätigte die Zeitangabe. Sie rekelte und streckte sich, alle Knochen taten ihr weh, als wäre sie die Treppe heruntergefallen. Treppe?

Mit einem Ruck fuhr sie hoch. West sprang entsetzt davon. Auf nackten Füßen, das Buch noch unterm Arm, die Pistole in der Hand, glitt Sonja hinunter und erwischte den Anrufer im letzten Moment. »Ja?!«

»Was muss ich hören?«, fuhr eine Stimme sie an. Sie gehörte Hauptkommissar Hans Roggenmeier, dem Leiter der Kripo Euskirchen.

Was wollte er von ihr? War heute nicht Sonntag? Sie war in der Gewerkschaft, hatte er das vergessen? Sie nahm das Handy vom Ohr und blickte es vorwurfsvoll an. Wäre sie doch im Bett geblieben.

»War das nötig, Rechtsmedizin und das ganze Programm?«, hörte sie Roggenmeier rufen.

»Morgen«, begrüßte Sonja ihn, während sie mit der freien Hand den Wasserkocher in Betrieb setzte. »Ja, das war es.«

»Habe das Gefühl, Sie sind ein bisschen übers Ziel hinausgeschossen.«

Welches Ziel?, fragte sich Sonja, stellte die Freisprechfunktion ein und legte das Handy beiseite, um Kaffee in die Stempelkanne zu löffeln. Sie riss das Fenster über dem Ohrensessel auf und begann, auf einem Tablett zu arrangieren, was sie für ein Frühstück draußen auf der Ofenbank brauchte: Brot, Butter, Käse, Marmelade, Tasse, Messer, Milch, Buch, Handy, Pistole.

»Musste selbst zur Mutter der Toten gehen«, hörte sie Roggenmeier auf dem Tablett klagen.

»Das tut mir leid«, sagte sie, was nicht stimmte. Er war längst überfällig für diesen Gang des Schreckens gewesen, weil er sich immer darum herumdrückte. Daher also seine schlechte Laune.

»Frage mich, wieso Sie überhaupt am Tatort waren. Und erzählen Sie mir nix von Zufall oder so. Habe Sie doch letzte Nacht in Bonn tanzen sehen, im Übrigen ein netter Anblick, ich meine, unseren Oberstaatsanwalt so ausgelassen zu sehen, freut mich für ihn, war ja in letzter Zeit ein wenig neben der Spur, der gute Wesseling. Und dann war er plötzlich nicht mehr da.« Hüstel. Hüstel. »Und Sie auch nicht.« Hüstel. Hüstel.

»Und wie geht es Frau Hagstein?«, konterte Sonja bissig. Roggenmeier hatte mit der Assistentin der Abteilung Straßenverkehr noch an der Bar gestanden, als sie mit Wesseling die Veranstaltung verlassen hatte.

»Das ist ja wohl was anderes.« Im Handy knackte es gefährlich. »Also?«, ertönte es schließlich.

»Also was?«, fragte Sonja und goss das kochende Wasser auf. Der Duft, der ihr in die Nase stieg, beruhigte sie. Auf nichts freute sie sich mehr als auf eine frische, heiße Tasse Kaffee auf der Ofenbank, draußen in der kühlen Eifelluft. Ein Marmeladenbrot und Martin Beck.

Im Handy war Stille ausgebrochen.

»Sind Sie noch da?«, fragte Sonja nach.

Räuspern.

»Es ist alles geregelt«, tröstete Sonja ihn. »Alles geht seinen ordnungsgemäßen Gang. Ich wünsche Ihnen einen schönen Sonntag.« Sie schraubte die volle Kanne zu. Hatte Roggenmeier überhaupt Familie? Sonja hatte seine Frau nie zu Gesicht bekommen. Sie drückte auf den roten Knopf und legte das Handy aufs Tablett. Mehr würde er von ihr nicht erfahren zum Thema *Tanzen in der Bonner Staatsanwaltschaft.*

Sie konnte sich schon denken, dass die Gerüchte morgen die Runde machen würden, in der ganzen Polizeibehörde Euskirchen, der Bonner Staatsanwaltschaft, quasi in ganz NRW, ein Skandal, Oberstaatsanwalt Bernd Wesseling und Hauptkommissarin Sonja Senger ...

Ist der Ruf erst ruiniert, dachte sich Sonja und balancierte das Tablett nach draußen. West strich um ihre Beine und freute sich schnurrend auf ein paar Krümel von Frauchens Tisch. Ein lauer Wind empfing Sonja, ein Duft von Sommer, trockenem Getreide, feuchter Erde, blühenden Wiesen, ein Gefühl wie Freiheit, wie Urlaub, jedenfalls wie Wochenende, eine angenehme Mischung.

Als ihr Blick auf ihren Dienstwagen fiel, stellte sie das Tablett schnell auf der Ofenbank ab und holte ihren Autoschlüssel aus dem Haus. Der karierte Morgenmantel und die Filzpantoffel schienen passend für eine Inspektion außerhalb des Gartens. Sonja schlug die Kapuze hoch und blickte sich

um. Niemand war auf dem Weg in den Ort zu sehen, niemand spazierte über die Felder. Bis auf West am Boden und den einsamen Greifvogel, der am Himmel seine Kreise zog, war auch kein Tier unterwegs. Ein Hund, der heiser bellte, wohnte hinter dem Horizont.

Sonja schloss die Fahrertür auf, beugte sich über die Lehne und langte vom Rücksitz ihre Abendtasche heraus. Die Börse war so voll, wie sie sein sollte, alle Papiere und Karten waren an Ort und Stelle. Auch Alexander klebte wie gewöhnlich an der Frontscheibe. Schwarz und schweigend.

Als sie ihn einschaltete, erschien auf dem Display das Forsthaus als Ziel der letzten Reise. Sie hatte nichts anderes erwartet. Wie sollte der Dieb sonst hierhergefunden haben?

Sonja sah sich im Inneren um und konnte nichts Außergewöhnliches feststellen. Kopfschüttelnd schlug sie die Autotür zu. Diebe gab's, die gab es gar nicht. Seltsam war die Tat, ein bisschen unheimlich. Überirdisch oder unterirdisch oder außerirdisch.

Sie musste ihr Auto unbedingt morgen von der Spurensicherung untersuchen lassen, auch wenn sie den Zwischenfall lieber nicht an die große Glocke hängen würde.

West saß schon lauernd neben dem Tablett und hob gerade zart die erste Pfote. »Keine Selbstbedienung!«, warnte sie ihn und konnte sich endlich an ein geruhsames Frühstück machen. Als sie ihr Buch auf Seite 133 aufschlug, stellte sie fest, dass sie vergessen hatte, was sie gestern Nacht gelesen hatte, und begann wieder auf Seite 131.

Aber zwischen den Zeilen entglitten ihr die Gedanken, kreisten frei und ungebremst davon und landeten bei einer Person namens Wesseling und der Frage: Was wäre geschehen, wenn sie geblieben wäre? Die Antwort fiel missverständlich aus.

Wieder auf Seite 133 angelangt, gab sie auf, schlug das Buch zu und verbrachte den Rest des Tages mit Aufräumarbeiten im Haus. Sie steckte ihr Abendkleid in die Waschmaschine und hängte es anschließend im Garten auf die Leine. Ansonsten lief sie hin und her, rauf und runter und verzettelte sich. Als die Sonne tief stand und West noch unterwegs war, verstaute sie Pistole und Magazin an ihre angestammten Plätze und ging zu Bett. Ihr fehlten einige Stunden Schlaf, und sie hatte das Gefühl, dass es nicht schaden könnte vorzuschlafen.

Beine hoch und Ruhe im Forsthaus.

Als sich Sonja am Montagmorgen im Auto auf den Fahrersitz fallen ließ, um nach Euskirchen zu fahren und dort ihren Dienst anzutreten, schrie sie auf und fuhr hoch, als hätte sie sich in ein Wespennest gesetzt. Sie biss sich auf die Zunge und stieß mit dem Kopf gegen den Autohimmel. Aber das war nichts gegen den Schmerz am unteren Ende der Wirbelsäule. Mit der rechten Hand langte sie hinter sich. Zwischen Lehne und Sitz stieß sie auf einen eingeklemmten, harten, spitzen Gegenstand. Den angelte sie hervor und starrte ihn ungläubig an.

Ein Gebiss.

Ein Vampirgebiss mit vier langen spitzen Eckzähnen! Dieses letzten Beweises hätte es fast nicht mehr bedurft.

Bevor Sonja auf dem Parkplatz der Polizeibehörde ausstieg, verstaute sie das Vampirgebiss im Handschuhfach, wohin sie auch Handy, Pistole und Dienstausweis bei der Abfahrt verbannt hatte. Nach ihrer letzten Erfahrung hatte sie sich vorgenommen, weder das eine noch das andere jemals wieder im Forsthaus zu vergessen. Zum Schluss riss sie sogar Alexander samt Kabel aus der Halterung und brachte ihn in Sicherheit.

Nachdenklich drückte sie die Klappe zu, machte sie aber sofort wieder auf und packte alles zusammen in ihre Schultertasche. Sie zog den Reißverschluss fest zu und wünschte, sie könnte die Tasche an ihr Handgelenk fesseln, wie es Geldtransporteure mit ihren Geldkassetten tun. Sie betrachtete sich kurz im Rückspiegel und ordnete ihr Haar. Ihr leicht gehetzt wirkender Gesichtsausdruck bestätigte die These, dass ein Diebstahl – auch wenn er nur vorübergehend war – traumatische Folgen für den oder die Geschädigte haben konnte.

Wie nicht anders zu erwarten, saßen in der Kreispolizeibehörde Euskirchen am Ende des Flures die Kollegen Neugebauer und Brummer an ihren Schreibtischen. Sie taten enorm beschäftigt, obwohl sie Sonja mit Sicherheit ungeduldig erwartet hatten, um endlich ihren Spott über sie ausgießen zu können wie einen Eimer Wasser über eine Katze.

Aber das Allerneueste, das wussten sie ja noch gar nicht. Es toppte die »Staatsanwaltliche Affäre« um Längen.

Schon auf dem langen Weg durch die Flure von der Pforte bis in ihr Büro hatte Sonja die amüsierten Blicke der Kollegen hinter ihrem Rücken gespürt und das Getuschel und Gekicher vernommen. Auch wenn es nur Einbildung war, war es schrecklich gewesen.

»Morgen!«, rief sie Brummer und Neugebauer zu, als sie ihr Büro betrat, erleichtert, endlich auf sicherem Terrain zu sein und umgeben von loyalen Kollegen.

»Morgen«, murmelten sie und hypnotisierten ihre Monitore. Eifrig klickten die Computermäuse, Papiere raschelten, die Kaffeemaschine knurrte im Hintergrund.

Sonja warf ihre Schultertasche auf das Durcheinander aus Akten, Ordnern, Mappen und losen Blättern und Notizzetteln, das sich auf ihrem Schreibtisch angesammelt hatte.

»Schönes Wochenende gehabt?«

»Geht so«, meinte Neugebauer.

»Hm«, war Brummers Antwort.

Sonja ging um die begeisterten Kollegen herum und stellte beide Fenster auf Kipp. Sie füllte die Gießkanne am Waschbecken und begann, die beiden tapferen Pflanzen – aus der Familie Beamtenstolz – zu gießen, von denen niemand wusste, wie sie wirklich hießen. Sie hatten lange, dünne, grüne Blätter, die schwungvoll herunterhingen, und blühten nie. Anschließend spülte Sonja ihre Kaffeetasse aus, die noch Spuren vom Freitag trug, und goss Kaffee und Milch gleichzeitig ein.

»Darf ich fragen, was ihr da so Spannendes macht?«, fragte sie, als sie auf ihrem Drehstuhl Platz nahm. Sie rollte an ihren Schreibtisch heran, der quer vor den beiden anderen stand und einen Blick aufs Fenster bot. Der Himmel war bedeckt, nur wenig Licht an diesem Morgen fiel ins Büro, die Kollegen hatten ihre Schreibtischlampen eingeschaltet. Sonja nahm einen ersten Schluck und blickte irritiert in ihre Tasse. Der Kaffee schmeckte sogar, die Kollegen hatten sich Mühe gegeben. Warum?

»Ach«, antwortete Neugebauer und blickte kurz auf, »nur Statistik.«

Sonja glaubte, ein Zucken um seine Mundwinkel zu sehen.

Brummer brummte, ohne aufzusehen. »Nur ein Protokoll.«

Sonja hörte seine Füße scharren.

»Brav«, lobte sie. »Habt ihr schon mit dem Chef gesprochen?«

Nicken vor den Monitoren. Sie glaubte, ein Glucksen zu hören.

»Dann wisst ihr also über den Treppensturz Bescheid?«

Wieder Nicken. Leises Glucksen und Füßescharren.

»Wer hat den Chef zur Mutter der Toten begleitet?«

»Ich«, antwortete Neugebauer knapp und blinzelte nervös.

»Wusste sie irgendwas, das uns weiterhilft?«

Neugebauer schüttelte den Kopf.

Sonja kramte aus ihrer Schultertasche die Notizen hervor, die sie sich im Hof Bergrath während des Verhörs auf den herausgerissenen Seiten des ärztlichen Notizbuches gemacht hatte, und klemmte sich dabei den Zeigefinger im Vampirgebiss. »Au!«

Das Gebiss hing noch am Finger, als sie ihn hervorzog.

»Was ist das?«, fragte Neugebauer interessiert.

»Sieht aus wie ein Vampirgebiss«, brummte Brummer.

Sonja befreite ihren Finger und steckte das Gebiss in eine Plastiktüte. »Es muss in die KTU. Genauso wie mein Dienstwagen. Er wurde nämlich gestohlen.«

»Du hast ihn dir klauen lassen?«, fragte Neugebauer ungläubig.

Sie winkte ab. »Er ist schon wieder da.«

»Nee!«

»Doch.« Enttäuschte Blicke.

»Erzähl!«

»Hat die KTU im Hof Bergrath was entdeckt?«, lenkte Sonja ab.

»Nein«, antwortete Brummer. »Keine der Fingerspuren, die sie im Hof Bergrath aufgenommen haben, sind registriert. Auch sonst haben sie nichts Auffälliges gefunden.«

»Sind die Personalausweise überprüft worden?«

»Ja. Aber nur die drei Besitzer der Motorräder sind bisher aufgefallen: Uwe Bergrath, Sandra Klemens und Heiko Niemeyer. Das Übliche: Parken ohne Parkschein, Geschwindigkeitsüberschreitungen, Fahren auf für Motorräder gesperrten

Strecken, Lärmbelästigung, Gefährdung anderer Verkehrsteilnehmer durch verkehrswidriges Überholen und Kolonnefahren und so weiter und so weiter.«

»Echte Rowdys also«, kommentierte Sonja. »Und Anselmo Lopes?«

»Sieht schlecht aus. Der Vogel ist ausgeflogen«, steuerte Neugebauer bei. »Noch bevor unsere Fahndung greifen konnte, hat er sich nach Portugal abgesetzt. Mit dem nächsten Flieger heim zu Mami, würde ich mal denken. Er hat keinen Direktflug genommen. Dafür war keine Zeit. Er hat einen kleinen Umweg über Berlin und München gemacht.«

»Ohne Personalausweis?«

»Er hatte noch einen Reisepass.«

»Mist!«

»Zum Glück gibt es ja Europol«, tröstete Brummer sie.

»Und Sandra Klemens? Ist sie schon obduziert worden?«

Nein, das war nicht der Fall. Frühestens am Nachmittag sei mit einem Bericht zu rechnen.

Nun gab es nur noch eine Frage, die übrig blieb, und Sonja stellte sie so beiläufig wie möglich. »Hat sich der Staatsanwalt gemeldet?«

Bei dem Wort Staatsanwalt gab es kein Halten mehr. Neugebauer prustete in seinen Kaffeebecher. Brummer nahm die Finger von der Tastatur und lehnte sich zurück und lachte laut los. Sein Lachen erinnerte an das Geschrei eines aufgebrachten Papageis.

Widerwärtig, dachte Sonja.

»Apropos Staatsanwalt«, kicherte Brummer und rang nach Luft.

»Genau«, rief Neugebauer aus. »Apropos Staatsanwalt.«

Sonja stellte ihre Kaffeetasse ab. »Schade, dass ihr auf der Party am Samstagabend nicht dabei wart.«

»Wir wissen auch so alles!«, stieß Brummer unter Lachen hervor.

»Was denn?«, fragte sie und spürte, wie Wut in ihr aufstieg und ihre Wangen Feuer fingen. Sie wippte auf ihrem Stuhl auf und ab.

»Aber, Chef!«, meinte Neugebauer. »Reg dich nicht auf.«

»Ich will mich aber aufregen. Vor allem will ich wissen, was man hier hinter meinem Rücken so erzählt.«

»Was schon?«, begann Neugebauer. Als das Telefon auf Sonjas Schreibtisch klingelte, sagte er: »Ich gehe schon dran.« Ohne auf die Telefonnummer auf dem Display zu achten, nahm er das Gespräch an.

Sonja hörte eine Männerstimme, hörte sich wie Roggenmeier an. Es war 9.15 Uhr. Seine Lieblingszeit für den gefürchteten »Runden Tisch«, den er gern wie zufällig zur Frühstückszeit ansetzte.

Neugebauer blinzelte nervös und bewegte nur die Lippen: »Oberstaatsanwalt.«

»Shit«, brummte Brummer.

»Ich bin nicht da«, zischte Sonja.

Neugebauer hielt den Hörer wieder an sein Ohr. »Herr Oberstaatsanwalt? Entschuldigung, aber das geht gerade nicht. Sie ist in diesem Moment raus. Kann ich ihr was ausrichten?«

Sonja kniff die Augen zusammen.

»Ja, natürlich. Kein Problem. Gerne. Wird nicht lange dauern. Sie ist nur beim Chef ... Wie bitte? ... Der Chef ist bei Ihnen ... Äh, habe ich Chef gesagt? ... Natürlich nicht, Herr Oberstaatsanwalt, kann ich ja gar nicht gesagt haben ... Da ist sie nämlich nicht ... Das müssen Sie falsch verstanden ... Ich meine, ich habe mich wohl undeutlich ausgedrückt ... Ich sagte, sie ist ...«, ratlos unterbrach er sich und rollte verzweifelt mit den Augen.

»Dienstlich unterwegs«, soufflierte Brummer eifrig.

»... dienstlich unterwegs«, ergänzte Neugebauer. »Gut, Herr Oberstaatsanwalt, ich sage ihr Bescheid. Auf Wiederhören, ja, danke. Auf jeden Fall, Sie können sich drauf verlassen.« Er legte auf und stöhnte. »Puh! Das war knapp.«

Brummer hob anerkennend den Daumen.

»Was hast du ihm versprochen?«, fragte Sonja.

»Du rufst zurück, sobald du Zeit hast.«

»Danke, Neugebauer, du hast was gut bei mir.«

»Ja?«, fragte er grinsend. »Prima. Dann erzähl mir sofort die wahre Geschichte.«

»Es gibt keine!«, wehrte sich Sonja und fügte hinzu: »Nicht jetzt!«

»Warum nicht?«, fragte Brummer ernst.

»Ja, genau«, ergänzte Neugebauer, »warum eigentlich nicht?«

»Darum!«

»Ach, komm schon, Chef!«, drängte er weiter.

»Dann könnten wir dich verteidigen und den Gerüchten, die hier wie wild kursieren, auch Paroli bieten«, legte Brummer auseinander.

»Neeeeiiiin, habe ich gesagt.«

Aber der lange Blick in die Augen der Kollegen verriet ihr: Wenn sie sich überhaupt jemandem anvertrauen konnte, dann ihnen. Sie würden schweigen wie eine Mauer, nur sie und niemand sonst in diesem Hause. Sonja musste nicht einmal sagen, das möge unter ihnen bleiben. Sie waren integer und loyal, standen immer auf ihrer Seite, egal, was sie anstellte, das hatten sie gerade erst bei Wesselings Anruf bewiesen.

Sie hatten Sonja irgendwann zu ihrer heimlichen Chefin gekürt, obwohl sie dienstrechtlich alle drei gleichrangig waren. Vor mehr als fünf Jahren waren Brummer und Neuge-

bauer aus der Bonner und Sonja Senger aus der Trierer Mordkommission nach Euskirchen versetzt worden, und sie hatten sich schnell zusammengerauft. Der ruppige Ton unter ihnen täuschte. Fast liebevoll betrachtete Sonja die grauen Schläfen der Kollegen, als sähe sie sie heute zum ersten Mal. Sie waren, wie sie selbst, in die Jahre gekommen, und nach zahllosen Einsätzen war ihnen nichts Menschliches mehr fremd.

»Also gut«, gab sie endlich nach. »Aber nur, wenn ihr mir danach sagt, was hier erzählt wird.«

»Logo«, versicherten die Kommissare unisono.

Und so begann sie ganz von vorn und endete ganz zum Schluss und ließ auch ihren Gang ins Gebüsch und den dreisten Diebstahl nicht aus.

Nur für die Zeit in Wesselings Wohnung gab es für die Herren eine abgespeckte Version.

»Und das Gebiss gehört also tatsächlich dem geflohenen Vampir?«, versicherte sich Neugebauer ungläubig.

»So ist es.«

»Ist das alles?«, fragte Brummer. Er schien enttäuscht.

Sonja nickte. »Warum? Was wird denn hier getuschelt?«

»Na ja«, er zögerte, räusperte sich und sagte verlegen: »Du und der Oberstaatsanwalt, ihr hättet ... na ja, du weißt schon.«

»Was weiß ich?«

»Du hättest die Nacht bei ihm verbracht.« Neugebauer nickte und blinzelte nervös.

»Hab ich aber nicht!« Sie setzte sich entrüstet auf.

»Die anderen sind doch nur neidisch.«

»He? Auf wen denn?«, fragte Sonja verständnislos.

Brummer und Neugebauer wechselten einen Blick.

»Sag du es ihr«, meinte Brummer, als sei Sonja ein Kind, das man endlich aufklären müsse, bevor es zu spät war.

»Ist doch ganz einfach. Die Frauen sind neidisch auf dich«, begann Neugebauer. »Wer von denen würde nicht sofort mit einem Staatsanwalt ...«

»Neid ist die aufrichtigste Form der Anerkennung«, philosophierte Brummer.

»Oberstaatsanwalt«, berichtigte Sonja, ansonsten hatte sie an den Erklärungen nichts auszusetzen. Die Kollegen waren nicht nur loyal, sie waren auch ein wenig naiv. Aber das machte nichts.

Sonja hob ihre Schultertasche hoch, stellte sie neben sich auf den Boden und betrachtete den elenden Papierkram auf ihrem Schreibtisch. Mit beiden Händen raffte sie die Dokumente zusammen und begann sie zu bündeln. Dabei entstand ein Aktenstapel, den sie auf die rechte Seite schob. Zuoberst kam der Fall *Mord ohne Leiche* zu liegen.

Es handelte sich dabei um den scheinbar unlösbaren Fall, der sich vier Wochen zuvor im Kreis Euskirchen ereignet hatte. Ein Mann hatte behauptet, seine Frau umgebracht zu haben, und als er die Polizei zu der Leiche führte, war diese verschwunden.

Angewidert betrachtete Sonja den Aktenstapel, hielt das Holzlineal dagegen: siebenundzwanzig Zentimeter. Sie überlegte, wie viele Zentimeter sie an Neugebauer und Brummer weiterreichen konnte.

7. Kapitel

Als Uwe Bergrath am Montagabend die Küche betrat, saßen Heiko, Claudia und Chiara um den Tisch herum und bereiteten das Abendessen zu. Sie hatten jeweils einen Holzstuhl zwischen sich frei gelassen. Auf Sandras Stuhl lag ein kleines Bündel von Gänseblümchen, die die Köpfe hängen ließen. Anselmos Stuhl hatte jemand gegen den Tisch gekippt. Der Stuhl, den Uwe zu seinem Stammplatz erklärt hatte, war unter einem Berg zusammengeknüllter Küchenhandtücher begraben.

Claudia schälte Kartoffeln, Heiko fabrizierte kleine Fleischbällchen, und Chiara hackte Paprika, Möhren, Knoblauch und Gemüsezwiebeln. Sie blickten nicht auf, als Uwe hereinkam.

Auf dem Gasherd stand eine hohe Pfanne auf kleiner Flamme, in der eine Tomatensauce blubberte, und ein Topf mit brodelndem Wasser war bereit für die Nudeln. Es duftete nach italienischen Gewürzen, und es war feucht und heiß in der Küche wie in einer Sauna. Die beiden Frauen hatten ihre Haare zusammengebunden und trugen ärmellose T-Shirts und kurze Hosen, Heiko hatte sich ein kariertes, kurzärmeliges Hemd übergeworfen, das lose und offen über seine schwarze Bermuda-Shorts hing. Im alten Röhrenradio auf dem Buffet lief ein dramatisches Klavierkonzert.

»Hört doch endlich mit dieser Trauermusik auf!«, rief Uwe. Die Küchencrew schien taub zu sein. Mit drei Schritten war er beim Radio und drehte so lange am Senderknopf, bis er einen Song fand, der ihm zu gefallen schien. *Tage wie diese.* Mit seinen großen Händen dirigierte er und grölte mit den

Toten Hosen den Refrain. Er versuchte Stimmung zu machen und tanzte um den Küchentisch herum.

Heiko stand wortlos auf, stieß Uwe beiseite und trat an die große, kastenförmige Porzellanspüle, um sich sorgfältig die klebrigen Hände unter fließendem Wasser abzuwaschen. Er trocknete sie an seiner Hose ab. Danach schaltete er das Radio aus. Chiara und Claudia sahen kurz auf, als sie die plötzliche Stille bemerkten.

»Hey! Leute!«, rief Uwe. »Was ist los mit euch?«

»Sandra ist tot«, sagte Heiko mit eisiger Stimme.

Claudia ließ das Messer fallen, und Chiara stieß ihren Stuhl zurück, der auf dem Steinboden scharrte. Sie griff mit beiden Händen an ihr Herz.

»Ja, ich weiß, und das ist schrecklich, aber wir können nichts daran ändern, oder?«, fragte Uwe und breitete die Arme aus. »Wir leben, und wir müssen hierbleiben – und das sogar auf polizeiliche Order!«

Heiko stürzte hinaus, und die Küchentür knallte hinter ihm ins Schloss. Sie hörten ihn in der Diele fluchen und an der Haustür rütteln. Uwe zog einen Schlüssel aus der Hosentasche, hielt ihn demonstrativ in die Höhe und wedelte damit herum.

»Du bist ein Scheusal!«, fuhr Claudia ihn an, nahm Chiaras Arm und zog sie mit sich hinaus.

»Was hast du vor?«, fragte Chiara Heiko, als sie ihn an der Hakenleiste nach einem Schlüssel greifen sah.

»Ich muss hier weg!«, rief Heiko und probierte einen Schlüssel aus.

In diesem Augenblick riss Uwe die Küchentür auf. »Und was wird aus dem Essen?« Seine rechte Hand hielt er hinter dem Rücken versteckt. Aber es war kein Geheimnis, was sie festhielt, denn der Lauf eines Gewehrs ragte über seine linke Schulter hinaus.

Es fristete normalerweise sein Dasein im Abstellraum, einem kleinen Kabuff, das von der Küche abging. Dort stand es harmlos zwischen Besen und Schrubber. »Für alle Fälle«, hatte Uwe gesagt, als er es seinen Kommilitonen bei der Ankunft zeigte. Über den Lagerort der Munition hatte er allerdings keine Auskunft geben wollen.

Heiko versuchte sein Glück mit einem anderen Schlüssel, ließ ihn wütend fallen, als er nicht ins Schloss passen wollte, und kickte ihn weg.

»Na, na«, meinte Uwe, bückte sich, wobei er sich lässig auf dem Gewehr abstützte, sammelte den Schlüssel auf und hielt ihn dicht vor Heikos Augen. »Der kann doch nicht passen, bist du blind? Das ist ein sogenannter Bartschlüssel.« Er hängte ihn zurück an den ersten Haken der Hakenleiste und fügte hinzu: »Der ist für den Schuppen.«

»Gib mir sofort den Hausschlüssel«, verlangte Heiko.

Bedächtig schüttelte Uwe den Kopf. »Vergessen, dass die Polizei will, dass wir alle hierbleiben?«

»Ich steig aus dem Fenster.«

»Das würde ich an deiner Stelle nicht tun«, sagte Uwe und nahm das Gewehr hoch und spielte damit herum. »Ich will auch, dass ihr hierbleibt, alle. Ich will, dass wir weitermachen, klar? Also, seid vernünftig und geht wieder in die Küche.«

Widerstrebend gaben die drei nach und verteilten sich in der Küche wieder auf ihre Stühle. Uwe stellte das Gewehr zurück in den Abstellraum, rieb sich die Hände, schleuderte die Küchenhandtücher von seinem Stuhl und ließ sich darauffallen. Er lehnte die Unterarme auf den Tisch, beugte sich vor und raunte auf geradezu verschwörerische Art: »Wir müssen weitermachen, das müsst ihr doch verstehen.«

»Bist du verrückt?!«, stieß Heiko hervor.

»Das geht doch nicht!«, rief Claudia.

»Stellt euch nicht so an!«, schnauzte Uwe.

»Ich kann das nicht«, flüsterte Chiara und blickte auf die Gänseblümchen auf Sandras Stuhl.

Uwe langte nach dem Bündel, sprang auf und warf es in den Mülleimer. »Wir machen weiter, sage ich. Ich brauche die Ergebnisse für mein Experiment.«

»Experiment!«, lachte Heiko höhnisch auf.

»Ja! Es ist wichtig. Was meint ihr, warum ich euch mitgenommen habe?« Er fixierte jedes entsetzte Gesicht. »Dich und dich und dich! Und ihr wart doch so scharf drauf dabei zu sein!«

»Aber Sandra ...«, begann Claudia und raufte sich die roten Stoppelhaare.

»Und Anselmo ...«, Chiara rang nach Luft.

»Mich hast du nur mitgenommen, weil Tim nicht konnte«, verteidigte sich Heiko.

Tatsache war, dass Heiko für seinen Kommilitonen Tim Herrlich eingesprungen war, der im letzten Moment aus fadenscheinigen Gründen abgesagt hatte, und Heiko bereute es längst bitter. »Du hast mich überredet, weil du einen dritten Mann brauchtest. Ich wollte eigentlich gar nicht. Wenn ich gewusst hätte ...«

Uwe winkte ab. »Dann heul doch! Wenn ich gewusst hätte, dass du genau wie Anselmo bei der ersten Gelegenheit schlapp machst ... aber egal. Eigentlich ist es auch gut. Eine Gelegenheit wie diese, unsere psychische Belastbarkeit nach einem Trauma zu testen, finde ich nie wieder!«

»Aber ...« Claudia blieben die Worte im Hals stecken.

Uwe lehnte sich zurück. »Ich lasse mir das nicht entgehen. Außerdem haben wir schon zwei Tage vertrödelt. Morgen geht es weiter, alles klar?«

»Ohne mich«, sagte Heiko. »Das kann ich nicht.«

»Ein echter Mann kann immer«, meinte Uwe abfällig.

Heiko schien zu erstarren. Er senkte den Blick. Jede Farbe wich aus seinem Gesicht.

»Also, morgen, sagen wir 16 Uhr«, fuhr Uwe unbeirrt fort.

Claudia und Chiara schüttelten wortlos die Köpfe, wagten aber nicht zu widersprechen.

»Ich habe eine tolle Idee. Ihr werdet sehen«, versprach Uwe, und seine Augen leuchteten vor Begeisterung. »Das wird euch gefallen.«

»Was denn?«, fragte Claudia mit bebender Stimme.

Uwe blickte vielversprechend in die Runde. Als er sah, dass Heiko die Hände vors Gesicht gelegt hatte, fügte er hinzu: »Beruhige dich, Mann. Stell dich nicht so an! Das Thema von morgen wird euch gefallen.«

Die drei blickten ihn fragend an.

»Ich sage nur: Projektion! Wisst ihr, was ich meine?« Obwohl ihm niemand antwortete, stand er auf und sagte: »Gut. Dann ist ja alles klar. Ruft mich, wenn das Essen fertig ist. Ich muss noch was vorbereiten.«

»Projektion«, murmelte Heiko verächtlich, als er mit Chiara und Claudia in der Küche zurückblieb. Damit konnte Uwe nichts anderes meinen als ein Fotoshooting.

Die beiden Frauen erhoben sich wortlos. Chiara trat an den Gasherd, legte die Fleischbällchen in die Tomatensauce und warf die Nudeln ins kochende Wasser. Claudia deckte den Tisch. Als das Essen fertig war, kam Uwe mit einer Flasche Rotwein zurück, entkorkte sie und goss jedes der vier Gläser halb voll. Er hob sein Glas. »Auf Sandra.«

»Das ist ja pervers«, sagte Heiko und stieß seinen Stuhl zurück, er fiel krachend hinter ihm um.

Chiara und Claudia rührten ihre Gläser nicht an, und während Uwe sich über das Essen hermachte, stocherten die beiden nur darin herum.

»Ihr seid ja krank!« Heiko verließ fluchend die Küche. Im Türrahmen drehte er sich noch einmal um, und zu Uwe gewandt sagte er: »Ich muss allein sein. Schlaf bitte woanders.«

»Kein Problem«, gab Uwe nach, »dann schlaf ich bei den Mädels.«

»Nein!«, protestierten Claudia und Chiara unisono.

Uwe hob die Hände, als würde er sich ergeben. »Ist ja gut. Der böse Uwe schläft oben.«

Heiko warf ihm einen verächtlichen Blick zu.

»Wenn Blicke töten könnten«, lachte Uwe und ließ seine Hände auf den Tisch fallen.

Auf dem Weg ins Jungenzimmer sammelte Heiko seine Motorradkombi, den Helm, die Stiefel und die Handschuhe ein, warf sie aufs Bett und schloss sich ein. Er stopfte seine Siebensachen in die Reisetasche und steckte seine Taschenlampe ein. Dann begann er, zwischen Uwes Klamotten, Taschen und Papierkram nach dem Hausschlüssel zu suchen. Er hatte ihn noch nicht gefunden, als er Schritte hörte. Er hielt kurz inne. Die Schritte entfernten sich in Richtung Mädchenzimmer. Heiko nahm seine Suche wieder auf. Erfolglos. Wahrscheinlich trug Uwe ihn bei sich. Heiko öffnete das Fenster. Das Jungenzimmer lag im Erdgeschoss, kein Problem hinauszusteigen.

Er stieg in seine Motorradkombi, langte nach seiner Reisetasche. Aber mit einem Bein auf dem Fenstersims ließ ihn plötzlich ein Gedanke innehalten. Claudia und Chiara. Was sollte aus ihnen werden, wenn er einfach verschwand? Er

konnte nur eine auf seinem Motorrad mitnehmen. Wie sollte er sich für eine von ihnen entscheiden? Was wurde aus der Frau, die zurückblieb? Er konnte keine allein ihrem Schicksal überlassen. Aber er konnte auch nicht noch eine weitere Nacht mit Uwe unter einem Dach verbringen.

Als sein Blick auf den Schuppen fiel, dachte er, dass er sich dort verstecken konnte. Wenigstens für eine Nacht. Wahrscheinlich hatte er sich schon für den Schuppen entschieden, als Uwe den Bartschlüssel an den ersten Haken gehängt und gesagt hatte: »Der ist für den Schuppen.«

Heiko pellte sich wieder aus seiner Motorradkombi, schlich in die Diele und langte nach dem Bartschlüssel an der Hakenleiste. Er hoffte, dass Uwe ihm keinen Unfug erzählt hatte. Zurück im Jungenzimmer stieg er aus dem Fenster und zog es hinter sich zu.

Er lief über den Hof, stoppte vor dem zweiflügeligen Tor des Schuppens, beleuchtete das Schloss mit seiner Taschenlampe und steckte den Bartschlüssel hinein. Nach einigem Ruckeln ließ er sich drehen. Heiko blickte kurz zurück zum Küchenfenster und sah Uwes Rückenansicht im Schein der Deckenleuchte, ehe er den Schuppen betrat.

Er schloss sich ein, ging ans Türblatt gelehnt in die Hocke und stieß den Atem, den er viel zu lange eingehalten hatte, mit spitzen Lippen in die Dunkelheit aus.

Wäre er doch nicht mitgekommen! Er hatte sich unbeschwerte Wochen in der Eifel erhofft, eine Auszeit, die ihn von seinen Problemen ablenkte. Und davon hatte er wirklich mehr als genug. Bis zu Sandras Tod war Uwes sogenanntes »Sommermärchen« nicht schlecht gewesen. Aufregend, anregend. Aber jetzt war nichts mehr wie vorher. Sandras Tod hatte ihm eine Grenze aufgezeigt. War er nicht mitschuldig an ihrem Tod? Er war doch ein Teil dieser kleinen, geschlos-

senen Gesellschaft. Er hatte sich mit Claudia amüsiert, als Sandra um ihr Leben kämpfte. Er hatte nichts davon mitbekommen, er hatte ihr nicht geholfen. Sie hatte sich in höchster Not befunden, als er sein Leben arglos genossen hatte. Hätte er sie warnen müssen? Vor Uwe, der ein Hitzkopf war? Vor Anselmo, der nicht gegen ihn ankam? Wehmütig dachte er an Sandra und die eine Nacht, die sie gemeinsam oben im Dachzimmer verbracht hatten. Sie war eine ganz besondere Frau gewesen, eine, bei der er alles um sich herum vergessen hatte. Das würde ihn ein Leben lang verfolgen, das konnte er sich nie verzeihen. Er war ein Versager auf ganzer Linie.

Irgendwo knackte es in der Dunkelheit. Er zuckte zusammen und horchte angestrengt. Als es ruhig blieb, schaltete er seine Taschenlampe ein und ließ das Licht umherkreisen. Er war allein. Ein Tisch war vor das kleine Sprossenfenster gerückt, ein Hocker ordentlich unter den Tisch geschoben worden. Gegenüber an der Wand stand eine Holzliege, auf der eine Schicht Stroh und darauf eine ordentlich gefaltete, verfilzte Fransendecke und ein geblümtes Kissen lagen. Ein kleines, batteriebetriebenes Kofferradio und ein Fernglas lagen am Fußende der Liege.

Heiko beleuchtete die Wände, die notdürftig verputzt waren. Staub hielt sich in Spinnweben. Einige Kellerasseln krabbelten herum. Als das Licht der Taschenlampe auf eine Seilschlinge fiel, die in einer kurzen Metallschiene an der Decke angebracht war, erhob sich Heiko verwundert, stellte sich auf die Zehenspitzen, reckte sich und fasste mit der linken Hand in die Schlinge. Sie war groß genug und hing hoch genug, um ... er erschrak vor dem Gedanken, der ihn streifte. Dem Gedanken an Erlösung. Er zerrte an der Schlinge, und das Seil lief knarrend in der Metallschiene. Heiko ließ los, knipste das Licht aus und horchte. Nichts.

Im Dunkeln tappte er zum Tisch, zog den Hocker hervor und ließ sich darauf nieder. Er legte die Taschenlampe ab und strich mit den Händen über die raue Oberfläche des Tisches. Sie war nicht staubig.

Um das Sprossenfenster herum hatten Spinnen ihre Netze gelegt. Von den dünnen Metallrahmen war die ehemals weiße Farbe abgeblättert. Heiko beugte sich weit vor und spähte durch die kleinen, schmierigen Scheiben. Im Küchenfenster brannte das Licht nicht mehr, dafür im ersten Stock, in dem Zimmer, in dem das Unglück geschehen war. Was trieb Uwe dort? Welch teuflischen Plan heckte er wohl wieder aus?

Etwas drückte sich gegen seinen Bauch, der Griff einer Tischschublade. Heiko zog sie auf und leuchtete hinein. Werkzeug. Hammer, Schraubendreher, krumme Nägel und Schrauben, ein Fuchsschwanz mit rostigem Sägeblatt. Er schob die Schublade wieder zu, lehnte sich zurück, verschränkte die Arme über der Brust und dachte an seine Freundin Ellen.

Sie hatte Anfang Oktober des letzten Jahres, zum Wintersemester, einen Studienplatz in den USA bekommen und Heiko zurückgelassen. Natürlich hatten sie sich versprochen, jeden Tag über Skype zu telefonieren und sich Mails zu schreiben, sie wollten sich auch in den Weihnachtsferien und in den Sommerferien besuchen. Aber mit jeder Woche waren die Telefonate und Mails seltener geworden. Sie hatten nicht mehr die gleichen Freunde, nicht mehr die gleichen Themen. Ellen hatte plötzlich keine Zeit mehr, zu Weihnachten oder jetzt im Sommer nach Deutschland zu kommen. Sie müsse in den Ferien jobben und büffeln, hieß es.

Als Heiko seinen Vater bat, ihm das Geld für einen Flug nach Amerika zu leihen, war dieser ausgerastet und hatte ihn mit

Vorwürfen überhäuft. Das komme überhaupt nicht infrage, er sei es sowieso leid, ihn länger zu unterstützen, wenn er nicht bald mal Ergebnisse vorlegen und in seinem Studium vorankommen würde. Er könne es nicht fassen, dass er mit seinen fünfundzwanzig Jahren immer noch nicht das Examen habe. Er denke ernsthaft darüber nach, ihm im kommenden Semester das Geld zu streichen, damit er den Ernst des Lebens kennenlerne.

Heiko stützte die Ellbogen auf und versenkte seinen Kopf in die Hände. Es war seine verfluchte Prüfungsangst, die ihn blockierte. Er meldete sich an und ging dann doch nicht hin. Aber ohne Geld konnte er alles vergessen, ihm blieb nur der Abbruch des Studiums. Er konnte versuchen, sich mit Aushilfsjobs über Wasser zu halten, und eine Ausbildung machen. Aber er wusste gar nicht, was ihn überhaupt interessiert hätte. Eine Bankrotterklärung auf der ganzen Linie.

Seine Blicke wanderten zu der Seilschlinge, die sich gegen die nächtliche Dunkelheit abhob. Warum eigentlich nicht? Was würde er vermissen? Wer würde ihn vermissen?

Schwerfällig erhob er sich und stellte sich unter das Seil, reckte sich und gab ihm mit den Fingerspitzen Schwung. Während es hin und her pendelte, holte er den Hocker. Er stieg hinauf und schob seinen Kopf durch die Schlinge. Der Knoten scheuerte gegen seinen Hinterkopf, das raue Seil kratzte an seinem Hals. Unter dem Druck gegen den Kehlkopf musste er husten. Schnell zog er den Kopf heraus und erstickte den Husten mit der Hand.

Noch einmal steckte Heiko den Kopf durch die Schlinge. Es konnte doch nicht sein, dass er sogar zu feige war, sich sein beschissenes Leben zu nehmen. Er dachte an Ellen und seinen jähzornigen Vater, seine Mutter, die immer auf dessen Seite stand, an Sandra ... Er musste nur den Hocker wegkicken und .... Nein, er konnte das nicht, wieder befreite er sich.

Doch, er musste, er musste. Aber noch bevor er seinen Kopf ein drittes Mal in die Schlinge stecken konnte, schnürte ihm die Angst die Kehle zu. Er rang nach Luft und musste würgen. Der Hocker wackelte, die Metallschiene knarrte drohend über ihm. Nein, sich zu erhängen war nicht seine Art zu sterben. Da nähme er lieber wieder diese Tabletten, so wie beim letzten Mal, als seine Mutter ihn viel zu früh fand, und er zog den Kopf wieder aus der Schlinge und befreite sich.

Er wollte gerade vom Hocker steigen, als ihm einfiel, wie speiübel es ihm nach den Tabletten gewesen war, wie er dachte, sein Kopf würde platzen und sein Magen sich nach außen stülpen, während seine Mutter ihn mit Vorwürfen überschüttete und ihm tagelang, ja, wochenlang nachspionierte und ihn ansah, als wäre er eine tickende Zeitbombe. Nein, nie wieder wollte er das erleben, nie gerettet werden, nur um dann wie ein Verrückter behandelt zu werden.

Als er ein viertes Mal den Kopf in die Schlinge steckte, hörte er ein metallisches Geräusch. Entsetzt blickte er sich um, sah, wie sich der Schlüssel im Schloss langsam ruckelnd drehte und mit einem Scheppern zu Boden fiel. Die Klinke wurde heruntergedrückt und das Tor des Schuppens aufgezogen.

8. Kapitel

Eine Faust schlug von außen gegen das Fenster des Mädchenzimmers. Die Scheiben klirrten. Uwe presste sein Gesicht gegen die Scheibe und schrie: »Aufmachen!«

Mit einem Ruck fuhren Claudia und Chiara in ihren Betten hoch und zuckten vor der hässlichen Fratze zurück, die einen fettigen Stirnabdruck auf der Scheibe hinterließ. Zögernd trat Chiara ans Fenster und öffnete es einen Spalt weit.

Uwe stieß es auf. »Wo ist Heiko?«

»In seinem Bett?«

»Haha. Sehr witzig.«

»Wo soll er sonst sein? Du hast die Haustür doch abgeschlossen«, sagte Chiara.

»Willst du mich verarschen? Er ist durchs Fenster gestiegen.«

Chiara blickte zur Funkuhr auf dem Nachttisch: 12.37 Uhr, Dienstag, 24. Juli, 25 Grad Celsius, 44 Prozent Luftfeuchtigkeit, zunehmender Mond. »Ist sein Motorrad auch weg?«

»Nein!«, stieß Uwe hervor.

»Und seine Sachen?«

»Alles noch da!«

»Dann geht er vielleicht nur spazieren«, meinte Chiara und schob das Fenster langsam vor seinen Augen zu.

»Blödsinn!«, hörte sie Uwe schreien und sah, wie er ums Haus rannte. Kurz darauf hörte sie, wie er ins Haus stolperte, fluchend treppauf und treppab polterte, wahllos Türen und Fenster aufriss und sie wieder zuschlug.

»Er ist abgehauen, wetten?«, flüsterte Claudia und rieb sich die Augen.

»Bestimmt. Aber warum hat er uns nicht mitgenommen?«

»Und warum hat er sein Motorrad hiergelassen?«

Chiara verzog das Gesicht. »Vielleicht hat er gedacht, dass ihn der Lärm verrät«, tippte sie.

»Quatsch«, Claudia raufte sich die Stoppelhaare. »Er hätte es schieben können, bis er außer Hörweite ist.«

»Vielleicht hat er es stehen lassen und all seine Klamotten im Zimmer liegen lassen, damit wir denken, dass er nur spazieren ist.«

»Möglich.« Claudia nickte.

»Und was sollen *wir* jetzt machen?«, flüsterte Chiara und presste eine Hand auf ihr Herz.

»Auch abhauen, natürlich«, antwortete Claudia.

Da donnerte eine Faust gegen die Tür des Mädchenzimmers. »Aufmachen!«

Die beiden Frauen zuckten zurück. Claudia legte den Finger auf den Mund, Chiara hielt die Luft an.

»Aufmachen, hab ich gesagt!«

»Lass mich das machen«, flüsterte Claudia, stand langsam auf und drehte den Schlüssel im Schloss.

Uwe fiel fast ins Zimmer. Das Türblatt knallte gegen ihre Stirn. Er stürzte zum Fenster, lehnte sich hinaus und schrie: »Heiko! Du verdammter Idiot! Ich bring dich um!« Er durchsuchte das Mädchenzimmer, als könnte sich Heiko unterm Bett oder im Schrank versteckt haben. »Wenn ihr mit ihm unter einer Decke steckt, dann ...«

»Ach, Uwe«, Claudia trat ihm in den Weg, legte ihm die Hände auf die Schulter und säuselte plötzlich mit sanfter Stimme: »Reg dich nicht so auf, das ist er doch nicht wert. Er wird schon sehen, was er davon hat.« Sie stellte sich auf die Zehenspitzen und hauchte ihm einen Kuss auf die Wange.

Er scheuchte sie mürrisch beiseite.

Claudia ignorierte Chiaras fragende Blicke und fuhr fort, Süßholz zu raspeln: »Du wirst sehen, es geht auch ohne ihn. Wir brauchen ihn doch gar nicht.«

Verwundert blickte Uwe auf sie hinunter. Sie legte den Kopf schief und schenkte ihm ein Lächeln. Auch Chiara schaffte es im letzten Moment, die Mundwinkel nach oben zu ziehen, als seine Blicke zu ihr herüberwanderten.

»Es wird viel schöner sein ohne ihn«, beteuerte Claudia.

Chiara nickte, aber in ihren Augen standen tausend Fragen.

Uwe runzelte die Stirn.

»Und denk doch an deine Studie!«

Uwe kaute auf seinen Lippen.

»Aber wenn du nicht willst ...«, begann Chiara.

»Natürlich will er«, sagte Claudia. »Er ist doch ein Profi.«

Uwe fing sich und rieb sich die Hände. »Okay, Mädels, ihr habt ja recht, wer ist Heiko, he? Ich kenne keinen Heiko. Es bleibt bei Punkt 16 Uhr. Helft ihr mit aufbauen?«

»Logo!«, rief Claudia aus. »Sollen wir unsere Kostüme anziehen?«

»Natürlich!«

Martin Hoppe war das vorletzte Päckchen in Gemünd bei Annemarie Borsch losgeworden. Auch zu ihr fuhr er regelmäßig einmal im Monat. Aber im Gegensatz zu den meisten anderen Kunden scheute sie jedes Gespräch. Der Kauf schien ihr peinlich zu sein. Sie stand immer hinter dem Fenster im Erdgeschoss und kam herausgelaufen, wenn sie sein Auto erblickte, als könnte sie es nicht erwarten, die Sendung endlich in Empfang zu nehmen. Kaum hatte er geparkt, riss sie die Beifahrertür auf. Er musste nicht einmal aussteigen, um jedes Mal die gleichen Sätze zu sagen.

»Da bin ich mal wieder, Frau Borsch.«

Wortlos legte sie das abgezählte Geld auf den Beifahrersitz und unterschrieb die Empfangsquittung. Danach rückte Hoppe das Päckchen mit den Worten heraus: »Schönes Wetter heute, Frau Borsch.« Sie riss es aus seinen Händen.

»Grüßen Sie Ihren Mann!«, rief er ihr nach, als sie auf dem Absatz kehrtmachte und in ihr Reihenmittelhaus verschwand.

Ein Trinkgeld bekam Hoppe nie, auch von ihr nicht. Kein Wunder bei dem Preis. Er schob die Liste und die Quittung in seine Aktentasche, steckte das Geld in die Banktasche, die er unter den Fahrersitz schob, und schlug die Beifahrertür zu.

Jetzt musste er nur seinen letzten Kunden, Codenummer 079, Gerhard Pfennig, den jungen Rollstuhlfahrer aus Kall beliefern, und dann konnte er Feierabend machen.

Hoppe hielt am Straßenrand, schob das letzte Päckchen in die Jackentasche, stieg aus und sah am Haus zum zweiten Stock empor. Aber Gerhard Pfennig saß nicht wie gewöhnlich auf dem Balkon und winkte ihm zu. Die Haustür stand offen, Hoppe nahm die Treppen und klingelte oben an der Wohnung, aber niemand öffnete ihm, und hinter der Tür war es seltsam still.

Das war ihm in seiner Karriere als Kurier noch nicht passiert, die meisten Kunden erwarteten ihn sehnsüchtig. Es gab keine Anweisung für einen Fall wie diesen, und Hoppe überlegte, ob er Peter davon in Kenntnis setzen musste. Außerdem machte er sich Sorgen um Gerhard Pfennig. Er würde morgen wiederkommen und nach ihm sehen, noch bevor er nach Köln fuhr, um neue Ware einzuladen.

Hoppe stieg wieder in sein Auto. 15.17 Uhr zeigte die Uhr auf dem Armaturenbrett. Heute war schon der 24. Juli. Es blieben ihm nur noch vier Tage bis zu Peters Lieferung. Vier Tage, um den Hof zu räumen.

In Keldenich bog Hoppe rechts auf die L 206 ab, die wenig später einen großen Bogen machte, sodass Hoppe den Weyerer Wald schon sehen konnte, der bis zum Straßenrand reichte. Kurz vor der Bushaltestelle bog er links ab. Er stieg aus, öffnete die Schranke, stieg wieder ein und folgte dem Forstweg. Hundert Meter später rumpelte sein Auto über eine Schneise. Weitere hundert Meter weiter versteckte es sich hinter einem Stapel gefällter Baumstämme, wo sich die Zweige der noch lebenden Fichten schützend über Dach und Windschutzscheibe legten und der weiche Waldboden die silbernen Radkappen umschloss. Jedes Mal, wenn Hoppe sein Auto dort zurückließ, war er froh, dass es keine auffallende Farbe hatte. Aber Tannengrün wäre noch ein bisschen besser gewesen als Weinrot.

Er schob das letzte Päckchen in seine Aktentasche, ließ die Banktasche im Auto und machte sich auf den Weg, schlich wie an jedem anderen Tag außen um die mannshohe Hecke herum, durch die er sich auf Höhe des Schuppens mit einer Astschere einen schmalen Durchgang geschnitten hatte. Als er Stimmen hörte, duckte er sich, ging in die Knie, stützte sich mit den Ellbogen ins Unkraut und linste mit einer Mischung aus Entsetzen und Faszination, Wut und Wonne durch die Hecke.

Er hasste und er liebte sie. Das zarte Schneewittchen mit den rabenschwarzen Locken und dem durchsichtigen Spitzenkleid und das niedliche Dirndl mit den blonden Zöpfen, dem tiefen Ausschnitt und dem kurzen, bunten Röckchen.

Den langen, dünnen Mann, der einen Dreispitz auf dem Kopf trug und mit nacktem Oberkörper hinter dem Stativ einer Kamera stand, nahm er eher missbilligend wahr.

Wo steckte nur der andere Mann? Fehlten jetzt etwa schon zwei Männer? Hatte er was verpasst? Egal, es war gut. Dann waren es nur noch drei!

Die beiden Frauen rekelten sich nicht weit von Hoppe entfernt malerisch auf einer Picknickdecke unter der Linde, die mit ihren Ästen einen leichten Schatten auf die Szene warf. Zwischen ihnen stand auf einem rot-weiß karierten Tuch ein Picknickkorb, aus dem ein Flaschenhals ragte. Blaue und weiße Trauben türmten sich auf einem Silbertablett. Am Stamm der Linde lehnten einige Kissen.

Dirndl hatte ein Bein angewinkelt, sodass ein weißes Spitzenhöschen hervorblicken konnte. Die Brosche, die am schwarzen Halsband hing, lag glitzernd zwischen den Brüsten.

Schneewittchen hielt ein Sektglas an ihren Mund und leckte sich mit der Zungenspitze über die vollen, dunklen Lippen, während Dirndl lustvoll an einem gebratenen Hähnchenschenkel nagte und ihre Mundpartie vor Fett glänzte.

Eine Biene umsummte Hoppes Nase. Er scheuchte sie weg und hielt sich die Nase zu, um einen Nieser zu unterdrücken. Ein Zweig knackte, Hoppe hielt den Atem an.

»Okay, das reicht!«, rief der Pirat. »Claudia, wisch deinen Mund sauber und setz dich hin!«

Dirndl gehorchte aufs Wort, und Hoppe merkte sich ihren Namen.

»Breite deinen Rock aus und zieh deine Beine an – ja genau so, wunderbar – und du, Chiara, legst jetzt deinen Kopf auf ihren Schoß! Streich deine Haare nach hinten und halte deinen Kopf ein bisschen schräg – ja, genau so, wunderbar – und lächeln, meine Süßen, immer lächeln!«

Claudia und Chiara, endlich hatten Hoppes Fantasien einen Namen. Das Dirndl hieß Claudia, Schneewittchen hieß Chiara. Und er murmelte ihre Namen vor sich hin und ließ sie sich auf der Zunge zergehen. Wie der Pirat im wirklichen Leben hieß, interessierte ihn nicht.

»Füttere Chiara mit Trauben!«, verlangte jetzt der Pirat. »Nimm die Blauen. Eine nach der anderen, schön langsam, nicht den Mund so spitz, Chiara, zeig deine Zunge, so und halt jetzt eine Traube ... halten ... halten, okay, hab ich.«

Hoppe musste schlucken. Sein Mund war wie ausgetrocknet. In seiner Kehle saß ein Kloß. Wie hypnotisiert ließ er sich langsam und lautlos ins Unkraut nieder.

»Und jetzt! Beug dich zu Chiara hinunter!«, forderte der Pirat Claudia auf. »Und du, Chiara, kommst ihr entgegen. Ja. Gut. Näher. Näher. Gebt euch einen Kuss. Aber einen richtigen. Und halten ... halten ... halten. Okay. Ihr könnt euch wieder hinlegen. Und fangt an, euch gegenseitig auszuziehen. Aber ganz, ganz langsam, klar? Lasst euch Zeit! Aber lass die Perücke an, Claudia!«

Hoppe bebte vor Aufregung und verfluchte die Hecke, deren Zweige ihn an einer freien, unbeschwerten Aussicht hinderten. Dann brummte auch noch sein Handy in der Aktentasche. Es gab nur zwei Personen, die seine Handynummer kannten. Eva-Maria und Peter. Er wusste nicht, was in dieser Situation schlimmer war. Aber er hatte ja auch keine Wahl. Es war Peter. Hoppe wagte nicht, das Gespräch wegzudrücken.

»Ja?«, hauchte er.

»Hoppe?«, vergewisserte sich Peter mit barscher Stimme.

»Ja?«, wisperte Hoppe.

»Sprich lauter, verstehe dich nicht.«

Hinter der Hecke kicherten Claudia und Chiara, und der Pirat gab Kommandos. Die Kleider der Frauen fielen, Hoppe wandte den Blick ab. Er konnte nicht zwei Dinge auf einmal machen. »Schuldigung«, flüsterte er. »Schlechte Verbindung hier in der Eifel. Aber es ist alles okay. Bis auf ein Päckchen habe ich alle ausgeliefert, aber Gerhard Pfennig war leider nicht da gewesen. Ich mache das morgen früh als Erstes und ...«

»Ich will den Hof noch mal sehen«, unterbrach Peter ihn.

»Warum?«, fragte Hoppe mit zitternder Stimme.

»Weil ich es will.«

»Wann denn?«, fragte Hoppe fassungslos und spürte, wie der Schweiß an seinem ganzen Körper ausbrach.

»Denke, übermorgen. Mal sehen.«

»Um wie viel Uhr?«, stieß Hoppe hervor.

»Nachmittags.«

»Ach!«

»Hast du ein Problem?«, schnaubte Peter.

Hoppe blickte sich um. Die Sonne blendete ihn. Er hatte plötzlich das Gefühl, Peter sei ganz in der Nähe und sehe die Bescherung. Wieso rief er gerade jetzt an? Das konnte doch kein Zufall sein. »Nein! Alles ist klar!«, beteuerte er. Aber nichts war klar. Ganz im Gegenteil. »Du kannst dich auf mich verlassen.«

»Sonst ...«

»Nein, nein«, unterbrach Hoppe ihn. »Also dann, bis morgen früh. Ich bin ...«

»Übermorgen, habe ich gesagt«, knurrte Peter, aber da hatte Hoppe das Gespräch schon beendet.

Er begrub das Handy in der Aktentasche. Hinter der Hecke waren die Frauen inzwischen nackt und lagen mit verschränkten Armen und Beinen eng aneinandergekuschelt. Aber Hoppe hatte jedes Interesse an Frauen verloren. Vermutlich für immer. Er rang nach Luft, ihm war schwindlig, und es rauschte in seinen Ohren, als hätte ihn jemand unter Wasser gedrückt. In der Hoffnung, dass die drei den Schatten auf der anderen Seite der Hecke nicht bemerken würden, schlich sich Hoppe geduckt und im Zeitlupentempo dem Schuppen entgegen, als er den Mann rufen hörte: »Wartet mal! Ich habe eine Idee. Im Schuppen müsste noch ein Ballen Stroh liegen. Ich hol schnell den Schlüssel.«

Schuppen?!

Schlüssel?!

Hoppes Verstand setzte aus. Ohne nachzudenken löste er sich aus dem Schatten der Hecke, lief hinaus aufs Feld, der Sonne entgegen, egal wohin, nur weg, weg, als wäre der Teufel hinter ihm her. Er bahnte sich einen Weg durch die hohen, reifen Halme. Wie ein Hase schlug er Haken, gelangte an die Durchgangsstraße, überquerte sie, ohne links und rechts zu gucken, tauchte schließlich schräg gegenüber dem Lindenhof im nächsten Waldstück unter. Keine Zeit zu verschnaufen, weiter, weiter, japsend und keuchend drang er immer tiefer in das Unterholz ein.

Außer sich erschien derweil Uwe Bergrath auf der Schwelle der Haustür. »Der Schlüssel vom Schuppen ist weg!« Er übersprang die Stufen, rannte mit Riesenschritten zum Schuppen und stutzte: »Verdammt! Der steckt ja!« Er riss die Tür auf und schrie: »Nein!«

»Was ist?«, rief Chiara.

Da hatten die beiden Frauen schon ihre Kostüme an sich angerafft und sie schützend vor ihre nackten Körper gepresst. Barfuß rannten sie zum Schuppen, steckten die Köpfe hinein und schreckten zurück, als wäre ihnen ein Schwarm Hornissen entgegengeflogen.

»Hilfe!«

»Nein!«

Ihre Schreie waren hysterisch und wollten nicht aufhören. Chiara schlug die Hände vors Gesicht und fiel auf die Knie. Claudia hielt sich schwankend an der Tür fest, sank zu Boden. Uwe wandte sich ab und sah über die Hecke hinweg auf dem angrenzenden Feld eine Gestalt in dunkler Kleidung davonlaufen. »Da! Da! Da läuft einer!«

9. Kapitel

Als das Telefon am Dienstagnachmittag kurz vor 17 Uhr auf Sonjas Schreibtisch klingelte, musterte sie misstrauisch das Display. Die Mobilnummer kannte sie nicht, traute Wesseling aber zu, sie von irgendeiner Leitung in dieser Republik aus anzurufen, um sie zu fragen, warum sie vor ihm davongelaufen war. Brummer und Neugebauer nickten ihr so lange aufmunternd zu, bis sie nach dem fünften Klingeln den Hörer abnahm.

»Schumacher«, meldete sich nuschelnd eine Männerstimme.

Sonja war fast ein bisschen enttäuscht und brauchte eine Sekunde, um den Namen einzuordnen.

»Hallo, Frau Hauptkommissarin. Alles gut überstanden?«

»Ja«, sagte sie zögernd und fürchtete, er könnte respektlose Bemerkungen von sich geben oder sie nach dem gemeinsam bestandenen Abenteuer als seine Lieblingskommissarin auserkoren haben.

»Ich habe hier einen Suizid«, nuschelte er.

»Tut mir leid«, meinte Sonja reserviert.

»Ein Mann hat sich erhängt.«

Kurze Pause. »Dann hat er wenigstens keinen anderen mit in den Tod gerissen.«

Er räusperte sich. »So kann man es auch sehen.«

»Ich sehe es so«, sagte sie und dachte an all die durchgeknallten Typen, die sich vor einen Zug warfen oder als Geisterfahrer die Autobahnen in Todesfallen verwandelten.

»Ich dachte, es würde Sie vielleicht persönlich interessieren.«

»Ich schicke Ihnen einen meiner Kollegen. Ich habe hier jede Menge zu tun.«

»Wie Sie meinen. Aber nicht, dass Sie sich später beschweren.«

»Mach ich nicht, keine Sorge. Dann auf Wiederhören!«, rief Sonja und wartete, dass er auflegte, was er nicht tat.

Pause.

»Was ist?«, fragte sie nach.

»Na ja. Ich dachte, vielleicht überlegen Sie sich es noch einmal.«

»Warum sollte ich? Ich weiß, wie so etwas aussieht. Kein schöner Anblick.«

»Das meine ich nicht. Ich meine den Ort.«

Er war wirklich hartnäckig. »Wo sind Sie denn?«, fragte Sonja leicht genervt und öffnete nebenbei wieder die Akte *Mord ohne Leiche* und ließ die Seiten durch ihre Finger gleiten wie ein Daumenkino.

»Siedlung Weyer«, nuschelte er. »Wenn Sie hinter der Bushaltestelle den Forstweg nehmen und die Schranke öffnen, dann ...«

»Warum sagen Sie das nicht gleich!?!« Sonja knallte den Hörer auf die Gabel, warf den Aktendeckel zu, sodass eine kleine Staubwolke aufflog, sprang auf und blickte fragend von Neugebauer zu Brummer.

»Ich komme mit!«, riefen sie unisono.

Sonja entschied sich für Brummer, weil sie wusste, dass er keinen Ehrgeiz an den Tag legen würde, sie während der Fahrt zu unterhalten.

Neugebauer sank stöhnend gegen seine Rücklehne.

»Schickst du uns die KTU hinterher? Wenn möglich Signon und Krieger, sie kennen den Weg. Und ruf bitte sicherheitshalber die Bonner Staatsanwaltschaft an; wenn sie Stress machen, dann sag ihnen ...«

»Ich weiß, was ich sagen muss«, unterbrach Neugebauer sie und nickte müde.

»Gräm dich nicht, Genosse, Bürodienst ist auch wichtig«, tröstete ihn Brummer.

Neugebauer hob seinen hässlichen Briefbeschwerer hoch. Eine Nachbildung des Eiffelturmes, den er von einer Parisreise mitgebracht hatte. Als er ausholte, langte Brummer schnell nach seiner Lederjacke, duckte sich, war mit drei Schritten an der Tür und stieß Sonja vor sich hinaus. Sie zuckten zusammen, als der Briefbeschwerer das Türblatt traf.

Kaum hatten sie Euskirchen hinter sich gelassen, fragte Brummer: »Wo müssen wir denn hin?«

»Siedlung Weyer«, erwiderte Sonja zerstreut. Sie fragte sich, wer aus der Karnevalstruppe sich das Leben genommen haben konnte. Sie hatte in der Eile vergessen, Schumacher danach zu fragen. Im Grunde wusste sie noch nicht einmal, ob es überhaupt jemand von den Kostümierten war, auch wenn es nahelag.

»Wo ist dein Navi?«, hörte sie Brummer fragen.

»In meiner Tasche«, antwortete sie in Gedanken.

Er langte auf den Rücksitz und hob Sonjas Schultertasche nach vorne. Er zog den Reißverschluss auf, blickte in die Tasche wie in eine Grube und stöhnte: »Mann oh Mann, wollte immer schon mal wissen, was Frauen mit sich herumschleppen.« Langsam zog er das Navi mit Kabelsalat heraus, als sei es eine seltene Spinnenart, und beugte sich wieder über die Tasche.

»Finger weg!« Sonja bekam den Schulterriemen zu fassen, zerrte die Tasche auf ihren Schoß und quetschte sie zwischen sich und das Türblatt.

»In der Handtasche einer Dame zu wühlen! Hast du gar keine Kinderstube?«

»He?«

»Außerdem kenne ich den Weg.«

»Das hättest du gleich sagen können«, brummte er, saß mit dem Navigationsgerät in der Hand ratlos da, ehe er es in den Fußraum legte.

Den Rest der Fahrt über die B 477 verbrachten sie schweigend. Interessiert betrachtete Brummer die Landschaft und die kleinen Orte, die nach Mechernich jenseits der Autoscheiben an ihnen vorbeizogen. Breitenbenden, wo eine dicke, pink angezogene Frau auf einer gelben Bank saß und mit einem Strohhalm Cola trank. Vussem, wo sie am Ortseingang an der Verkehrsinsel warten mussten, weil ihnen ein Milchwagen der Firma Hochwald mit der Aufschrift *Frische Milchideen* entgegenkam. Eiserfey, das mit der Kakushöhle prahlte. Und schließlich Dreimühlen, wo ein Mühlenhaus zu verkaufen war.

Der Ort Weyer begann mit einer Bushaltestelle und konnte im Verlauf der lang gestreckten S-Kurve der Hauptstraße sogar eine Konditorei vorweisen, die jetzt allerdings geschlossen war.

Hinter einer Abbiegung stand ein Hoftor offen. Zwei Kühe blickten neugierig aus einem Stall auf die Straße und schlackerten mit den Ohren. *40 Cent pro Liter Milch – nie wieder weniger* stand auf dem Plakat über ihren Köpfen. Ansonsten glänzte der Ort mit einem leer stehenden Tante-Emma-Laden und einem geschlossenen Gasthaus aus dem Jahre 1633.

Am Ende des Ortes bog rechts eine Straße ab. Sonja blieb kurz stehen und musterte den Verlauf der Straße. »Das könnte eine Abkürzung sein.«

»Könnte«, sagte Brummer.

Allein wegen dieses Kommentars sah Sonja sich ermutigt, das Risiko einzugehen. Der sogenannte Kreuzweg war eine schmale Straße, die sich über die Höhen schlängelte und an

abgelegenen Gehöften und seltsamen Wiesenbuckeln vorbei leicht bergauf führte. Auf der Hügelkuppe stand ein Wegkreuz unter einer Kastanie. Eine Frau hatte dort ihr Fahrrad abgestellt und kniete vor dem roten Licht. Erschrocken fuhr sie herum, als sich ein Motorrad knatternd näherte und an den Straßenrand fuhr, um Sonja Platz zu machen.

Nach knapp zwei Kilometern mündete der Kreuzweg auf die L 206, unweit der Bushaltestelle *Siedlung Weyer*, jenem Ort, wo Sonja drei Tage zuvor gestrandet war. Punktgenaue Landung, dachte sie stolz und sagte: »Es *war* eine Abkürzung.«

»Hm«, machte Brummer und beobachtete skeptisch, wie sie in den Forstweg einbog. Die Schranke stand offen. »*Grabhügel vorrömischer Eisenzeit*«, las er laut von einer Infotafel ab und glaubte zu wissen, dass der Kreuzweg nicht nur eine Abkürzung, sondern vermutlich auch eine alte Römerstraße war und die seltsamen Wiesenbuckel Grabhügel.

Als der Passat gegen halb sechs Uhr auf den Hof rollte, hätte er beinah das Kamerastativ über den Haufen gefahren, das mitten auf der Fahrspur stand. Gegenüber dem Wohnhaus, unter den ausladenden Ästen eines alten Baumes, die bis über die mannshohe Hecke ragten, lagen die Reste eines Picknicks: ein Korb, umgekippte Gläser, ein Teller mit Trauben, eine Decke, Kleidungsstücke. Sonja bremste neben dem Leichenwagen, der bereits gewendet hatte, und machte den Motor aus. Der Rettungswagen stand quer vor ihnen und mitten auf dem Hof. Einige Meter weiter vor der Scheune parkten die drei Motorräder mit Kölner Kennzeichen, die Sonja auch Samstagnacht dort hatte stehen sehen. Sandras Motorrad war also noch nicht abtransportiert worden.

Brummer stieg aus und nahm sich des Leichenwagens an. In der Fahrerzelle saßen zwei Bestatter mit Grabesmienen, denen er seinen Dienstausweis unter die Nase hielt. Hoheits-

voll schraubten sie sich von ihren Sitzen und stellten sich, die Hände auf den Rücken, neben ihr Auto. Brummer verwickelte sie in ein Gespräch.

Sonja ging auf den Rettungswagen zu. Die beiden Sanitäter und der Notarzt waren ins Zeitungslesen vertieft. Sonja schlug auf die Motorhaube. Schumacher sah überrascht hoch, faltete seine Zeitung zusammen und kletterte heraus. Die Sanitäter ließen sich nicht stören.

An weiterem Personal waren nur noch die Studenten auszumachen, die an die Hauswand gelehnt auf einem dicken Baumstamm saßen, wie Paradiesvögel auf der Stange, obwohl sie heute nicht im Karnevalskostüm, sondern in Zivil waren. Sonja betrachtete jedes einzelne Gesicht und versuchte, sich an die Namen zu erinnern: Claudia Abt, Uwe Bergrath und Chiara Tommaso. Heiko Niemeyer fehlte. Aber das musste nicht heißen, dass er der Suizidfall war.

Sie zuckte zusammen, als sie eine Hand auf ihrer Schulter spürte. »Hallo, Frau Hauptkommissarin!«, raunte ihr Schumacher ins Ohr.

Sie schüttelte ihn ab und grummelte: »Wo?«

»Drüben im Schuppen«, erwiderte er und zeigte hinter sich. »Ich habe nichts angefasst, ich weiß ja, dass das der Polizei am liebsten ist. Den Totenschein habe ich schon ausgestellt.«

»Was haben Sie angekreuzt?«

»Ungeklärt«, meinte er. »Ich dachte mir, dass Ihnen das lieber wäre.«

Sonja blickte hinüber. Das Tor stand offen. Mit ungeduldigen Schritten steuerte sie auf den Schuppen zu und ließ den Notarzt stehen.

»Die jungen Leute sagen, sie hätten nichts damit zu tun«, rief er ihr nach. Sie blieb stehen und drehte sich langsam um.

Auch Brummer horchte bei den Worten auf und unterbrach sein Gespräch mit den Bestattern. »Dieser Uwe Bergrath sagt aber, er hätte eine Gestalt gesehen, die weggerannt ist«, fügte Schumacher hinzu.

»Eine Gestalt?«, rief Sonja. »Wohin?«

Schumacher zeigte über die Hecke hinweg zum Waldrand, hinter dem die reifen Felder begannen. »Dorthin.«

»Wann?«

Er betrachtete seine Uhr und dachte nach.

»Brummer?«, rief Sonja. Er nickte resigniert, schien zu wissen, was nun auf ihn zukam. »Machst du das? Ruf dir Verstärkung, wenn es nötig ist.«

Brummer überholte sie vor dem offen stehenden Tor zum Schuppen, zwängte sich durch ein Loch in der Hecke und verschwand aus Sonjas Blickfeld.

Es war nicht irgendein fremder, armer Teufel, der sich das Leben genommen hatte, sondern tatsächlich Heiko Niemeyer, alias Cäsar, der im schwachen Licht, das durch das kleine Sprossenfenster fiel, circa vierzig Zentimeter über dem Fußboden schwebte. Nicht weit von seinen Füßen lag ein umgefallener Hocker. Sonja blieb zögernd auf der Schwelle stehen und hielt sich am Torrahmen fest. Der süßliche Gestank der Verwesung schlug ihr entgegen. Die Sommerhitze staute sich unter der offenen Balkendecke.

Ein erbarmungswürdiger Anblick bot sich ihr. Wie an einer schlaffen Puppe hingen ein kariertes Hemd und schwarze Bermuda-Shorts. Die Mokassins waren von den nackten Füßen gefallen. Unterschenkel und Füße, Unterarme und Hände waren blau angelaufen, als trüge er Kniestrümpfe und Handschuhe mit langen Stulpen. Sein Gesicht hingegen war blass und aufgedunsen, der Mund leicht geöffnet, seine Zunge hing zwischen den Zähnen, die Augen waren offen

und verklebt. Ein Schwarm Fliegen umkreiste seinen Kopf. Das Seil, dessen Schlinge sich in seinen Hals grub, führte zu einer Metallschiene an der Balkendecke.

Der Raum war spärlich möbliert. Abgesehen vom Hocker gab es noch eine Liege, einen Tisch, ein Kofferradio, ein Fernglas, eine Decke und ein Kissen. Unter der Tischplatte entdeckte Sonja eine Schublade. Sie ließ sich mit einem Ruckeln öffnen und brachte altes Werkzeug zutage. Sonja beugte sich vor und sah durch das verschmierte Sprossenfenster, wie die Studenten auf dem Baumstamm vor dem Wohnhaus hockten. Von hier aus sah der Baumstamm ungewöhnlich aus, er schien einen länglichen Kopf, einen bauchigen Rumpf und einen Schwanz zu haben, der sich aufbäumte. Damit ähnelte er einem gestrandeten Fisch.

Regungslos saßen die Studenten nebeneinander und blickten starr in verschiedene Richtungen, als würden sie nicht dieselbe Sprache sprechen und einander nicht kennen. Über ihnen, im ersten Stock des Wohnhauses, gab es ein weiteres Fenster, hinter dem Sonja Samstagnacht gestanden haben musste, als sie Uwe Bergrath wegen des Treppensturzes befragte.

Vier Tage war das erst her. Aber es kam ihr ewig lang vor.

Die restlichen Fenster waren vom Schuppen abgewandt. An das Wohnhaus schloss sich über Eck eine offene Scheune an, in der ein alter Traktor und einige andere Gerätschaften standen. An die Scheune grenzte im rechten Winkel der Schuppen, in dem ein Mann an einem Seil hing.

Sonja drehte sich zu ihm um, betrachtete ihn eine Weile, wollte sich den Anblick einprägen, und verließ dann, ohne etwas zu berühren, den Schuppen, aber nicht, ohne sich zu bücken und das Schloss des Tores genau unter die Lupe zu nehmen. Es steckte ein Schlüssel. Ein großer, rostiger Bartschlüssel.

Und er steckte außen.

Außen? Sonja richtete sich auf und hatte plötzlich das Gefühl, das Ende eines roten Fadens zu fassen zu bekommen. Sie persönlich würde sich einschließen, wenn sie sich ungestört umbringen wollte. Vielleicht wollte der Mann aber gestört werden? Oder schnell gefunden werden?

Oder er hatte sich gar nicht selbst dort oben aufgehängt?

»Die Leiche gehört uns«, machte sie Schumacher klar, der sich vor der Hecke auf der Bruchsteinmauer niedergelassen hatte, und setzte sich neben ihn. »Wie lange hängt der Mann schon da?«

»Zwölf Stunden«, antwortete er schnell. »Plus minus drei.«

Sonja nickte. »Sie sind nachtaktiv, unsere Studenten.«

»Studenten eben«, nuschelte er.

Um 18 Uhr traf die Spurensicherung ein. Langsam wurde es voll auf dem Hof. Es waren nicht Signon und Krieger, die mit ihren Koffern ausstiegen und sofort in ihre weißen Anzüge kletterten. Sonja erhob sich und ging auf die beiden Herren zu. Sie stellten einander vor, Sonja vergaß ihre Namen sofort wieder. Es gab so viel anderes, was sie nicht vergessen durfte.

»Kamera, Picknickreste, Seil, Haus, Scheune, Hof, Motorräder und vor allem der Schuppen, wo der Mann sich erhängt hat ...«

»Also quasi alles«, resümierte einer der beiden resigniert.

»Wie immer«, sagte Sonja entschuldigend. Sie wusste, dass es eine Heidenarbeit war, in einem so großen Areal Spuren zu finden und zu sichern, die relevant waren. Aus ihrer Schultertasche erklang die Miss-Marple-Melodie. »Entschuldigung«, sagte sie, wandte sich ab und entfernte sich drei Schritte. »Ja?«

»Wesseling.«

»Ach!«, sagte sie perplex. »Ich habe jetzt wirklich keine Zeit, ich bin mitten in einer Todesermittlung und ...«

»Ich weiß«, erklärte er mit einer neutralen Stimme, als wäre er ein Anrufbeantworter. »Ich wollte dir nur sagen, dass die Bonner Rechtsmedizin schon Bescheid weiß, dass der Suizid kommt.«

»Oh«, sie fasste sich an die Stirn und köpfte mit ihrer Schuhspitze einen Löwenzahn, der zwischen zwei Kopfsteinpflastern spross. Sonja hatte völlig verdrängt, dass sie Neugebauer den Auftrag erteilt hatte, die Bonner Staatsanwaltschaft über den Todesfall zu informieren.

»Gibt es etwas Besonderes?«

»Die jungen Leute auf dem Hof haben einen Mann weglaufen sehen. Der Schlüssel zum Schuppen steckte noch, und zwar außen, vielleicht war es kein echter Selbstmord. Kommst du her?«

»Nein«, antwortete er einsilbig.

»Na, dann«, sie zögerte. »Dann bis dann.«

»Auf Wiederhören«, sagte er und beendete das Gespräch.

Ratlos stand sie mit dem Handy in der Hand da und sammelte sich kurz, ehe sie sich wieder zu den Kollegen von der Spurensicherung umdrehte und auf sie zutrat. »Noch Fragen?« Ihre Stimme war belegt.

Sie schüttelten die Köpfe, ergriffen ihre Koffer und steuerten den Schuppen an.

Schumacher saß noch immer auf der Bruchsteinmauer und blickte fragend zu ihr herüber. Als Sonja nickte, stand er auf, hob kurz die Hand zum Gruß, lächelte noch einmal sein umwerfendes Lächeln, ehe er in den Rettungswagen stieg, der kurz darauf den Hof verließ. Sie hatte gehofft, er würde länger bleiben und ihr wieder bei der Befragung der Studenten Rückendeckung geben. Er war ein angenehmer, mitden-

kender Zeitgenosse. Aber das war nicht sein Job. Nicht einmal Wesseling hatte es für nötig gehalten, sich an den Tatort zu begeben. Aber das war eine andere Geschichte.

Einen Augenblick lang kam sich Sonja einsam vor, und sie hielt nach Brummer Ausschau, der wahrscheinlich genauso einsam die Felder und Wälder der Umgebung durchstreifte. Sie wählte seine Nummer. Sie wollte schon aufgeben, als er sich meldete. Seine Stimme klang atemlos.

»Wie sieht es aus?«, fragte sie ihn.

»Schlecht. Ich bin der Spur der niedergetretenen Halme auf dem Feld gefolgt, habe sie aber im Wald verloren.«

»Schade.« Es knackte im Handy. Sonja hielt es auf Abstand. »Brummer?«, rief sie. »Brummer?«

Die Geräusche hörten sich nicht gut an.

»Was ist los mit dir?« Sie hatte seinen Standort nicht erfragt. Sie würde ihn stundenlang suchen müssen. Plötzliche Panik stieg in ihr auf. In ihrer Fantasie hörte sie schon einen Hubschrauber über dem Weyerer Wald kreisen und die Techniker fluchen, die sein Handy orten mussten. »Brummer?«

»Mist«, fluchte er endlich keuchend. »Verdammter. Ich hasse die Natur. Wann räumt denn hier mal einer auf!«

Sonja atmete erleichtert auf und kommandierte ein bisschen zu forsch: »Komm zurück! Sofort, hörst du, ich brauche dich hier!«

10. Kapitel

Hauptkommissarin Sonja Senger hatte nicht vor, sich noch einmal die Mühe zu machen, die Studenten einzeln zu befragen, so wie in der letzten Samstagnacht. Das konnte sie sich sparen, denn sie hatten wieder reichlich Zeit gehabt sich abzusprechen.

Uwe Bergrath trug einen Küchenstuhl auf den Hof, platzierte ihn in gehörigem Abstand gegenüber dem Baumstamm und schob ihn so lange hin und her, bis er nicht mehr auf dem Kopfsteinpflaster wackelte. Er wischte die Sitzfläche sauber, ehe er sich wieder zwischen Claudia Abt und Chiara Tommaso setzte und seine Hände auf die Oberschenkel legte. Claudia rückte von ihm ab bis zum linken Ende, Chiara schob sich vor bis zum rechten Ende.

Als Uwe bemerkte, dass Sonja den Baumstamm musterte, klopfte er mit der flachen Hand auf den bauchigen Rumpf und sagte: »Es gibt hier einen Bildhauer im Ort. Mein Vater hat ihm diesen Fisch abgekauft. Früher stand er aufrecht auf einem Sockel mitten im Hof. Vor zwei Jahren ist er umgefallen, und wir haben ihn hierhergerollt. Schönes Stück, nicht wahr?«

Sonjas Blicke wanderten zwischen den beiden Frauen hin und her. Sie sahen übernächtigt aus. Im Tageslicht schien Chiaras Haut durchsichtig zu sein, ihre Lippen waren blaurot und spröde. Schließlich bückte Sonja sich zu ihrer Tasche, kramte ein Notizbuch und einen Kuli hervor, ein rotes Exemplar, das sie nach einem Vortrag in Köln über Gewalt gegen Frauen hatte mitgehen lassen. Als sie startbereit war, sagte sie: »Und jetzt erzählen Sie mal, schön der Reihe nach.«

Uwe ergriff das Wort. »Sie hatten gesagt, dass wir den Hof nicht verlassen dürfen, bis feststeht, dass Sandras Tod ein Unfall war.«

»Es war nicht ganz so. Ich hatte Sie gebeten, sich zur Verfügung zu halten.«

Claudia betrachtete interessiert ihre knallrot lackierten Fingernägel, Chiara schien den Atem anzuhalten.

»Wie auch immer. Heiko wollte jedenfalls unbedingt weg«, fuhr Uwe fort. »Er hielt es hier einfach nicht mehr aus. Aber das durfte er ja nicht. Deswegen habe ich auch die Haustür abgeschlossen.«

»Davon habe ich aber auch nichts gesagt«, widersprach Sonja schnell.

Uwe überging ihre Bemerkung. »Er hat sich im Jungenzimmer im Erdgeschoss verbarrikadiert. Ich musste oben schlafen.«

»Na und?«

»Heute Morgen, als ich wach wurde, habe ich entdeckt, dass sein Fenster nur angelehnt war. Er war weg.«

»Um wie viel Uhr war das?«

»Es war nach 13 Uhr, als ich es gemerkt habe; wie lange es da schon offen stand, weiß ich natürlich nicht.«

»Haben Sie nach ihm gesucht?«

»Doch, natürlich«, erwiderte Uwe pikiert. »Überall. Im ganzen Haus.«

»Haben Sie nicht sofort im Schuppen nachgesehen?«

»Zuerst nicht. Was sollte er denn auch da?« Er breitete die Arme aus.

»Aber sein Motorrad war doch noch da«, erinnerte Sonja ihn und beobachtete die Gesichter der beiden Frauen. »Das war doch seltsam, oder? Da konnte er doch nicht weit sein.«

»Was weiß ich, warum? Etwa um halb zwei habe ich dann Claudia und Chiara geweckt. Aber sie wussten auch nicht, wo Heiko sein konnte.«

»Und dann?«, fragte Sonja und blickte Claudia auffordernd an.

Claudia räusperte sich, fuhr sich durch die Haare und ließ dann die Hände auf ihre Oberschenkel fallen. »Uwe war außer sich. Chiara und ich haben versucht, ihn zu beruhigen. Wir wären auch gern abgereist, aber ...« Sie ließ den Satz unvollendet stehen.

»Sie durften nicht?«, mutmaßte Sonja. Alle zwei nickten im Takt. »Den Notarzt haben Sie aber erst drei Stunden später gerufen.«

»Aber sofort nachdem wir Heiko gefunden hatten«, verteidigte sich Uwe.

»Was haben Sie in der Zwischenzeit gemacht?«

»Gearbeitet«, sagte er.

»Wie war denn das heutige Thema?«

»Projektion«, antwortete Uwe und wartete auf Sonjas Nachfrage, die nicht kam. Die Spurensicherung hatte die Kamera sichergestellt, sie würde früh genug zu sehen bekommen, was Uwe Bergrath unter Projektion verstand.

»Mittendrin fiel mir ein«, fuhr Uwe fort, »dass noch ein Strohballen im Schuppen liegen müsste. Ich wollte das Szenario nur ein wenig aufpeppen. Also lief ich ins Haus, um den Schlüssel zu holen. Aber er hing nicht mehr dort, wo er immer hing. Ich lief zum Schuppen und sah, dass er steckte. Ich riss die Tür auf und habe ...«

»Im gleichen Augenblick haben wir ihn schreien gehört«, meldete sich Chiara zu Wort.

»Und sind zu ihm gerannt«, steuerte Claudia bei. »Wir sind gar nicht reingegangen, wir sind vor der Tür geblieben. Es war so ein schrecklicher Anblick.«

»Und während die Mädels rumheulten, habe ich eine Gestalt davonlaufen sehen«, fuhr Uwe fort. »Schätze, es war dieser Spanner. Aber er war schon so weit weg, dass es keinen Zweck mehr hatte ihm nachzurennen.«

»Welcher Spanner?«, fragte Sonja.

»Manchmal treibt sich im Hof und in der Umgebung so ein armes Würstchen herum und versucht einen Blick auf meine Mädels zu werfen.«

Sonja horchte auf, und die Erinnerung an Samstagnacht, als die Krankenschwester im Hof Bergrath tot am Fuß der Treppe lag, streifte sie wie ein Blitz. Sie hatte es fast vergessen, das Licht einer Taschenlampe, das sie in der Nacht im Schuppen gesehen hatte.

»Es sah furchtbar aus, wie Heiko da von der Decke hing«, hörte sie Uwe klagen.

»Warum, glauben Sie, hat er sich das Leben genommen?«, fragte Sonja und blickte Claudia an. »Hatte er Probleme?«

»Ich weiß es nicht, ich habe ihn ja vorher nicht gekannt. Und erzählt von sich hat er nicht viel.«

»Und Sie?«, fragte Sonja Chiara.

Sie schluckte und legte ihre Hand aufs Herz. »Seine Freundin hat ihn vor Kurzem verlassen, das hat ihm wohl sehr zu schaffen gemacht.«

»Und er hat die Zwischenprüfung vergeigt. Er ist einfach nicht erschienen«, steuerte Uwe ungefragt bei. »Sein Vater hatte ihm deswegen Stress gemacht, hat er mir erzählt. Und dann noch Sandras Unfall. Vielleicht war das alles zu viel für ihn. Er war nicht besonders belastbar.«

Die beiden Frauen musterten Uwe skeptisch von der Seite, als warteten sie darauf, dass er weitersprach, weil in seiner Erklärung noch ein entscheidendes Detail fehlte. Aber er schien alles gesagt zu haben, hob nur ratlos die Schultern.

»Es hatte also nichts zu tun mit Ihren ...«, Sonja suchte nach dem richtigen Wort, »Rollenspielen?«

Uwe rümpfte die Nase. Claudia und Chiara tauschten einen langen Blick, zauderten, dann ergriff Claudia das Wort und sagte leise: »Heiko wollte nach Sandras Tod nicht einfach weitermachen, als wäre nichts geschehen.«

»Wollten *Sie* es denn?«, fragte Sonja ungläubig.

Sie schüttelten beide heftig die Köpfe und pressten die Lippen aufeinander. Uwe lehnte sich zurück und verschränkte die Arme vor der Brust.

»Warum haben Sie es dann gemacht?«, fragte Sonja.

Die Blicke, mit denen die beiden Frauen Uwe fixierten, sprachen Bände.

Endlich kreuzte Brummer wieder auf, und Sonja konnte das Verhör der Studenten unterbrechen. Sie ging ihm entgegen. Er sah erschöpft und mitgenommen aus, sein Gesicht war schmutzig, seine Haare zerzaust, seine Lederjacke trug er mit einem Finger im Aufhänger über der Schulter. Sein ehemals weißes Hemd hing halb aus der Hose, die Ärmel waren hochgekrempelt. Breitbeinig blieb er neben der Lücke in der Hecke stehen, als könnte er keinen einzigen Schritt mehr weitergehen.

»Ich habe ein Auto entdeckt, das offensichtlich mühsam versteckt worden ist«, flüsterte Brummer außer Atem.

»Wo?«

Er wies mit der Hand Richtung Wald. »Nicht weit von hier, in einer Schneise, hinter einem Stapel gefällter Bäume im Unterholz. Wir müssen quasi mehr oder weniger daran vorbeigefahren sein. Es ist ein Ford Focus Kombi, dunkelrot, Euskirchener Kennzeichen. Leider sind alle Türen abgeschlossen.«

»Ein Wrack?«

»Nein, im Gegenteil, gut in Schuss, TÜV ist aktuell. Ich habe das Kennzeichen schon von Neugebauer überprüfen lassen. Das Auto gehört einem Martin Hoppe. Der wohnt in Weyer auf der Hauptstraße, Nummer 29 b, direkt an der Kreuzung Brehbergstraße/Burgring.«

»Vielleicht ist das der vermeintliche Spanner«, sagte sie.

»Welcher Spanner?«

Sie berichtete, was sie bisher von den Studenten in Erfahrung gebracht und Samstagnacht zu sehen geglaubt hatte.

»Was machen wir jetzt mit den dreien da drüben?«, fragte Brummer zum Schluss.

»Gute Frage. Es darf ihnen nichts passieren. Wir müssen auf Nummer sicher gehen. Am einfachsten könnten wir sie schützen, wenn wir sie alle zusammen an einem Ort hätten.« Sonja breitete die Arme aus. »Zum Beispiel hier.«

»Hier?«, fragte Brummer ungläubig. »Ist das nicht viel zu gefährlich?«

»Wenn wir es nur mit einem Unfall und einem Selbstmord zu tun haben, lautet meine Antwort: nein.«

»Wenn wir es mit Mord zu tun haben, sind sie vielleicht gefährdete Zeugen«, gab Brummer zu bedenken. »Und wenn einer der Täter ist ...?«

»Wenn, wenn, wenn«, winkte Sonja ab. »Tatsache ist doch, dass wir noch kein Gutachten der Rechtsmedizin haben. Machen wir einen Kompromiss. Sobald wir sicher sind, dass es hier um Mord geht, bringen wir sie anderweitig unter. Und bis dahin bleiben sie hier, und wir passen auf sie auf.«

»OK«, gab Brummer zu. Dann wurde er misstrauisch. »Wen meinst du mit *wir*?«

»Dich.«

»Und?«

»Neugebauer, wen sonst?«

»Dachte ich's mir doch«, brummte er, fingerte sein Handy aus seinem Jackett.

»Er soll eine Radkralle mitbringen, damit wir Hoppes Auto festsetzen können.«

Brummer hielt sein Handy ans Ohr und brummte: »Der wird sich freuen.«

»Und Roggenmeier soll zu Heikos Eltern gehen und sie vom Tod ihres Sohnes unterrichten.

»Der wird sich auch freuen.«

Die Spurensicherung hatte ihre Arbeit im und um den Schuppen herum beendet und berichtete von Fuß- und Reifenspuren. Breite Spuren von einem Auto und Motorrad, schmale von einem Fahrrad. Zum Schluss zeigten sie Sonja einen ganz besonderen Fund. Einen Schlüssel, den sie in einer Plastiktüte sichergestellt hatten. Sand, Staub und Grashalme klebten am Bart und am Griff. Er hatte innen zwischen der Türschwelle und dem Betonfundament gelegen. Sie waren stolz auf ihre Entdeckung, wie Archäologen.

»Er sieht genauso aus wie der Schlüssel, der außen im Tor steckt«, fand Sonja.

»So ist es«, sagte einer der beiden. »Und nicht nur das, er passt sogar ins Schloss.«

»Hey!« Sonja schenkte ihnen einen anerkennenden Blick. Sie hatten allen Grund, von sich selbst begeistert zu sein. »Ihr seid grandios!« Mit dem Versprechen, sich nach Überprüfung der sichergestellten Spuren zu melden, ließ sie sie abziehen.

Die Bestatter durften endlich tätig werden und den Toten abhängen, in den Leichensack legen, in ihr Auto verfrachten und in die Rechtsmedizin bringen.

»Und ich fahre jetzt zu diesem Herrn Hoppe«, verkündete Sonja, während der Leichenwagen davonrollte. Langsam wurde es auf dem Hof wieder übersichtlich, und sie war froh,

das Gelände verlassen zu können. Sie ließ sich von Brummer das Kennzeichen des gefundenen Autos und die Anschrift seines Halters in ihr Notizbuch diktieren.

Er klopfte auf seine Uhr. »19.30 Uhr. Eigentlich hätte ich längst Feierabend.« Resigniert ließ er sich auf die Bruchsteinmauer fallen.

»Lass dir von den Studenten was zu trinken geben«, riet sie ihm.

Er winkte ab.

Sonja nahm wieder die Abkürzung, den Kreuzweg nach Weyer, und parkte dort, wo die Brehbergstraße von der Hauptstraße abzweigte, vor der Hausnummer 29 b. Das kleine Fachwerkhaus auf der linken Seite sah gepflegt aus. Vier schmale Fenster zeigten auf zwei Stockwerken zur Straße. Hinter allen hingen die gleichen Gardinen, und auf jeder Fensterbank stand eine weiße Orchidee. Sonja parkte vor der Haustür. Ein Briefkasten aus gehämmertem Messing hing rechts an der Türblende, die Klingel aus gleichem Material fand sie darunter. Sie drückte auf den Knopf und hörte einen schrillen Ton.

Während sie darauf wartete, dass ihr geöffnet wurde, sah sie sich um. Nebenan und gegenüber waren die Häuser aufgereiht wie Perlen an einer Kette. Keine besonders feinen, edlen Stücke, sondern praktisch, sauber und bodenständig, eher Steine als Perlen. Der Abendhimmel über ihnen war immer noch taghell. Der schmale Bürgersteig zu beiden Seiten war leer, niemand streckte den Kopf aus einem Fenster, in keiner Tür stand jemand. Der Ort schien ausgestorben. Lediglich zwei Amseln unterhielten sich auf einer Stromleitung, und ein Traktor näherte sich tuckernd aus der Ferne. Landidylle pur.

In den großen Städten war jetzt die Stunde der Biergärten gekommen. Eine andere Welt.

»Ja, bitte?«, hörte Sonja eine Stimme hinter sich fragen.

Auf der Schwelle stand eine kleine Frau von undefinierbarem Alter. Ihre hellbraunen Haare hatte sie zurückgebunden. Sie trug einen dunklen, wadenlangen Rock, eine weiße Bluse und eine lavendelfarbene Wolljacke, die selbst gestrickt aussah. Ihre Augen hatten die gleiche Farbe, sie waren so hell, als wären sie durchsichtig. Die Frau schien nicht erfreut über die Störung zu sein, steckte den Kopf hervor und blickte sich um, als hätte sie jemand anders erwartet.

»Guten Abend«, antwortete Sonja und versuchte zu lächeln. »Frau Hoppe?«

Die Frau nickte.

Sonja zeigte ihren Dienstausweis. »Kripo Euskirchen, mein Name ist Sonja Senger.«

Frau Hoppe trat einen kleinen Schritt zurück.

»Kann ich Ihren Mann sprechen?«

»Er ist nicht da«, sagte Frau Hoppe mit dünner Stimme.

»Wann kommt er denn?«

Frau Hoppe blickte auf ihre kleine, goldene Armbanduhr und sagte, ohne aufzusehen. »Ach, gleich schon acht. Er macht sicher wieder Überstunden.«

»Wo arbeitet er denn?

»In Euskirchen in der Hauptgeschäftsstelle der Sparkasse.« Ihr stolzer Blick veränderte sich plötzlich, ihre Augen huschten unruhig hin und her. »Warum wollen Sie das wissen, ist ihm etwas zugestoßen?«

»Nein«, beruhigte Sonja sie. »Keine Sorge. Ich habe nur ein paar Fragen an ihn.«

Frau Hoppe nickte wenig überzeugt.

»Ist er mit dem Auto unterwegs?«

»Natürlich. Wie soll er sonst nach Euskirchen kommen?«

»Mit dem Bus? Gibt es keinen Bus nach Euskirchen?«

Frau Hoppe schüttelte entschieden den Kopf. »Nicht für Martin.«

»Wie auch immer. Wissen Sie, was für ein Auto er hat?«

»Natürlich. Einen roten Ford. Und zwar einen Focus. Ich kenne sogar das Kennzeichen.«

»Ja?« Sonja nickte ihr aufmunternd zu.

Als sie es stockend buchstabierte, musste Sonja es nicht lange mit dem in ihrem Notizbuch vergleichen. »Schade, dass er nicht da ist«, bedauerte sie. »Könnte ich vielleicht auf ihn warten?«

Frau Hoppe zögerte, ehe sie die Tür missmutig aufzog. Sonja setzte einen Fuß über die Schwelle. Eine fremde Wohnung zu betreten, war jedes Mal wieder spannend. Nichts konnte mehr über einen Menschen aussagen als seine Einrichtung. Manchmal machte Sonja daraus einen Sport und wettete auf der Fußmatte mit sich selbst, was sie wohl antreffen würde.

Frau Hoppe führte sie durch den Flur über einen perserähnlichen Läufer, vorbei an antiken, bäuerlichen Geräten und Werkzeugen aus Holz und Metall, die an den beiden einander gegenüberliegenden Wänden hingen, in ein Wohnzimmer, wo sich altdeutsche Eiche und ein verklinkerter Kamin breitgemacht hatten. Frau Hoppe schien ein wenig zu humpeln. Ein kleines Fenster zeigte zur Straße, und die Umrisse der Orchidee waren sichtbar. Gegenüber wurde die grandiose Aussicht in die hügelige Ferne von einer Hecke unterbrochen.

»Setzen Sie sich doch!«, forderte Frau Hoppe Sonja auf und zeigte auf einen der beiden wuchtigen Ledersessel. »Kann ich Ihnen etwas anbieten? Einen kleinen Likör vielleicht?«

»Ein Wasser wäre schön«, sagte Sonja und setzte sich auf die Kante. Der Sessel war so groß und tief, dass sie darin versinken würde. Außerdem scheute sie sich, das bestickte Kissen zu derangieren, das sich mit akkuratem Knick in der Mitte an die Lehne schmiegte.

Frau Hoppe war in die Küche verschwunden, Sonja blickte sich um. Rauchglastisch auf Perser, Gläser in der Vitrine, gestickter Läufer auf dem Esstisch, gestickte Bilder an den Wänden. Die Wanduhr über dem Sofa tickte müde vor sich hin. Nirgendwo Familienfotos. Alles staubfrei, alles passend.

Jeder wie es ihm gefällt, sagte sich Sonja und versuchte ihre Gänsehaut zu ignorieren.

Frau Hoppe kam mit einem Glas zurück und stellte es auf einen Untersetzer auf den Tisch.

»Danke schön, sehr freundlich.« Sonja nahm einen Schluck. Das Wasser hatte Zimmertemperatur und schmeckte schal. »Schön ruhig haben Sie es hier.«

Frau Hoppe setzte sich zaghaft in den anderen Sessel, auch nur auf die Kante. Sie verschränkte die Hände im Schoß. Eine zarte Frau mit kleinem Mund, kleiner Nase und kleinen Augen. Sie wirkte verletzlich. Eine Frau, die man beschützen musste. Fast kindlich, dachte Sonja gerührt.

»Haben Sie Kinder?«

»Nein!«, erwiderte Frau Hoppe entrüstet. »Und das ist auch gut so. Kinder machen einem nur Sorgen.«

»Dann sind Sie sicher berufstätig?«, fragte Sonja, als ihr Gegenüber wieder in Schweigen verfiel. Nicht auszumalen, dass diese Frau den ganzen Tag hier in dem dunklen Haus hockte und aus dem Fenster blickte.

Aber Frau Hoppe schüttelte den Kopf. »Ich habe meine Mutter viele Jahre lang bis zu ihrem Tod gepflegt.«

»Das tut mir leid.« Sonja überlegte, was sie als Nächstes sagen könnte. Sie nahm noch einen Schluck Wasser.

Die Wanduhr tickte, aber die Zeit schien nicht zu vergehen. Frau Hoppe stieß einen Seufzer aus.

»Wohnen Sie schon lange hier?«

»Schon immer«, antwortete sie, ohne Sonja anzusehen. »Und dreiundzwanzig Jahre lang in diesem Haus.«

»Sie sind also eine gebürtige Weyererin?«

Frau Hoppe nickte aus dem Fenster.

»Und wo kann man hier einkaufen?« Frauengespräche, hoffte Sonja, schaffen Vertrauen.

»Läden gibt es ja nicht mehr, nur noch die Konditorei. Aber dreimal die Woche kommt ein Verkaufswagen zu uns.«

»Wie praktisch.«

»Ja, das ist praktisch«, sagte Frau Hoppe und wandte sich endlich Sonja zu. »Da kann man wirklich alles kaufen. Was er gerade mal nicht hat, bringt er nächstes Mal mit. Er hält direkt vor meiner Tür.« Ihre kleinen Augen leuchteten kurz auf. »Wenn ich den nicht hätte … Er kommt von Hansens Frischemarkt in Mechernich.«

Sonja nippte wieder am Wasser. Und nun? Martin Hoppe ließ auf sich warten.

»Soll ich Martin denn mal anrufen?«, bot Frau Hoppe nach einer Weile an.

»Bitte. Wenn ich in der Zwischenzeit mal kurz auf die Toilette dürfte?«

»Kommen Sie.« Frau Hoppe führte sie zurück auf den Flur, wo neben dem Hauseingang eine Tür abging. »Da hinten ist für kleine Mädchen.«

Der winzige Raum war in schaurigem Moosgrün gehalten, unpersönlich, uninteressant, bis auf die Tatsache, dass die Klobrille hochgeklappt war. Hinter der WC-Tür hörte sie

Frau Hoppe mit automatischer Stimme telefonieren, als spräche sie auf einen Anrufbeantworter. Als Sonja herauskam, stellte Frau Hoppe mit der linken Hand das schnurlose Telefon zurück in die Basisstation und beobachtete eine dicke Schmeißfliege, die altersschwach im Kreis über das karierte Fransendeckchen auf der Kommode taumelte.

»Er ist nicht drangegangen«, sagte Frau Hoppe mit ihrer kleinen Stimme und gab der Fliege mit einem Finger einen sanften Stups. Sie öffnete ihre metallisch schimmernden grünblauen Flügel, ohne wegzufliegen. »Sehen Sie mal«, sagte sie und wies auf die antiken Gerätschaften an den Wänden. »Das habe ich alles von meinen Eltern geerbt. Und noch vieles mehr, das steht im Keller, weil ich nicht weiß, wohin damit.«

Einige Geräte sahen martialisch aus, rostig und scharf.

»Haben Sie in der Sparkasse angerufen, Frau Hoppe?«

Sie drehte sich um, und ihre durchsichtigen Augen funkelten. »Um Himmels willen! Nein! Das darf ich doch gar nicht. Ich darf ihn nicht stören. Das mag er nicht. Außerdem habe ich gar nicht seine Nummer in der Bank.« Sie wandte sich wieder ab und strich liebevoll über ein hölzernes Gerät, ein Rundholz mit zwei T-Stücken. »Wissen Sie, was das ist?«

»Nein«, erwiderte Sonja ungeduldig und nahm zur Kenntnis, dass Martin Hoppe wohl ein strenger, wichtiger Mann sein musste. »Also haben Sie nur auf sein Handy gesprochen?«

»Das ist eine Kreuzhaspel«, erklärte Frau Hoppe, wandte sich Sonja zu, und ihre Augenfarbe veränderte sich. »Sie wurde früher zum Spinnen verwendet.«

»Und das?«, fragte Sonja und zeigte auf ein eisernes Gestell mit zwei rostigen, zangenartigen Griffen.

»Eine Tierfalle«, antwortete Eva-Maria und legte den Kopf schief. »Ein sogenanntes Fangeisen oder auch Tellereisen. Es ist wunderschön, nicht wahr?«

Schön? Sonjas Blick wanderte weiter. »Und ein Gewehr haben Sie auch.«

»Das ist kein Gewehr, sondern eine Flinte«, verbesserte Frau Hoppe. »Sie gehörte meinem Vater. Er war ein guter Jäger. Er hat ...«

»Frau Hoppe!«, ermahnte Sonja sie.

Frau Hoppe seufzte. »Ich habe auf Martins Handy gesprochen, damit er mich zurückrufen kann, sobald er in sein Auto steigt. Damit ich mit dem Abendessen anfangen kann.«

»Das wird schwierig werden«, sagte Sonja zögernd. Es ging ihr gegen den Strich, der kleinen Frau den Boden unter den Füßen wegzureißen und ihre heile Welt zu zerstören, aber es half nichts. »Sein Auto steht nämlich nicht in Euskirchen, sondern hier ganz in der Nähe, im Weyerer Wald.«

Frau Hoppe zuckte zurück, zerrte ein Taschentuch aus ihrer Jackentasche und presste es zusammen. »Das kann nicht sein.«

»Doch.«

»Nein«, Frau Hoppe lächelte irritiert. »Sie müssen sich irren. Wie soll es denn dahin kommen?«

Sonja ignorierte die Frage und fuhr fort: »Haben Sie einen Zweitschlüssel?«

»Nein, nein, nein, was reden Sie denn da? Ich glaube, es wäre besser, Sie würden jetzt gehen! Ich möchte allein sein.«

»Wie Sie wollen. Aber ich komme morgen wieder«, lenkte Sonja ein und legte ihre Visitenkarte auf die Flurkommode neben die torkelnde Schmeißfliege. »Um elf Uhr. Sorgen Sie dafür, dass Ihr Mann hier ist.«

Frau Hoppe hob die Karte hoch, hielt sie sich nah vors Gesicht. »Hauptkommissarin«, las sie ab und wunderte sich. »Das ist doch kein Beruf für eine Frau.«

Dazu hätte Sonja ihr eine Handvoll Sätze sagen, sogar einen mehrstündigen Vortrag halten können. Aber es waren

nur drei Schritte bis zur Tür. Auf der Schwelle drehte sie sich um und fragte: »Als gebürtige Weyererin kennen Sie sicher den Hof Bergrath?«

»Wen?«, fragte Frau Hoppe gedehnt.

»Hof Bergrath«, wiederholte Sonja laut und deutlich.

»Was soll das sein?«

»Ein Hof im Weyerer Wald nicht weit von der Stelle, wo wir das Auto Ihres Mannes gefunden haben.«

»Nein, tut mir leid«, sagte Frau Hoppe und schob die Unterlippe vor. »So einen Hof gibt es hier nicht. Denn wenn es ihn gäbe, dann wüsste ich es. Es gibt unten an der Durchgangsstraße zwischen Kall und Keldenich ein paar Höfe, den Margaretenhof, das ist aber ein Ferienhof, oder den Lindenhof, das ist ein Reitstall. Dann gibt es noch ein paar Aussiedlerhöfe wie den Petershof oder den Schwalbenhof, aber Bergrath, sagten Sie? Bergrath? So heißt hier keiner. Ich weiß nicht, was Sie meinen. Sie müssen jetzt gehen.«

Das war eine ziemlich lange Rede für eine schweigsame Frau wie Frau Hoppe, stellte Sonja verwundert fest. »Seltsam. Ich komme gerade von dort. Ein Mann hat sich dort in einem Schuppen erhängt.«

Frau Hoppe presste das Taschentuch vor den Mund. »Wer?«, stieß sie mit dumpfer Stimme hervor.

»Nicht Ihr Mann«, beruhigte Sonja sie und fragte sich, ob Eva-Maria Hoppe wohl daran gedacht hatte, dass es ihr Mann sein könnte, der sich das Leben genommen hatte.

Frau Hoppe verzog die Mundwinkel. »Das würde er mir auch niemals antun. Aber wer ...?«

»Dazu kann ich nichts sagen. Aber dieser Hof, wo es passiert ist, gehört einem Herrn Bergrath. Den kennen Sie dann wohl auch nicht?« Frau Hoppe schüttelte ansatzweise den Kopf. »Sein Vorname ist Wolfgang. Er könnte in Ihrem Alter

sein, wohnt zwar inzwischen auf Sylt, aber vielleicht sind Sie zusammen zur Schule gegangen?«

Frau Hoppe presste die Lippen aufeinander und schüttelte den Kopf.

»Weyer ist wohl doch größer, als ich dachte.«

Frau Hoppe sagte: »Auf Wiedersehen« und schob die Türe zu.

»Mit Sicherheit«, murmelte Sonja und ging langsam zu ihrem Auto. Sie hätte Frau Hoppe sagen können, dass es vielleicht ihr Mann war, der aus dem Schuppen gelaufen war, in dem Heiko Niemeyer an einem Seil gehangen hatte. Aber irgendwie hatte sie das Gefühl, dass Martin Hoppe das selbst tun sollte, wenn es denn so war. Diese Chance sollte er haben, wenn er heute Abend nach Hause kam und erfuhr, dass die Kripo im Hause gewesen war.

Auf den Straßen von Weyer hatte sich in der Zwischenzeit nichts geändert. Aber die Landidylle hatte einen Riss bekommen. Bevor sie den Weg nach Hause antrat, lenkte Sonja ihren Dienstwagen noch ein weiteres Mal zum Hof Bergrath. Sie wollte nach ihren Kollegen sehen, sie aufmuntern und ihnen eine Ablösung für morgen früh versprechen. Vielleicht war sie auch nur auf ein Gespräch mit ihnen aus, die verordnete Ordnung im Haus Hoppe bedrückte sie.

Kaum konnte Sonja die Umrisse des Wohnhauses sehen, hatte sie die plötzliche Idee, die Kollegen überraschen zu wollen. Sie bremste den Passat in gebührender Entfernung schon vor der Hofeinfahrt hinter einem Gestrüpp und spähte ungläubig durch die Windschutzscheibe.

Im Hof Bergrath ging es romantisch zu.

Brummer und Neugebauer, Claudia Abt und Chiara Tommaso saßen auf der Bruchsteinmauer. Sie hatten sich einen Gar-

tentisch herangezogen, auf dem ein Windlicht flackerte und Teller, Weinflaschen und Gläser standen. Ein Abstand von gut einem Meter lag nicht zwischen den Männern und den Frauen, wie es sich gehörte, sondern zwischen zwei Paaren, die sich gefunden hatten. Von Uwe Bergrath fehlte jede Spur.

Die Herren in Hemden mit offenen Kragen und hochgekrempelten Ärmeln, Pistolen und Handschellen am Gürtel, die Damen begnügten sich mit Trägershirts, Shorts und nackten Füßen. Claudia hatte einen Arm auf Brummers Schulter, Chiara einen Arm um Neugebauers Taille gelegt. Die beiden Frauen schmiegten sich an die Herren, redeten auf sie ein und kicherten.

Fraternisieren nennt man das, dachte Sonja, lehnte sich zurück und verschränkte die Arme über der Brust. Oder war es doch kollaborieren?

Claudia fütterte Brummer mit einem Häppchen irgendwas, Chiara kraulte Neugebauer die unrasierte Wange. Auf der Mauer stand ein Kofferradio und dudelte vor sich hin.

War es ein Versehen, als Sonja ihre Arme löste und ihre linke Hand dabei auf die Hupe fiel? Lang und quäkend durchschnitt der Ton die laue Sommernacht, während der Passat den Paaren fast auf die Füße rollte. Sie fuhren auseinander. Im Haus presste Uwe Bergrath Stirn und Nase gegen das Küchenfenster und schnitt eine Grimasse.

Im Befehlston schickten die Kollegen Chiara und Claudia ins Haus, warteten, bis sie die Haustür hinter sich geschlossen hatten, und traten dann auf Sonja zu. Sie stieg aus. Neugebauer verschränkte die Hände hinter dem Rücken, Brummer ließ seine in seinen Jeanstaschen verschwinden.

»Nun?«, fragte Sonja und musterte sie, als sie vor ihr standen.

Die Hitze des Sommers schien der Eifel nicht zu bekommen. Aber der Teil in Sonja Senger, der keine Hauptkommis-

sarin war, gab zu, dass im Hof Bergrath das Leben stattfand, es wurde gestorben, aber wenigstens auch geliebt. Wenn sie die Wahl zwischen dem Hause Hoppe und dem Hof Bergrath hätte, müsste sie nicht lange überlegen.

»Wir haben sie nur ein bisschen ausgefragt«, erklärte Neugebauer und blinzelte nervös.

»Das ist gut«, lobte Sonja sie. »Und was habt ihr erfahren?«

»Nicht viel«, meinte Neugebauer.

»Was sagt denn Martin Hoppe?«, lenkte Brummer ab.

»Er war nicht da«, antwortete Sonja. »Nur seine Frau. Sie weiß von nichts und behauptet, er sei jetzt noch auf der Arbeit in der Sparkasse in Euskirchen. Ich werde das morgen früh überprüfen. Habt ihr das Auto festgesetzt?«

Beide nickten.

»Und geöffnet.« Neugebauer zog eine braune Banktasche aus seinem Jackett. »Fünfzehnhundert.«

Sonja streckte die Hand aus und fragte: »Euro?«

»Was sonst, Dollar?«

»Roggenmeier war übrigens nicht begeistert davon, dass du ihm Aufträge erteilst«, sagte Neugebauer.

»Sein Problem.« Sonja nahm die Banktasche an sich und versprach: »Ich schicke euch morgen früh als Erstes eine Ablösung.«

»Och«, meinte Neugebauer gedehnt. »Hetz dich nicht. Wir haben ja hier alles, was wir brauchen. Kümmer' dich lieber um diesen Hoppe.«

Und Brummer strich sich übers Kinn und sagte: »Morgen früh kommt der Verkaufswagen, sagt Claudia, dann haben wir alles, was wir brauchen.«

»Und Chiara kann sicherlich gut kochen, ich meine, als Italienerin«, steuerte Sonja bei.

11. Kapitel

Etwa um die gleiche Zeit hielt auf der Hauptstraße 29 b in Weyer ein Taxi. Martin Hoppe bezahlte den Fahrer und ließ sich eine Quittung geben. Er schob seine Aktentasche unter den Arm, lief zur Haustür und schloss sie auf. Umständlich zog er die Schuhe aus, räumte sie zusammen mit der Aktentasche in die Flurkommode und schlüpfte in seine Pantoffeln.

Als er sich aufrichtete, entdeckte er eine dicke Schmeißfliege, die auf dem karierten Fransendeckchen herumtorkelte. Er schlug mit der flachen Hand auf ihre grün-blau schimmernden Flügel und erlöste sie von ihrem Leiden Die Kommode krachte in den Fugen, und die Fliege war platt wie eine Briefmarke. Er pflückte sie vom Deckchen, betrat das Gäste-WC, um sie in der Toilette zu entsorgen, als er irritiert stehen blieb.

Die Klobrille war heruntergeklappt. Gedankenverloren spülte er ab und ließ die Klobrille offen stehen. Eva-Maria benutzte stets das obere Bad, das Gäste-WC war seins, es sei denn, sie hatten Besuch – was selten vorkam. Eigentlich nie. Aber heute war jemand hier gewesen. Jemand, der die Klobrille heruntergeklappt hatte. Eine Frau.

Im Spiegel über dem kleinen Waschbecken ordnete er seine Haare, drehte den Hahn auf und warf sich mit beiden Händen Wasser ins Gesicht. Mit dem Gästehandtuch rieb er es trocken. Er sah mitgenommen aus. Um Jahre gealtert. Kein Wunder, er hatte einen furchtbaren Tag hinter sich. Und er war noch nicht zu Ende. Würde Eva-Maria ihm sein Abenteuer ansehen? Würde sie ihm die Version abnehmen, die er

sich während der Taxifahrt von Zingsheim nach Weyer zurechtgelegt hatte?

Denn bis nach Zingsheim hatte ihn seine Flucht vom Hof Bergrath verschlagen. Als er hörte, dass der Pirat in den Schuppen wollte, war er aus seiner Deckung gekommen und Hals über Kopf davongelaufen. Querfeldein, im Zickzack, wie ein Hase, der vor lauter Angst nicht mehr wusste, was er tat, gelangte er an die Durchgangsstraße, überquerte sie auf halsbrecherische Weise und tauchte schließlich schräg gegenüber dem Lindenhof im nächsten Waldstück unter. Hinter der ersten Baumreihe hielt er inne.

Und dachte nur an eines: Er musste seine Aktentasche loswerden. Wenn man ihn stellte, dann nur ohne sie. Unter keinen Umständen durften die Kundenliste und das letzte Päckchen mit dem Code 079 für Gerhard Pfennig gefunden werden. Auch sein Tagebuch und sein Handy ließ Hoppe in der Aktentasche, als er sie unter einem Berg getrocknetem Laub verscharrte und die Stelle mit einem dicken Ast kennzeichnete, der wie eine Schleuder aussah, unverwechselbar, wie er glaubte.

Das Gefühl, alles richtig gemacht zu haben, bestärkte ihn. Als er die Dächer von Zingsheim sehen konnte, blieb er stehen, lehnte sich an einen Baum und schnappte nach Luft. Es war ruhig auf den Straßen, kein Blaulicht. Er wollte abwarten, ob es so blieb, eine gute Stunde, vielleicht mehr, und dann konnte er zurück zu seiner Aktentasche marschieren. Er rutschte am Baumstamm entlang auf den weichen Waldboden, suchte sich einen bequemen Platz zwischen den mächtigen Wurzeln, streckte die Beine lang aus, ließ sie auseinanderfallen und lehnte den Kopf an den Stamm.

Gut, dass er auch das Handy in der Aktentasche zurückgelassen hatte. Sicher versuchte Eva-Maria längst ihn zu errei-

chen. Das hätte ihn nur nervös gemacht. Vielleicht hatte sogar Peter noch einmal angerufen. Nicht auszudenken.

Hoppe schloss die Augen. Aber sein Atem wollte nicht ruhiger werden. Er wünschte, er hätte sein Tagebuch hier, dann könnte er aufschreiben, was ihm widerfahren war. Wenn er schrieb, dann verschwanden die Dinge aus seinem Kopf, wanderten auf das Papier und wurden dort zu klaren Tatsachen. Aber so, ohne Papier, konnten sie sich in seinem Kopf ohne Unterlass drehen, vermischten sich zu einem bedrückenden Brei, und das Karussell ließ sich nicht anhalten.

Hoppe zuckte zusammen, spürte etwas an seinem Fuß, öffnete ein Auge. Ein Hund. Er schnupperte an seinem Schuh. Ein abgemagerter, räudiger Kerl, grau war sein Fell. Der Kopf war schmal, und die hellen Augen standen schräg. Die Ohren waren angelegt. Jetzt wandte er sich dem anderen Schuh zu und stellte eine Pfote auf Hoppe Wade. Die Rippen an seinem Brustkorb bebten bei jedem Atemzug. Ein Schäferhund.

Und wenn es ein Wolf war? Hoppe schloss sein Auge wieder, hielt den Atem an und stellte sich tot. Ein Wolf konnte den Angstschweiß riechen, sagte sich Hoppe und beschloss, keine Angst zu haben. Er hob wieder ein Augenlid. Das Schnüffelergebnis schien nicht positiv auszufallen, denn der Hund ließ von ihm ab, hob ein Bein am Baumstamm und ließ einen kräftigen Strahl dagegenprasseln. Hoppe verzog das Gesicht, als er das Gefühl hatte, ein paar Tropfen abzubekommen. Der Hund trollte sich, sprang ins Unterholz, wo sein graues Fell bald nicht mehr vom Blätterwerk zu unterscheiden war.

Hoppe atmete tief durch, wenigstens hatte die stumme Begegnung ihn minutenlang nicht an seine Probleme denken lassen. Die Umgebung war immer noch ruhig, kein Blaulicht.

Hoppe hielt es nicht länger aus abzuwarten, sondern machte sich auf den Weg zu seiner Aktentasche, die er nicht auf Anhieb finden konnte. Wenn er glaubte, die richtige Stelle entdeckt zu haben, warf er die vertrockneten Blätter mit den Füßen beiseite und grub mit den bloßen Händen. Nichts. Weiter. Und was war mit dem Hund? Ein Ohr, ein Auge galt immer seiner Rückkehr. Dicke Äste, die wie Schleudern aussahen, gab es plötzlich zuhauf. Alles schien gleich auszusehen. Hoppe irrte umher.

Aufgeben war nicht drin, und so wurde er doch irgendwann für seine Hartnäckigkeit belohnt, stolperte über den richtigen Ast und konnte seine Aktentasche ausbuddeln und endlich an seine Brust drücken – wie ein verlorenes Kind. Obwohl er schwören konnte, dass er sie an einer ganz anderen Stelle verscharrt hatte.

Als er das Schloss öffnete und den Deckel umschlug, zitterten seine Finger. Die Liste, das Päckchen, das Tagebuch, das Handy, alles war noch da. Auf seinem Handy waren in der Zwischenzeit zwei Anrufe eingegangen. Eva-Maria hatte auf seine Mailbox gesprochen und gefragt, wo er bleibe. Ihre Stimme klang ungehalten. Peter hatte nichts gesagt, aber das machte seinen Anruf nicht besser, im Gegenteil. Nervös schaute sich Hoppe um, aber niemand beobachtete ihn, auch wenn er tausend Blicke auf seinem Rücken spürte.

Er beschloss nach Zingsheim zu gehen, sich dort ein Taxi zu rufen und sich zu seinem Auto fahren zu lassen. Im Ort angekommen, dauerte es noch länger als befürchtet, bis das Taxi kam und der mürrische Fahrer sich erbarmte, Hoppe an der Durchgangsstraße einlud und zur *Siedlung Weyer* chauffierte. Eine innere Stimme riet Hoppe, das Taxi nicht sofort wegzuschicken, sondern am Forstweg vor der Schranke warten zu lassen.

Hoppe schlich zu seinem Auto. Die Fahrertür stand offen, die Banktasche lag nicht mehr im Handschuhfach und am linken Hinterrad saß eine Radkralle. Entsetzt wich Hoppe zurück, floh zurück zum Taxi, dankte seiner inneren Stimme und ließ sich nach Weyer bringen. Der Fahrer war einer von der schweigsamen Sorte, sodass Hoppe nachdenken konnte, wie er Eva-Maria das alles beibringen sollte ...

»Martin?!«

Hoppe tauchte aus seinen Erinnerungen auf und rief: »Ich komme!«

Sie stand am Fenster, als er ins Wohnzimmer kam, und sah unverwandt hinaus, obwohl es dort nichts mehr zu sehen gab. Der Taxifahrer war längst seines Weges gefahren. Hoppe trat hinter sie und legte seine Hände auf ihre Schultern. Sie zuckte zusammen, schüttelte ihn ab und drehte sich zu ihm um. Ihr Gesicht war bleich und wirkte eingefallen.

»Wie geht es dir?«, fragte Hoppe.

»Nicht gut.«

»Das tut mit leid. Setz dich doch, ich muss dir etwas erzählen«, bat er sie und führte sie zu einem Sessel. Er setzte sich ihr gegenüber und suchte nach den Worten, die er sich zurechtgelegt hatte.

»Wo ist unser Auto?«, stieß sie hervor. Ihre Blicke verfolgten das Pendel der Wanduhr über dem Sofa. Beständig glitten ihre durchsichtigen Pupillen von rechts nach links, von links nach rechts.

»Ich bin überfallen worden«, sagte er leise, um der Tat die Schärfe zu nehmen.

Sie schlug die Hände zusammen und rief: »Um Himmels willen!«

»Ich war schon auf dem Weg zu dir, als ich ...«

»Ich habe dein Abendessen in den Kühlschrank gestellt«, unterbrach sie ihn, erhob sich und wollte in die Küche gehen.

Er ergriff ihre Hand und hielt sie fest. »Ich habe keinen Hunger. Setz dich bitte hin. Hör mir zu.«

Sie gab nach, ließ sich fallen und verschränkte die Hände im Schoß. Ihre Knie zitterten.

»Ich bin überfallen worden«, wiederholte er. »Ich war schon auf dem Weg zu dir, als ich in Vussem an der Verkehrsinsel warten musste, weil mir einige Autos entgegenkamen. Plötzlich riss ein Mann mit einer schwarzen Kapuze die Tür auf, zerrte mich raus, sprang in mein Auto und raste davon.« Hoppe wartete die Wirkung seiner Worte ab.

Eva-Maria nickte mechanisch.

Er fasste sich an die rechte Schulter und verzog das Gesicht. »Ich bin auf die Straße gefallen.«

Ihr Blick wanderte zu seiner Schulter.

»Ich habe versucht, dich anzurufen, weil ich mir Sorgen machte, wo du bleibst«, sagte sie vorwurfsvoll.

Er entschuldigte sich. »Ich weiß, aber ich konnte nicht drangehen. Ich war auf der Flucht. Ich war völlig verzweifelt. Als ein Taxi an mir vorüberfuhr, habe ich es einfach angehalten.« Er legte die Quittung auf den Wohnzimmertisch und sah forschend in Evas Gesicht.

Sie beugte sich vor und sagte: »Ziemlich teuer.«

»Ein Notfall«, erklärte er.

»Hauptsache, dir ist nichts passiert.« Eva-Maria erhob sich. »Aber jetzt musst du etwas essen.«

»Ja«, sagte er erleichtert, obwohl er immer noch keinen Hunger hatte. »Ich werde morgen zur Polizei gehen«, rief er ihr nach.

»Gute Idee«, hörte er sie antworten. Sie setzte Wasser auf und klapperte in der Küche herum.

Hoppe lehnte sich zurück und schloss die Augen. Es war besser gelaufen, als er befürchtet hatte. »Und wie war dein Tag, meine Liebe?«

»Wie immer«, rief sie.

»Schön«, murmelte er und streckte die Beine aus. Es war doch immer wieder ein gutes Gefühl, nach Hause zu kommen und dort nicht allein zu sein. Vor allem nach einem Tag wie diesem, war es der Inbegriff von Sicherheit und Geborgenheit, bis ihm die Klobrille wieder einfiel. »Hattest du Besuch, meine Liebe?«

»Nein, wie kommst du darauf?«

»Hätte doch sein können.«

»Nein, ich war den ganzen Tag allein.«

Hoppe fragte sich, ob er nach einem Unglückstag wie diesem den abendlichen Frieden wegen einer aufgeklappten Klobrille aufs Spiel setzen sollte. Und entschied sich dagegen. Sie war es nicht wert. Sicher gab es dafür eine einfache Erklärung. Und er war nur gerade etwas dünnhäutig. Welche Frau sollte es schon gewesen sein, die ihn auch nur annähernd interessieren könnte? Eine ihrer Freundinnen aus dem Chor? Eine ihrer alten Schulfreundinnen aus dem Ort? Warum sollte seine Eva-Maria nicht ihre kleinen Geheimnisse vor ihrem Mann haben? Hatten das nicht alle Frauen?

»Wie kommst du denn morgen zur Arbeit?«, hörte er Eva-Maria aus der Küche rufen.

Hoppe fuhr hoch und fasste sich an den Kopf. Daran hatte er überhaupt nicht gedacht. Fieberhaft suchte er nach einer Lösung, hatte noch keine gefunden, als sie mit einem Tablett zurückkam, auf dem ein Teller und eine Tasse standen. Zwei Butterbrote, Vollkornbrot mit Käse und Salami, eine kleine Gurke, ein Klecks Senf, eine Tasse Kräutertee.

»Heute habe ich dir Salbeitee gemacht«, verkündete sie und balancierte das Tablett Richtung Esstisch. Sie stellte es ab und räumte Teller und Tasse auf den Stammplatz ihres Mannes. »Dann melde dich doch krank und bleib den ganzen Tag zu Hause. Hier gibt es auch immer etwas zu tun.«

»Ja«, antwortete Hoppe gedehnt. Schwerfällig schleppte er sich an den Esstisch, setzte sich vor seinen Teller und betrachtete seine Brote. Konnte er sich bei Peter krankmelden, um Zeit zu gewinnen? War es womöglich Peter gewesen, der sein Auto festgesetzt und das Geld an sich genommen hatte? Der erste Bissen vom Käsebrot blieb ihm allein bei der Vorstellung im Halse stecken. Übermorgen wollte Peter doch den Hof noch einmal sehen. Hoppe nippte am Salbeitee.

12. Kapitel

Als Sonja am Mittwoch, dem 25. Juli, um 9 Uhr ihr Büro betrat, bestand ihre erste Amtshandlung darin, zwei Polizisten anzufordern, die die Kollegen Brummer und Neugebauer im Hof Bergrath ablösten, vielmehr aus den Klauen der beiden lüsternen Damen befreien sollten – aber Letzteres behielt sie für sich.

Der nächste Anruf galt der Sparkasse in Euskirchen, wo sie erfuhr, dass Martin Hoppe nicht mehr auf der Gehaltsliste stand, weil er zum 1. April vergangenen Jahres, als die Geschäftsstelle in Weyer geschlossen werden musste, ausgeschieden sei.

»Hat er noch ein Konto bei Ihnen?«, fragte Sonja die Sachbearbeiterin, die sich mit einem langen, unverständlichen Namen vorgestellt hatte. Vermutlich einem Doppelnamen.

»Sicher.«

»Würden Sie mir den Kontostand durchgeben?«, fragte Sonja eher testweise, da sie wusste, dass das nicht statthaft war.

»Am Telefon geht das leider nicht«, sagte die Frau zögernd. »Sie müssen verstehen, da könnte ja jeder anrufen. Wenn Sie sich ausweisen können, ist das etwas anderes.«

»Gut. Dann komme ich persönlich bei Ihnen vorbei«, sagte sie und hoffte, dass sie diesen Job Neugebauer oder Brummer aufs Auge drücken konnte.

Noch mit dem Telefonhörer in der Hand, blätterte sie im Bericht der Rechtsmedizin, der endlich eingetroffen war. Der Rechtsmediziner konnte bei Sandras Sturz eine Fremdeinwirkung zwar nicht ganz ausschließen, hieß es darin, aber alle

Spuren seien mit dem Treppensturz vereinbar. Es gab keinen Hinweis auf sturzfremde Gewalt oder organische Ursachen. Falls zusätzlich toxikologische und feingewebliche Untersuchungen erwünscht seien, bat er um eine kurze Nachricht.

Nicht nötig, hätte Sonja noch vorgestern gesagt, nichts rechtfertigte den Aufwand. Denn nichts außer ihrer Intuition schien beim Treppensturz gegen einen Unfall zu sprechen. Nachdem aber am Vortag im Hof Bergrath ein zweites Unglück geschehen war, war nichts mehr eindeutig. Der Selbstmord musste nicht zwangsläufig freiwillig gewesen sein, wenn man die beiden Schlüssel kritisch betrachtete, den einen, der außen im Schloss saß, den anderen, der innen in einer Bodenritze gesteckt hatte. Die Studenten konnten nicht nur gefährdete Zeugen, sondern vielleicht auch selbst Verdächtige sein. Anselmo Lopes, der Vampir, konnte mehr sein als jemand, der sich gerne anderer Leute Autos lieh. Und Martin Hoppe, der seiner Frau seit Monaten vormachte, jeden Tag zur Arbeit zu fahren, während er sich stattdessen im Weyerer Wald herumtrieb, war flüchtig. Konnte er nicht auch ein Auftragskiller sein und die 1.500 Euro eine Anzahlung?

Aber reichten diese Vermutungen für eine staatsanwaltliche Genehmigung der toxikologischen und feingeweblichen Untersuchungen? Sonja scheute den Anruf bei Wesseling.

Sie legte den Telefonhörer ab, hob ihn aber sofort wieder an und wählte die Nummer der Bonner Rechtsmedizin. Sie wurde zum diensthabenden Arzt durchgestellt, der sich als Dr. Döring vorstellte. Sonja bedankte sich artig für den Bericht über Sandra Klemens.

»Sie haben da wohl in ein Wespennest gegriffen«, stellte Dr. Döring fest.

»Sie sprechen von Heiko Niemeyer?«

»Exakt.«

»Könnten Sie ihn vielleicht unter Umständen vorziehen und heute noch obduzieren?«

»Unter welchen Umständen?«, fragte Dr. Döring zurück.

»Ich muss wissen, wie aggressiv die Wespen sind.«

»Verstehe. Mal sehen, was sich machen lässt. Aber nur wenn Sie mir morgen nicht schon wieder eine Leiche bringen lassen!«

Sonja überlegte kurz. »Was soll ich Ihnen denn sonst bringen lassen?«

Sie hörte ihn lachen. »Ich trinke Champagner.«

»Apropos Champagner«, sagte sie zu sich selbst, nachdem das Gespräch beendet war, und erhob sich, um sich einen Kaffee zu kochen. In der Maschine klebte noch eine gebrauchte Filtertüte, in der Glaskanne saß ein Bodensatz schwarzer Brühe. Es gab keine neuen Filtertüten, keinen Kaffee und keine Milch. Sie musste sich zuerst alles bei den Kollegen in den Nachbarbüros zusammenschnorren.

Telefonklingeln empfing sie, als sie in ihr Büro zurückkehrte. Ein Blick auf das Display: Es war nur Roggenmeier. Sie hatte fast vergessen, dass es ihn gab, so rar machte er sich, wenn es ernst wurde. Er bat sie zu einem Bericht in sein Büro. Und sie ahnte, warum er sich so schlecht gelaunt anhörte.

»Komme sofort«, sagte sie, ließ aber erst den Kaffee durchlaufen und verstaute die Banktasche aus Hoppes Auto in einer ihrer Schreibtischschubladen. Sie schenkte den Kaffeebecher voll, balancierte mit ihm über den Gang, hielt in der anderen Hand den Bericht der Rechtsmedizin. Nur mit vollen Händen konnte sie Roggenmeiers gefürchtetem Händedruck entgehen, nach dem sie stets bange ihre Finger nachzählte. Mit dem Ellbogen klopfte sie gegen seine Tür und öffnete sie, ohne eine Antwort abzuwarten.

Er saß in seinen ledernen Chefsessel versunken und hatte die Füße auf den Tisch gelegt, die er sofort herunternahm, als sie eintrat. »Frau Senger, da sind Sie ja endlich«, rief er und zeigte auf den Stuhl, einfache Holzklasse, der vor seinem Schreibtisch stand.

Sie legte den Bericht auf seinen Tisch. Er kramte aufgeregt in seinen Papieren herum und legte sich ein Blatt und einen Kuli zurecht.

Sonja kontrollierte ihre Uhr. »Ich müsste um elf Uhr in Weyer sein.«

»Um elf Uhr? Das wird knapp. Wozu?«

»Ich muss mit Martin Hoppe sprechen.«

»Kann er nicht herkommen?«, fragte Roggenmeier.

»Kann er nicht. Wir haben sein Auto festgesetzt.«

»Hm. Verstehe.«

Sonja überlegte. »Aber Brummer und Neugebauer sind noch dort unten, sie könnten ihn theoretisch mitbringen, wenn sie abgelöst werden.«

»Sehen Sie«, sagte Roggenmeier und rieb sich die Hände. »Dann ist ja alles klar. Ich rufe sie sofort an.« Er schnappte sich sein Telefon, wählte eine Mobilnummer und scharrte mit den Füßen, während er auf die Verbindung wartete.

»Brummer? Hier Roggenmeier. Sie müssen um elf Uhr in Weyer diesen Martin Hoppe abholen und hierher ins Kommissariat bringen. Auf Wiederhören.« Er warf den Hörer auf die Gabel. »So!«, meinte er stolz ob dieses genialen Schachzuges. »Jetzt haben wir alle Zeit der Welt. Ich höre, ach nein, da möchte ich vorab noch etwas klären.«

Sonja nippte kurz an ihrem Kaffee, der kalt zu werden drohte, und stellte den Becher auf seinem Schreibtisch ab. »Ja?«

»Ich habe mit den Eltern dieses Selbstmörders gesprochen.«

»Danke.«

»Aber das war das letzte Mal. Nächstes Mal gehen Sie diesen Gang selbst. Ich weiß, es war gerade niemand sonst da, aber ich bin kein Lückenbüßer.«

»Natürlich nicht.«

»Gut.« Roggenmeier lehnte sich zurück.

»Haben Sie von den Eltern etwas erfahren, das uns weiterhilft?«, fragte Sonja.

»Nur, dass ihr Sohn tatsächlich ein Selbstmordkandidat war. Er muss es schon einmal versucht haben.« Roggenmeier musterte sie mit listigem Blick. Die Hände im Schoß, drehte er abwartend Däumchen. Woraufhin Sonja ihm nach einer Weile eine Zusammenfassung vom Ablauf der Dinge seit dem 22. Juli darlegte, dem Tag, an dem er sie zu Hause angerufen hatte, obwohl es ein Sonntag gewesen war, um ihr vorzuwerfen, sie sei mit der Überführung des »Treppensturzes« in die Bonner Rechtsmedizin übers Ziel hinausgeschossen. Sie sprach schnell, ließ kein Detail aus, damit er keine Gelegenheit hatte, sie zu unterbrechen, sondern nur, je nach Bedarf, verwundert gucken oder nicken konnte.

»Oje«, meinte er zum Schluss, ergriff seinen Kuli und malte drei Kreuze auf das Blatt Papier, das vor ihm lag, obwohl bisher erst zwei Tote zu beklagen waren.

»Sie sagen es«, stimmte Sonja zu.

»Zufall?«, fragte er ratlos.

Sie zuckte mit den Schultern. »Es gibt keine Zufälle.«

»Ach, Sie mit Ihren Sprüchen«, winkte Roggenmeier ab, »natürlich gibt es Zufälle und zwar wie Sand am Meer.«

»Vielleicht war der erste Fall im Hof Bergrath kein Unfall.« Sie wies mit dem Kinn zu dem Bericht des Rechtsmediziners, der unbeachtet auf seinem Schreibtisch lag. »Schauen Sie doch mal rein.«

Sie genoss die Zeit, in der er las und nichts sagte. Sie war kurz genug.

Roggenmeier faltete die Akte zusammen. »Und der zweite Fall?«

»Das werden wir wissen, wenn Dr. Döring Heiko Niemeyer obduziert hat. Allein die Duplizität der Ereignisse finde ich persönlich verdächtig.«

»Stimmt«, gab Roggenmeier zu. »Und dann auch noch dieser Hoppe und die 1.500 Euro im Handschuhfach. Seltsam. Seltsam.«

»Vielleicht ist er ein Auftragskiller. Und das Geld eine Anzahlung.«

»Daran habe ich auch schon gedacht«, sagte er.

»Sehen Sie«, sagte sie zufrieden. Obwohl sie wetten würde, dass er daran niemals im Leben gedacht hatte, genoss sie den seltenen Moment der Einigkeit. »Ich würde gern bei beiden Leichen eine toxikologische und feingewebliche Untersuchung veranlassen.«

»Gut. Ich informiere den Staatsanwalt und regle das für Sie.«

Sonja traute ihren Ohren kaum. Hatte sie sich verhört? Er war bereit, ihr eine unangenehme Arbeit abzunehmen? Und sie zu unterstützen? Unfassbar.

»Danke«, sagte sie ergriffen.

Er sah erstaunt auf.

Sie war kurz davor zu gehen, als er »Presse« hervorstieß, als wäre das Wort vergiftet.

»Was sagten Sie?«

»Wir müssen eine Pressemitteilung machen«, fuhr er fort. »Über den Treppensturz mit tödlichem Ausgang können Sie meinetwegen berichten, aber den Suizid halten wir da raus.«

»Logisch.«

Das musste er nicht anordnen. Es war selbstverständlich und gängige Praxis, dass Polizeidienststellen keine Informationen über Selbsttötungen an die Presse weitergaben. Und sollten sie doch an die Ohren der Journalisten gelangen, so verpflichtete diese wiederum der Kodex des Deutschen Presserates zu einer zurückhaltenden Berichterstattung aus Furcht vor dem Nachahmungseffekt, aber auch zum Schutz der Angehörigen.

»Falls Brummer und Neugebauer diesen Martin Hoppe nicht antreffen, müssten wir ihn zu Fahndung ausschreiben lassen«, kündigte Sonja an.

Roggenmeier nickte und blickte zufrieden auf die drei Kreuze auf dem Blatt Papier.

Sie erhob sich. »War es das?«

»Ja«, sagte er, tippte auf seine Uhr und schüttelte den Kopf. »10.45 Uhr. Wenn Sie sich etwas kürzer gefasst hätten, hätten Sie es mit ein wenig gutem Willen selbst nach Weyer schaffen können.«

Sie schluckte eine Entgegnung herunter und stand schon in der Türschwelle, als er rief: »Sie haben Ihre Kaffeetasse vergessen.«

Sie kam zurück, nahm außer der Tasse auch den Bericht der Rechtsmedizin an sich und blickte auf Roggenmeier hinunter.

»Wenn Sie daran denken«, sagte er mit Unschuldsmiene, »dann könnten Sie ja den Bericht für die Presse schreiben.«

Sonja hatte sich noch nicht aufraffen können, Stichworte für die Pressekonferenz zu machen, als sich etwa eine Stunde später Brummer, Neugebauer und Martin Hoppe in ihr Büro schleppten. Ein Trio, das fix und fertig aussah. Sonja bat Hoppe, sich an den kleinen Tisch zu setzen, der an der Wand stand, und ging mit den Kollegen kurz hinaus.

»Eigentlich wollte ich einen von euch bitten, nach Euskirchen zur Bank zu fahren und dort einen Blick auf Hoppes Konto zu werfen.«

Keiner der beiden sah aus, als wäre er dazu noch imstande. Ungekämmt und unrasiert, ungewaschen und ungebügelt, mit geröteten Augen, über denen die Lider auf Halbmast hingen, lehnten sie sich stöhnend an die Wand. Ein Wunder, dass sie heil von Weyer nach Euskirchen gekommen waren.

»Ich habe uns sogar schon angekündigt. Na ja, dann mache ich es später selbst. Haben die Hoppes Probleme gemacht?«

Brummer und Neugebauer beantworteten Sonjas Fragen mit mühsam hervorgestoßenen Lauten, die vermutlich bedeuten sollten, dass Hoppe, ohne Widerstand zu leisten, mitgekommen sei und seine Frau Eva-Maria sich ebenfalls unauffällig verhalten habe. Während der Fahrt sei angeblich nicht gesprochen worden.

Mitleidig betrachtete Sonja die Kollegen. »Ihr seid auch nicht mehr die Jüngsten.«

Sie warfen ihr vielsagende Blicke zu und brachten dann unisono ein einziges Wort zustande: »Gewerkschaft!«

»Fahrt nach Hause und schlaft euch aus und erscheint auf keinen Fall vor morgen früh wieder zum Dienst.« Als sie in ihr Büro zurückging, murmelte sie kopfschüttelnd: »Gewerkschaft!«

Martin Hoppe saß mit dem Rücken zur Tür.

»So«, sagte Sonja munter. »Und nun zu Ihnen!« Sie holte die Banktasche aus ihrem Schreibtisch und warf sie mit Schwung auf den Tisch. Sie rutschte über die glatte Oberfläche, und Hoppe fing sie auf, ehe sie auf der anderen Seite wieder herunterfallen konnte. Er zog den Reißverschluss auf und spähte hinein.

»Wissen Sie, wie viel Geld darin ist?«, fragte Sonja, während sie an den Tisch trat.

»Fünfzehnhundert Euro«, sagte Hoppe, ließ die Banktasche los und sah zu ihr empor. »Wenn noch alles da ist.«

»Es ist noch alles da«, sagte Sonja und setzte sich ihm gegenüber.

Er nickte und legte die Hände auf die Tischplatte.

Sonja musterte ihn, einen Mann mit einem runden Allerweltsgesicht, das es zu Hunderten gab. Sein Haar war mittelbraun und schütter. Er war mittelgroß und weder dick noch dünn. Er trug einen dunklen, schlecht sitzenden Anzug, ein hellblaues Hemd und eine grottenhässliche Krawatte. Ein Verlierertyp, dachte sie. »1.500 Euro sind viel Geld.«

Er nickte.

»Gehört es Ihnen?«

Er sah empört hoch. »Nein.«

Sie runzelte die Stirn. »Wem denn?«

»Meinem Chef.« Hoppe betrachtete wieder seine Hände auf der Tischplatte, spreizte die Finger, als wollte er sie zählen.

»Sie meinen den Chef der Bank, in der Sie arbeiten?«

Er sah erschrocken hoch, schaffte es aber nicht, Sonjas Blick standzuhalten, sondern hypnotisierte die weiße Bürowand, als stünde dort die Antwort geschrieben.

»Herr Hoppe!«, ermahnte Sonja ihn.

»Ja?«

»Gestern Nacht hat sich im Hof Bergrath ein Mann im Schuppen erhängt und ...« Sonja beobachtete, wie er um Fassung rang.

»Wer?«, stieß er hervor. Sein Entsetzen schien echt zu sein.

»Einer der Studenten, die dort Urlaub machen. Heiko Niemeyer. Kennen Sie ihn?«, fragte Sonja verwundert.

»Kennen ist zu viel gesagt, ich habe die Studenten manchmal zufällig gesehen.«

»Die jungen Leute haben gestern Nachmittag einen Mann gesehen, der weggelaufen ist. Und wir haben Ihr Auto in der Nähe gefunden.«

Hoppe nickte, und seine Blicke suchten die Banktasche.

»Waren Sie das? Sind Sie dort gewesen, Herr Hoppe?«

Er nickte ein wenig.

Auch wenn sie ihm jedes Wort aus der Nase ziehen musste, ging es in eine vielversprechende Richtung, fand Sonja. »Wo waren Sie gestern Nacht gegen drei Uhr, Herr Hoppe?«

»Warum wollen Sie das wissen?«

»Weil wir von einer Nötigung zum Selbstmord ausgehen«, behauptete Sonja forsch. Sie hatte gute Erfahrungen damit gemacht, mit derartigen Unterstellungen vorzupreschen. Manche Verdächtige knickten dann ein oder verhaspelten sich.

»Da war ich zu Hause bei meiner Frau. Wir haben geschlafen«, er faltete die Hände. »Sie wird das bezeugen.«

Sonja nickte. Diese Antwort hatte sie befürchtet. »Können Sie sich denn vorstellen, wer das getan haben könnte?«

Er deutete ein Nicken an.

Sie beugte sich gespannt vor. »Ja?«

»Er.«

»Wer?«

»Mein Chef.«

Sonja stand auf und lief auf und ab, rückte die Drehstühle der Kollegen zurecht, riss ein welkes Blatt von der unbekannten Zimmerpflanze und warf es in den Papierkorb. Als sie an der Kaffeemaschine vorbeikam, dachte sie, Koffein könnte Hoppe ein wenig auf die Sprünge helfen. »Mögen Sie einen Kaffee?«

Er drehte sich um und antwortete: »Wenn Sie Zucker und Milch haben.«

Als sie vor den Kaffeetassen saßen, nahm Sonja einen neuen Anlauf. »Herr Hoppe. Erzählen Sie mir doch etwas von Ihrer Arbeit in der Bank.«

»Was soll ich sagen?« Er verrührte Zucker und Milch in seiner Tasse, beobachtete gespannt den kleinen Strudel, den der Kaffeelöffel produzierte, als könnte er sich nicht daran satt sehen.

Er fuhr zusammen, als Sonja weitersprach. »Wir wissen, dass Sie dort nicht mehr arbeiten.« Er starrte sie ungläubig an. »Aber glauben Sie mir, Sie sind nicht der einzige Arbeitslose, der jeden Tag zur Arbeit geht. Und es ist mir auch egal, dass Sie Ihrer Frau nichts davon gesagt haben. Das müssen Sie unter sich ausmachen. Uns interessiert nur, für wen Sie jetzt arbeiten.«

Er rieb sich das Kinn, war schockiert, hatte wohl nicht für möglich gehalten, was die Polizei herausgefunden hatte, rätselte herum. »Sie waren bei mir zu Hause?«

»Hat Ihre Frau Ihnen das nicht erzählt?«, fragte Sonja ungläubig.

Er schüttelte den Kopf.

»Woher wussten Sie dann, dass Sie sich zur Verfügung halten sollten?«

»Ich wusste es nicht«, beteuerte er. »Ich bin krankgeschrieben. Ich war mit meiner Frau im Garten, als es an der Tür schellte.«

»Was haben Sie ihr gesagt, wer Sie abgeholt hat?«

»Zwei Kommissare wegen des Überfalls«, sagte er verlegen.

Sonja horchte auf. »Sie sind überfallen worden?«

»Nein. Ich habe es meiner Frau nur gesagt. Ich habe gesagt, ein Verbrecher hätte mich in Vussem an der Verkehrsinsel aus dem Auto gezerrt und wäre mit meinem Auto davongefahren.«

»Puh!« Welch ausgetüfteltes Lügengebilde! Sonja rang um Fassung. Das Einzige, was darin der Wahrheit entsprach, war die Tatsache, dass es am Ortseingang von Vussem eine Verkehrsinsel gab. Der Wert der Wahrheit wurde im Hause Hoppe offensichtlich restlos unterschätzt.

»Zurück zu Ihrem Chef!«, erinnerte sie Hoppe ungeduldig.

Er stürzte den Kaffee hinunter, wischte sich mit dem Handrücken über den Mund und setzte sich gerade auf. Jetzt, dachte Sonja, jetzt geht's endlich los.

»Ich bin jetzt Kurier«, begann Hoppe, und es klang eine gute Portion Stolz in seiner Stimme mit. »Ich liefere jeden Tag Waren in einem bestimmten Bezirk in der Eifel aus. Die 1.500 in der Banktasche habe ich gestern von meinen Kunden abkassiert, denn die Ware wird immer vor Ort und in bar bezahlt. Erst das Geld, dann die Ware. Leider bin ich gestern nicht mehr dazu gekommen, das Geld bei meinem Chef abzuliefern.« Hoppe geriet ins Stocken, wie jemand, der sich etwas zurechtgelegt hat und dann den Faden verliert. Er räusperte sich. »Das Geschäft läuft so gut, dass mein Chef sogar expandieren möchte. Ich habe ihm den Schuppen im Hof Bergrath als Lager vorgeschlagen.«

»Woher kannten Sie den Schuppen?«, fragte Sonja.

Hoppe winkte ab. »Den Hof kennt doch jeder hier.«

»Ihre Frau nicht.«

»Nein?«, fragte er erstaunt.

Sie verdrehte die Augen. »War der Schuppen nicht abgeschlossen?«

Hoppe lächelte ein wenig. »Doch. Aber ich habe einen Schlüssel entdeckt, der hinter der Regenrinne in einer Mauerritze versteckt war.«

Gut, dachte sie, damit ist ein Teil der Schlüsselfrage fast geklärt.

»Kurz bevor mein Chef seine Waren im Hof lagern wollte«, fuhr Hoppe fort, »hat er mich gebeten, noch mal nachzusehen, ob dort auch alles in Ordnung ist. Das war der Tag, an dem die Studenten eintrafen und nicht wieder weggingen, der 14. Juli.«

»Der 14. Juli«, sagte Sonja und nickte.

Hoppe fuhr sich durchs Gesicht. »Wenn mein Chef sich etwas in den Kopf gesetzt hat, dann setzt er es auch durch, denke ich mal. Es hat ihm nicht gefallen, dass die Studenten den Hof praktisch besetzten.«

»Wie meinen Sie das?«

Hoppe sah sie vielsagend an.

»Wer ist denn nun Ihr Chef?«, fragte Sonja, gefühlt zum hundertsten Male.

Hoppe seufzte. »Seine Adresse kenne ich nicht, wir treffen uns immer an einer Autobahnraststätte in der Nähe von Köln. Dort übergibt er mir die Waren und ich ihm das Geld. Ich habe noch nicht einmal seine Telefonnummer, weil er es ist, der mich immer anruft.« Und als er Sonjas misstrauischen Blick sah, fügte er hinzu: »Mit unterdrückter Nummer.«

»Wie ist es mit einem Autokennzeichen?«, hakte Sonja nach.

»Ja. Doch. Ein Berliner Kennzeichen.« Und Hoppe nannte Sonja die Buchstaben- und Zahlenkombination, die er sich eingeprägt hatte. »Das Auto, das ist ein grau-grüner Lada.« Er wurde plötzlich von einer Art Schüttelfrost heimgesucht.

»Was ist mit Ihnen?«, fragte Sonja und beugte sich vor. Der Mann zitterte am ganzen Leib. »Sind Sie krank?«

Er schüttelte den Kopf. »Nein. Nein. Ich habe eine schreckliche Angst, das ist alles. Ich kann nicht mehr schlafen, nicht mehr essen, an nichts anderes mehr denken. Ich weiß nicht mehr weiter. Mein Chef tut die ganze Zeit so, als ob ich schuld daran wäre, dass die Studenten auf dem Hof wohnen.

Er droht mir, wissen Sie. Und jetzt, da ich gesehen habe, wozu er in der Lage ist ... außerdem, ich hätte Ihnen das alles hier nicht sagen dürfen. Wenn er es erfährt, dann bin ich dran ... und außerdem will er sich den Hof morgen noch einmal ansehen, wenn er dann sieht, dass ...« Hoppe brach ab.

»Wir haben eine Streife auf dem Hof«, versuchte Sonja ihn zu beruhigen.

Er stöhnte gequält auf. »Das ist ja noch schlimmer.«

»Wollen Sie mir nicht endlich sagen, wie Ihr neuer Chef heißt?«, drängte Sonja.

Er strich sich eine Haarsträhne zurück, die in seine Stirn gefallen war. »Doch! Doch! Ich sag es Ihnen ja schon. Er heißt ... eh ... Peter.«

»Peter und wie weiter?«

»Peter Schmitz.« Er presste die Lippen aufeinander, er schien froh, dass der Name endlich heraus war.

»Bestimmt nicht Hansi Müller?«, blaffte Sonja ihn ungeduldig an.

Hoppe schüttelte mit finsterer Miene den Kopf. »Nein. Peter Schmitz, obwohl er einen Akzent hat, wissen Sie, wie ein Osteuropäer.«

»So?« Sonja würde es nicht wundern, wenn es sich bei Peter Schmitz um einen dieser Bulgaren handelte. Es war noch nicht lange her, dass alle Polizeidienststellen in NRW in einem Seminar zur Kriminalitätsvorbeugung ausführlich darüber unterrichtet wurden, wie das bulgarische System funktionierte.

Eine übermächtige Organisation nutzte ihr Wissen über die finanziellen Umstände von Familien aus und brachte sie mit perfiden Methoden in ihre Abhängigkeit. In der Not erhielten sie zunächst finanzielle Hilfe, anschließend mussten sie ihre Schulden jahrelang mit Wucherzinsen zurückbezahlen. Die

Clan-Chefs, sogenannte »Bulibashas«, residierten in hochherrschaftlichen Villen und schickten ihre Gefolgsleute nach Westeuropa, um Geld zu machen, also zu stehlen oder zu dealen: Altmetall von Baustellen, Bahnstrecken und Friedhöfen, das bei Metallhändlern vier Euro pro Kilo brachte; Autos, die auf großen Märkten zu einem angeblichen Schäppchenpreis angeboten wurden; Drogen und gefälschte Medikamente aus Asien. Sich den Befehlen der Organisation zu widersetzen, wagte keiner der so in die Enge getriebenen Schuldner, fürchteten sie doch alle viel zu sehr die Konsequenzen für ihre Familien, die – in Reichweite der Organisation – daheim geblieben waren. Sie saßen allein in der Fremde und in der Falle. Und ein Ende war nicht abzusehen, da sie von ihrer Beute nur einen Bruchteil behalten durften. Diese Männer hatten alle das gleiche Schicksal: Sie waren nicht freiwillig in Westeuropa.

Sonja betrachtete Hoppe, der wiederum eingehend seine Hände in seinem Schoß betrachtete und seine Finger zu zählen schien. Ungewöhnlich war es in seinem Fall, dass sich ein Bulgare einen Deutschen als Helfershelfer genommen hatte. Ungewöhnlich, dass er ein Auto mit einem deutschen Kennzeichen fuhr und sich einen deutschen Namen gab. Vermutlich eine neue Variante der bulgarischen Methode?

Und Hoppe war ahnungslos in diese gefährliche Falle getappt. Er war Teil der Organisation geworden. Hatte sie seine Familie – also seine Frau Eva-Maria – auch schon im Visier? Würde sie Martin Hoppe überhaupt aussteigen lassen? Da kam wohl darauf an, wie viel er wusste?

»Was sind das denn eigentlich für Waren, die Sie da ausliefern?«, fragte Sonja ihn.

Er erschrak, als sie das Wort an ihn richtete. Er errötete und hielt sich an der Tischkante fest. Fast unhörbar flüsterte er: »Medikamente.«

»Welche Medikamente?«

Er zuckte mit den Schultern.

»Medikamente ohne Rezept?«

Er nickte. »Aber damit habe ich nichts zu tun. Ich wollte nur Geld dazuverdienen, weil meine Frau doch nicht weiß, dass ich arbeitslos bin.«

»Was verdienen Sie denn dabei?«

»Zehn Prozent vom Umsatz.«

»Also etwa hundert Euro am Tag?«, fragte Sonja ins Blaue.

»Nein«, widersprach er. »Viel weniger. Je nachdem. Ich muss ja auch noch das Benzin bezahlen.«

»Und was wollte Peter für den Schuppen zahlen?«

»Fünfhundert Euro im Monat.« Wieder schien die Angst ihn wie eine Welle zu erreichen, seine Knie schlugen zitternd gegen die Tischbeine. Seine Blicke irrten umher. »Wenn Peter das erfährt, wird er mich umbringen.«

Fünfhundert Euro für einen Schuppen im Nirgendwo? Die Gewinnspanne des Peter Schmitz musste enorm sein. Vermutlich genauso enorm wie das Interesse daran, dass das Geschäft nicht aufflog. Hoppe hatte ein Problem.

»Wir könnten Sie schützen«, bot Sonja ihm an.

»Polizei vor meinem Haus? Nein, danke, wie soll ich das meiner Frau erklären?«

»Ihrer Frau können Sie erzählen, was Sie wollen. Das machen Sie doch jetzt auch.«

Hoppe reagierte nicht.

»Möglichkeit Nummer zwei: Wir könnten Sie eventuell wegen eines Anfangsverdachts einen Tag in eine Zelle sperren.«

»Und wie soll ich denn das meiner Frau erklären?«

»Ganz einfach. Sie lügen sie weiter an, darin haben Sie doch Übung«, riet Sonja. »Möglichkeit Nummer drei: Sie arbeiten

weiter für Ihren Chef, als ob alles wie immer wäre, wir beschatten Sie und schnappen ihn uns im richtigen Moment.«

»Auf keinen Fall«, rief Hoppe entsetzt. »Der merkt alles! Der hat seine Augen überall. Glauben Sie mir! Ich kann ihm überhaupt nicht mehr unter die Augen treten, er sieht mir sofort an, was los ist, und dann macht er kurzen Prozess mit mir ...« Hoppe unterbrach sich und schien seine Möglichkeiten durchzuspielen. Nach einer Weile fragte er: »Haben Sie nicht eine geheime Wohnung oder ein Hotel, wo Sie mich unterbringen könnten?«

»Dafür sind Sie nicht wichtig genug«, wies Sonja ihn barsch zurück. Sie wollte ihn zwingen, sich für Möglichkeit drei zu entscheiden.

Hoppe deutete mit dem Kinn auf die Banktasche. »Was wird aus dem Geld?«

»Das ist beschlagnahmt«, antwortete Sonja knapp.

»Und mein Auto?«

»Ebenfalls. Es sei denn, Sie wählen Variante drei.«

Das Telefon auf ihrem Schreibtisch klingelte, Sonja stand auf und nahm den Hörer ab. »Brummer? Ich denke, du schläfst? ... Wo bist du? ... In Euskirchen? In der Bank? Gut!« Sonja beobachtete die Wirkung, die ihre Frage auf Hoppe hatte, aber er saß einfach weiter da mit gesenktem Kopf und krummem Rücken und rührte sich nicht. »Stimmt, du wohnst ja in Euskirchen. Habe ich ganz vergessen. Aha ... Aha ... Aha ... Gut ... Okay ... alles klar ... Danke, aber jetzt ab ins Bett mit dir. Ciao!«

Hoppe schien sich nicht für das Gespräch zu interessieren. Das war leicht zu erklären, denn er hatte nichts zu verbergen, jedenfalls nichts, was sein Konto betraf. Dort befand sich alles im normalen Rahmen, sein bulgarischer Chef bezahlte ihn in bar.

Sonja stellte sich hinter Hoppe und blickte auf seinen Scheitel hinunter. »Wissen Sie eigentlich, was die Studenten im Hof Bergrath machen wollten?«

»Urlaub«, antwortete Hoppe ohne aufzusehen.

»Wissen Sie, was ein Voyeur ist?«

Er räusperte sich.

»Landläufig sagt man auch ...«

»Ich glaube, ja«, unterbrach Hoppe sie.

»Sind Sie ein Voyeur?«, hörte Sonja sich fragen und merkte erst, als die Worte ausgesprochen waren, wie undiplomatisch sie waren. Sie biss sich auf die Unterlippe. Sie konnte Hoppes Gesicht nicht sehen, aber sie war sicher, dass er rot geworden war.

Stille breitete sich im Büro aus. Ein Voyeur, ein Lügner, ein Dealer, Feigling, ein Verlierer. Keine Vorverurteilung, ermahnte sie sich und rief sich das Strafgesetzbuch in Erinnerung. Die strafrechtliche Relevanz beim Voyeurismus beschränkte sich auf »unbefugte Aufnahmen einer Person in einem geschützten Raum«, denn es bestand trotzdem das Recht am eigenen Bild.

»Haben Sie Fotos vom Schuppen aus gemacht?«

Er schüttelte so heftig den Kopf, dass seine wenigen Haare zu Berge standen. Er machte eine kleine Pause, ehe er erschöpft murmelte: »Ich werde weiter für Peter arbeiten.«

»Gut!«, lobte Sonja ihn. »Warten Sie, ich bin gleich zurück.«

Als sie zurückkehrte, war sie in Begleitung zweier Kollegen in Uniform. »Die Herren bringen Sie zu Ihrem Auto«, sagte sie und gab Hoppe mit einer Geste zu verstehen, ihnen zu folgen.

Hoppe starrte entsetzt auf die Uniformen. »Fahren wir etwa in einem Streifenwagen?«

»Wie soll ich das nur meiner Frau erklären?«, äffte Sonja ihn nach.

»Gehen wir«, hörte sie einen der Polizisten sagen.

Schwerfällig erhob Hoppe sich und schleppte sich hinaus.

Ja, geht, dachte sie, geht in Gottes Namen alle weg und lasst mich alle in Ruhe.

Endlich allein, warf sie ihren Computer an, wartete, bis er hochgefahren war, und gab das Berliner Kennzeichen ein, das Martin Hoppe ihr genannt hatte.

Über den Monitor hinweg blickte sie aus dem Fenster. Sie hatte alles in die Wege geleitet, hatte alle mutmaßlichen Verdächtigen erfasst, es waren fünf an der Zahl. Vier zu viel.

Und wenn sie selbst auf dem Holzweg war? Schatten sah, wo keine waren? Der Sturz ein Sturz und der Selbstmord ein Selbstmord waren und sonst nichts? Mit ihrer Intuition stand es vielleicht gerade nicht zum Besten. Und da war niemand, mit dem sie das diskutieren konnte. Brummer und Neugebauer schliefen, Wesseling war beleidigt und Roggenmeier spitzmäulig. Und ihr Bauchgefühl meldete Leere.

Inzwischen stand die Meldung auf dem Monitor. Das Berliner Kennzeichen war nicht registriert. Hoppe konnte sich geirrt haben, dachte Sonja, willentlich oder unwillentlich. Aber so oder so wären Martin Hoppe ebenso wie Peter Schmitz nur Glieder einer langen Kette eines Dealerrings. »Die Großen lässt man laufen«, murmelte Sonja, als das Telefon sie aufschreckte. Sie erkannte auf dem Display die Nummer der Bonner Rechtsmedizin und griff zum Hörer.

Es war Dr. Döring selbst, der ihr mitteilte, dass er auf ihr Drängen hin die Obduktion von Heiko Niemeyer vorgezogen habe. Aber nichts spreche für eine Fremdeinwirkung. Es gebe keine äußeren Verletzungen, außer der Strangmarke. Heiko Niemeyer sei nicht alkoholisiert gewesen. Auch die Kollegen von der KTU hätten keine Ergebnisse, die der Diagnose Selbstmord widersprechen könnten. Die toxikologi-

schen und feingeweblichen Untersuchungen bei den beiden Leichen dauerten noch an.

»Danke«, sagte Sonja enttäuscht. »Einen schönen Tag noch.«

»Ihnen auch. Freuen Sie sich nicht?«, fragte Dr. Döring. »Ich dachte, dieser Befund erspart Ihnen eine Menge Arbeit.«

»Doch, ich freue mich«, antwortete Sonja und murmelte: »Ich freue mich sogar schrecklich.«

Es galt, einige unangenehme Dinge zu erledigen:

Es war 16.35 Uhr und Mittwoch, der 25. Juli, als sie die beiden Kollegen abziehen musste, die den Hof Bergrath bewachen sollten – in der dringenden Gewissheit, alles richtig zu machen.

Und es war 16.40 Uhr, als sie die Fahndung nach Anselmo Lopes wieder einstellen musste, weil es gegen ihn nicht genügend belastende Hinweise mehr gab – in der dringenden Gewissheit, dass das ein Fehler sein könnte.

Und es war 16.45 Uhr, als sie den europäischen Haftbefehl für einen gewissen Peter Schmitz beantragte – in der dringenden Gewissheit, sich lächerlich zu machen.

13. Kapitel

Am Donnerstag, dem 26. Juli, traf der Verkaufswagen früher als sonst auf dem Hof Bergrath ein und hupte energisch. Es war ein grasgrüner Transporter mit der Aufschrift *Einkaufsparadies*, den Hansens Frischemarkt in Mechernich durch die nördliche Eifel rollen ließ, um Haushalte in den Orten, in denen es keine Lebensmittelläden mehr gab, mit allem Nötigen zu versorgen. Vom Klopapier bis zur Salami, vom Eifelbrand bis zur Nagelfeile, vom frischen Obst bis zum Glasreiniger – der Fahrer und Verkäufer in Personalunion, im grasgrünen Kittel, konnte fast alle Wünsche erfüllen. Sonderwünsche allerdings erst am nächsten Liefertag.

Seit dem 14. Juli, dem Tag, an dem sich die sechs Studenten im Hof Bergrath in Weyer häuslich niedergelassen hatten, machte der Verkaufswagen jeden zweiten Tag einen Umweg. Die Studenten waren für Hansen ein gutes Zusatzgeschäft, denn sie liebten Delikatessen und sahen nicht auf den Cent, wie es viele andere Kunden taten. Allein ihr Bierkonsum war jeden Umweg wert. Sie waren fröhlich und freundlich und boten dem Fahrer oft einen Kaffee an.

Die Studenten hatten Max, so wollte der Fahrer genannt werden, gebeten, nicht vor zwölf Uhr zu kommen, weil sie gern lange schliefen. So hatte man sich auf etwa dreizehn Uhr geeinigt. Aber heute rollte der Verkaufswagen schon um elf Uhr auf den Hof Bergrath und parkte hupend vor dem offenen Küchenfenster.

Uwe Bergrath saß allein am Küchentisch, Claudia Abt und Chiara Tommaso waren noch nicht aufgestanden. Auch er würde normalerweise um diese Zeit noch tief und fest schla-

fen, wenn das eindringliche Hupen ihn nicht aus dem Bett getrieben hätte.

Der Fahrer, der irgendwie anders aussah, aber den gleichen grünen Kittel trug, stieg aus und rief: »Hallihallo!« Er klappte seine Verkaufstheke herunter, arretierte sie und blickte in den Himmel. »Schönes Wetter heute!«

»Komme!«, rief Uwe, erhob sich, langte nach der Einkaufsliste, die er gestern Abend zusammen mit Chiara und Claudia aufgestellt hatte, und verließ die Küche. Kurz darauf stand er barfuß, in karierten Schlafshorts und verknittertem T-Shirt, einem Korb und einem leeren Bierkasten in den Händen auf der Schwelle. »Sie sind aber früh!« Als er näherkam, sah er, dass der Fahrer nicht Max war. »Wo ist denn Max?«

»Ja!«, rief der Mann und rieb sich die Hände. »Hat er Ihnen das nicht gesagt? Der Max ist in Urlaub, mit Frau und Kindern nach Mallorca geflogen. Der hat's gut, ne? Und ich vertrete ihn, wenn's recht ist.« Er deutete eine Verbeugung an und erklärte: »Ich bin sein Kollege, der Toni.«

Im Prinzip war es Uwe egal, wer der Verkäufer war und wie er hieß. Hauptsache, er hatte alles dabei, was er bestellt hatte. Toni verschwand mit dem leeren Bierkasten in seinen Verkaufswagen und tauchte kurz darauf hinter der Theke auf. »Was darf es denn sein, junger Mann?«

Zusammen arbeiteten sie seine Einkaufsliste ab. Zum Schluss hob Toni den bestellten Kasten Eifeler Landbier aus dem Wagen und fragte: »Das wär's?«

Uwe nickte und klappte seine Börse auf.

»Macht 67,75.« Toni hielt die Hand auf.

Uwe gab ihm drei Zwanziger und einen Zehner und sagte großzügig: »Den Rest können Sie behalten.«

»Nett von Ihnen.«

Uwe hob mit der Linken den Korb und mit der Rechten den Bierkasten an und wandte sich zum Gehen.

»Warten Sie mal«, hörte er Toni rufen. »Ich hab da was vergessen.«

Uwe stellte seufzend seine Einkäufe ab und drehte sich um. Toni winkte mit einer Flasche. »Den leckeren Likör, den Sie bestellt haben, den hätte ich beinah vergessen!«

Uwe rümpfte die Nase, er mochte keinen Likör, konnte sich auch nicht daran erinnern, einen bestellt zu haben, aber Claudia und Chiara, dachte er, die standen vermutlich auf so ein klebriges Zeugs, denen traute er das zu. Er trat an den Verkaufswagen und nahm die Flasche in Empfang. Es war eine kleine, bauchige Flasche mit einem roten Geschenkbändchen, einem hellen Korken und einem handgeschriebenen Etikett, auf dem *Waldgeist* stand. Die Flüssigkeit hatte eine goldgelbe Farbe.

»Da bin ich mal gespannt«, sagte Uwe skeptisch.

Toni lächelte vielversprechend. »Die meisten mögen ihn.« Er zwinkerte Uwe zu. »Ich komme am Samstag wieder, dann können Sie es mir ja erzählen.«

»Denken Sie lieber an den Kasten Bier!«, rief Uwe, während er zurück ins Haus ging.

»Auf jeden Fall.« Toni klappte seine Verkaufstheke hoch, stieg in seinen Transporter und fuhr davon.

Uwe ließ den Bierkasten in der Diele stehen, räumte die Einkäufe in der Küche ein, spülte das schmutzige Geschirr vom Vortag und von seinem Frühstück, wischte den Küchentisch sauber, legte eine rote Serviette in die Mitte und stellte den Likör demonstrativ mitten darauf.

Alles auf Anfang, sagte er sich. Wenn er die beiden Mädels ein wenig verwöhnte, machten sie vielleicht keine Zicken mehr, und dann konnten sie sich noch eine Reihe schöner

Tage machen, schließlich waren erst gut zwei der geplanten vier Wochen vorüber. Auch wenn das diesjährige Sommermärchen einen unerwarteten Verlauf genommen hatte, so war doch noch vieles möglich. Sollte er vielleicht für Nachschub sorgen? Es gab noch einige Kommilitonen, die Interesse an diesem Experiment gehabt hatten, die Uwe aber abgewimmelt hatte, weil er nicht mehr als sechs Personen mitnehmen wollte. Sollte er sie jetzt anrufen? Keine schlechte Idee, aber vermutlich hätten die beiden Damen dafür wieder einmal kein Verständnis, und er war es eigentlich leid, sich mit ihnen auseinanderzusetzen. Er allein mit zwei Frauen, das hatte er ja schon vorgestern beim Thema »Projektion« erfahren, war auch nicht schlecht. Vielleicht kam es aber auch nur darauf an, wen er gewinnen konnte. Wenn die Typen hübsch waren, hatten die Damen vielleicht doch nichts gegen sie einzuwenden. Davon abgesehen, war nicht er, Uwe Bergrath, Sohn des Hausbesitzers, derjenige, der hier die Regeln aufstellte?

Uwe trug den Bierkasten in den Keller, ehe er sich mit Smartphone und Notebook bewaffnet in den ersten Stock zurückzog.

Die Nächste, die wach wurde, war Claudia Abt, ein lang gezogenes Hupen war in ihr Bewusstsein gedrungen. Sie schlug die Augen auf und schielte zu ihrer Bettnachbarin Chiara hinüber, die entspannt auf dem Rücken lag. Ihre schwarzen, lockigen Haare waren wie ein Fächer auf dem weißen Kopfkissen ausgebreitet. Der linke Arm lag angewinkelt hinter ihrem Kopf, der rechte auf ihrer Hüfte. Die leichte Sommerdecke knäulte sich um ihre Füße. Chiara trug ein weißes Trägershirt und eine bunte, weite Hose, die bis zur Hälfte der Oberschenkel hochgerutscht war. Ihre Brust hob

und senkte sich gleichmäßig, ihre Augenlider flatterten ein wenig, ihr Mund war halb geöffnet und stieß in unregelmäßigen Abständen kleine Seufzer aus.

Claudia genoss es, nicht allein schlafen zu müssen. Sie war es nicht gewöhnt. Als Einzelkind aufgewachsen, hatte sie diese Erfahrung erst spät machen können. Selbst die großen Schlafsäle in den Jugendherbergen und Landschulheimen waren ihr lieber, als in der Nacht allein zu sein. Später, als sie zu Hause auszog, um mit Lukas zusammenzuwohnen, ihrem ersten Freund, da hatte sie es besonders geliebt, das Bett mit ihm zu teilen. Mehr als der Sex waren es die Nähe, die Wärme, die kleinen Atemgeräusche in der Nacht, die ihr einen ruhigen Schlaf bescherten. Sie fühlte sich sicher, wenn er da war. Die Möglichkeit, jederzeit die Hand nach ihm ausstrecken zu können, hatte sie anfangs fast stündlich genutzt. Später wusste sie einfach, dass er da war. Es lag in der Luft.

Auf Lukas folgten andere Beziehungen, längere und kürzere, und immer war es diese nächtliche Nähe, die sie genossen hatte.

Claudia schlug die Decke beiseite und richtete sich auf. Ihr Blick fiel auf Sandras leeres Bett. Ihr unbekümmertes Lachen und ihr Übermut fehlten ihr. Sandra war in keinen Mann, sie war in das Leben verliebt gewesen.

Claudia musste an den Tag denken, an dem Uwe sie gefragt hatte, ob sie mitfahren wollte. Warum hatte sie bloß zugesagt? Wegen der Aussicht, mit Chiara und Sandra das Zimmer teilen zu können? War es das Sommermärchen, das sie reizte? Das Experiment? Nein, in Wahrheit war sie wegen Anselmo Lopes mitgefahren.

Claudia wusste nicht, wie oft sie in der Zwischenzeit versucht hatte, ihn auf seinem Smartphone zu erreichen, nachdem er Hals über Kopf den Hof verlassen hatte, und wie viele SMS sie ihm geschickt hatte. Kein Lebenszeichen von ihm.

Anselmo hatte sich erst im vorigen Semester in Köln immatrikuliert, kam von der Universität Porto und war zweisprachig aufgewachsen. Seine Mutter war Deutsche. Er beherrschte die deutsche Sprache perfekt, hatte aber diesen charmanten, portugiesischen Akzent, von dem Claudia sofort angetan gewesen war. Er war aus gutem Hause, der Vater Diplomat, die Mutter Dolmetscherin, sein Auftreten war im Gegensatz zu dem vieler Kommilitonen ausgesucht höflich, korrekt und respektvoll, und immer war er auf reizvolle Weise umständlich im Umgang mit Frauen. Seine Kleidung war Markenkleidung, teuer und edel, Schuhe und Taschen handgenäht. Geldmangel schien für Anselmo Lopes ein Fremdwort zu sein. Er fuhr einen dunkelblauen Mini Cooper und hatte eine eigene Wohnung in der Südstadt, aß meistens auswärts, nicht in Dönerbuden, und trank ausgewählte Weine, kein Dosenbier. Und Claudia verliebte sich heillos in diesen portugiesischen Diplomatensohn mit dem schwarzen Haar und den schwarzen Augen – ohne, dass der etwas davon mitbekam.

Claudia blickte zu Chiara, die in unveränderter Stellung schlief. Sie hatte viele Male mit ihr über Anselmo fabuliert. Mädchen-Schwärmereien, wie Sandra spöttisch kommentiert hatte.

Aber war es nicht eine schöne Vorstellung gewesen, als Senhora Claudia Lopes in einer portugiesischen *Quinta* mit Meerblick und Personal ihren drei bis vier Kindern beim Spielen zuzusehen, während Anselmo im Herrenzimmer hohen Besuch empfing und sie selbst – im langen, weißen Kleid – in den üppigen Gärten rot-gelbe Strelitzien pflückte, nach den Weinstöcken sah und rote Trauben probierte? Daraus würde nun wohl nichts mehr werden.

Nach seiner überstürzten Flucht waren ihre Gefühle für Anselmo nicht mehr greifbar. Es war eine Mischung aus Ent-

täuschung und Wut und Kränkung – Anteile, die sich ständig neu formierten. Er hatte sie im Stich gelassen. Warum nur, wenn er nichts zu verbergen hatte? Andererseits konnte sie sich nicht vorstellen, dass er etwas mit Sandras Sturz zu tun hatte. Er würde niemals Hand an irgendein Lebewesen legen, er war ein Mann der Worte.

Bei Uwe konnte man nie wissen, der konnte auch handgreiflich werden. Das hatte sie in der ersten Nacht im Hof Bergrath erfahren müssen, als sie mit ihm allein war. Er war nicht gewalttätig, aber dominant, duldete keinen Widerspruch, kreiste allein um sich selbst und seine Bedürfnisse, betrachtete sich als ein Geschenk an die Welt. Claudia stand nicht auf solche Typen.

Sie streckte und reckte sich, fuhr sich durch die Haare, gähnte ausgiebig und trat mit nackten Füßen ans Fenster. Schon wieder so ein Sommertag, blau und warm. Laut Funkstation auf dem Nachttisch waren es schon 11.30 Uhr und bereits neunzehn Grad Celsius. Sie schüttelte den Kopf. Wenn sich das Wetter nach ihrer Stimmung richten würde, wäre der Himmel bedeckt, es würde regnen und ein kalter Sturm aus Norden über die Eifel fegen.

Sie wandte sich vom Fenster ab, trat an Chiaras Bett und sah auf sie hinab. Leise rief sie ihren Namen und rüttelte an ihrer Schulter. »Hey, wach werden, auf mit dir, wir haben noch viel vor heute.«

»Später«, nuschelte Chiara.

Claudia blickte zur Funkuhr. »Hast du vergessen? Wir wollten heute abreisen!«

»Hm.« Chiara drehte sich auf den Bauch und versteckte ihr Gesicht im Kopfkissen.

»Ich mach schon mal Frühstück. Schlaf bloß nicht wieder ein.«

»Hm.«

Claudia schlüpfte in ihre Sandalen, drückte die Türklinke sacht herunter, schlich hinaus, zog die Tür hinter sich zu und horchte. Von draußen drang Vogelgezwitscher herein, vom ersten Stock Uwes Stimme. Wenn er keine Selbstgespräche führte, dann telefonierte er. Die Küchentür stand offen, Sonnenlicht warf einen hellen Schein auf den gefliesten Boden. Es duftete nach gebratenen Eiern.

Claudia blieb verwundert auf der Schwelle stehen. Uwe hatte aufgeräumt. So sauber hatte sie die Küche lange nicht vorgefunden. Keine Essensreste, keine schmutzigen Gläser und Flaschen. Auf dem Küchentisch stand nichts außer einer kleinen Glasflasche mit einem roten Geschenkbändchen. Claudia beugte sich vor, studierte das handgeschriebene Etikett. *Waldgeist*. Nichts auf nüchternen Magen.

Als sie das frische Brot entdeckte und den Kühlschrank prall gefüllt vorfand, fiel ihr ein, dass heute der Verkaufswagen kommen sollte. Normalerweise war einkaufen Mädchensache, aber heute hatte Uwe das erledigt. Er wollte sie wohl bei Laune halten, um sein Menschenexperiment fortsetzen zu können. Uwe war wirklich unbeirrbar. Aber da machte er die Rechnung ohne sie.

Claudia und Chiara hatten gestern Abend vor dem Einschlafen mithilfe ihrer Smartphones die Busverbindungen nach Mechernich herausgefunden. In Weyer gab es sogar zwei Haltestellen, die in der Siedlung Weyer konnte man getrost abhaken, der Bus fuhr nur nach telefonischer Anmeldung.

Sie würden heute abreisen, gleichgültig, was Uwe dazu sagte und davon hielt. Gleichgültig, was er anstellte, um sie zum Hierbleiben zu bewegen. Auch wenn sie es sich mit ihm dadurch für immer verdarben. Das Sommermärchen war für sie zu Ende. Aus und vorbei. Sie hatten hier nichts mehr ver-

loren. Hof Bergrath schien verflucht zu sein. Wer konnte denn wissen, was als Nächstes geschah?

Claudia setzte Kaffee auf. Sie säbelte von dem frischen Brotlaib zwei Scheiben ab, bestrich sie mit Butter, belegte sie mit Käse und trug sie auf einem kleinen Tablett zusammen mit zwei Kaffeebechern und einer Flasche Milch nach draußen, stellte alles auf dem Gartentisch an der Bruchsteinmauer ab. Aber auch als der Kaffee durchgelaufen war, tauchte Chiara noch nicht auf, und Claudia begann allein zu frühstücken. Als sie ins Mädchenzimmer zurückkehrte, saß Chiara auf der Bettkante.

»Wo bleibst du denn?«

»Mir ist so schlecht«, antwortete sie leise. Sie war noch blasser als sonst, ihre Lippen noch dunkler als gewöhnlich.

»Hast du deine Tabletten genommen?«, fragte Claudia und zeigte auf die angebrochene Packung mit den Betablockern, die auf dem Nachttisch neben der Funkuhr lag.

Chiara nickte und rieb sich die Schläfen.

»Dann leg dich wieder hin.«

»Aber wir wollten doch ...«

»Da kann man nichts machen. Wenn du krank bist, bist du krank.«

»Tut mir wirklich leid«, flüsterte Chiara und sank wieder auf ihr Kopfkissen.

Claudia suchte ihre Kleidung zusammen. »Mach dir keine Sorgen. Schlaf dich aus. Dann fahren wir später. Ich gehe ein bisschen spazieren, vielleicht bis Weyer und checke dort mal, wo die beiden Bushaltestellen sind und ob die Zeiten stimmen, die mein Smartphone ausgespuckt hat.«

Chiara nickte. »Vielleicht geht es mir heute Nachmittag besser, und wir können am Abend fahren.« Ihr Kopf fiel zur Seite.

»Wir werden sehen. Ich bin auf jeden Fall bald zurück.«

»Hm.«

»Uwe ist oben. Ich sag ihm Bescheid.«

»Hm.«

Claudia duschte, trug reichlich Sonnenmilch auf, band ein buntes Tuch um ihre roten Stoppelhaare, nahm ihren Rucksack und rief zu Uwe hinauf, dass sie einen Spaziergang machen wolle.

Er erschien auf der obersten Treppenstufe. »Wohin gehst du?«

»Nur ein bisschen in der Gegend herum«, antwortete sie. »Willst du mit?« Das konnte sie unbesorgt fragen, weil Uwe niemals Ja sagen würde.

»Auf keinen Fall«, lehnte er prompt ab. »Aber bleib nicht so lange. Ich muss etwas mit euch besprechen.«

»Chiara hat wieder Probleme mit ihrem Herzen. Siehst du mal nach ihr?«

Er nickte und verschwand vom Treppenpodest. Eine Tür schlug zu. Seine stampfenden Schritte auf dem Holzboden.

Claudia konnte ihren Blick nicht so schnell von der dunklen Holztreppe nehmen, ließ ihn Stufe für Stufe herunterwandern und glaubte wieder das Poltern zu hören, als Sandra haltlos herunterfiel, und das flache Klatschen, als ihr Körper auf den Fliesen landete. Sie sah Sandra in ihrem Krankenschwesterkostüm mit verdrehten Gliedern auf dem Rücken liegen und in den Kronleuchter starren. Das war das erste Mal in ihrem Leben, dass sie eine Tote gesehen hatte. Erschüttert war sie gewesen und zutiefst verängstigt, zu beobachten, wie schnell Sandras Gesicht in sich zusammenfiel, als das Leben aus ihr wich. Diesen Anblick würde sie nie wieder vergessen. Das war etwas ganz anderes, als Heiko am Seil hängen zu sehen. Ein Selbstmord war eine selbstbestimmte Tat. Heiko hatte fast würdevoll ausgesehen.

Sie wandte sich ab, öffnete die Haustür, trat ins grelle Sonnenlicht hinaus, setzte ihre Sonnenbrille auf.

In ausgefransten Jeansshorts, gelbem Trägershirt, Sandalen und Rucksack marschierte sie nicht hinunter zur L 206, sondern wandte sich nach links und nahm zunächst den eingezäunten Wiesenweg, der am Waldrand entlangführte. Vogelgezwitscher und ein leises Rauschen von der A 1 begleiteten sie. Erst hinter dem Eifelblick stieß der Wanderweg auf den Kreuzweg, den Autofahrer als Abkürzung nach Weyer nutzten. Vor dem Wegekreuz unter der Kastanie blieb sie kurz stehen, weil eine Gruppe Jogger ihr entgegenkam. Im Tal lag der Ort Weyer, seine weiße Kirche leuchtete abseits auf einem Hügel vor einem Streifen Wald.

Es gab zwei Möglichkeiten von Weyer nach Mechernich zu kommen: zwei Haltestellen, zwei Buslinien. Die Haltestelle *Kreuzweg* im Süden und die Haltestelle *Kallmuth* im Norden. Beide lagen an der Hauptstraße, die in einer lang gestreckten S-Kurve das Dorf in zwei Hälften teilte. Mit dem 830er, der aus Tondorf kam, gelangte man über Vussem und Breitenbenden nach Mechernich. Der 827er, der in Zingsheim startete, fuhr über Bergheim nach Mechernich. Der 830er fuhr um 15.26 Uhr zum letzten Mal, der 827er fuhr nur an Schultagen. Das machte die Auswahl einfach und entsprach den Daten aus dem Smartphone. Der 830er fuhr jeden Tag fünfmal nach Mechernich, das war übersichtlich. Einmal in Mechernich angelangt, wäre alles ganz leicht. Der Eifelexpress sollte Claudia und Chiara nach Köln bringen. In Sicherheit.

Zwischen den beiden Haltestellen stand auf der linken Seite ein Ladenlokal leer, und schräg gegenüber lockte die Konditorei *M&M Arns* mit einem nostalgischen Schild. Schon am ersten Urlaubstag hatten Claudia, Sandra und Chiara sie bei einer Ortserkundung ausfindig gemacht.

Hier waren sie häufig eingekehrt, um ein Stück der wunderbaren *Taat* und eine bunte Illustrierte zu erstehen. Auch heute konnte Claudia nicht widerstehen und ließ sich im großen Hof auf einer Mauer nieder, um Körper und Seele eine Stärkung zu gönnen. Eine alte Dame in blauer Kittelschürze, die bunte Handtücher auf eine Wäschespinne hängte, grüßte freundlich.

Claudia blätterte durch die *Frau im Spiegel*, wenig Text, viele Bilder. Sie musste feststellen, dass sie beim Thema High Society Defizite hatte, als kleine, schnelle Schritte ihre Aufmerksamkeit weckten. Eine Frau näherte sich, sie trug halbhohe Schuhe, einen dunklen Rock, der schmal geschnitten bis zu den Waden reichte, darüber eine weiße, hochgeschlossene Bluse und eine lavendelfarbene Strickjacke, die sie mit der linken Hand zusammenhielt. In der rechten hielt sie die Henkel einer Korbtasche fest an ihre Hüften gepresst. Die Frau hielt kurz inne, als sie Claudia auf der Mauer sitzen sah. Sie sahen sich heute nicht zum ersten Mal.

»Guten Tag«, grüßte Claudia, obwohl sie wusste, dass sie nicht zurückgegrüßt werden würde.

Die Frau stieß einen kurzen, undefinierbaren Laut aus, setzte ihren Weg fort und stieß die Ladentür auf. Es dauerte nicht lange und sie erschien wieder in der Tür. Aus ihrer Korbtasche ragte eine Papiertüte. Wieder blieb sie vor Claudia stehen und musterte sie unverhohlen. Missbilligend glitten ihre Blicke von Claudias Sandalen über ihre nackten, langen, übereinandergeschlagenen Beine zu ihren ausgefransten Jeansshorts und dem weiten, gelben Trägershirt, weiter hinauf zur großen Sonnenbrille, die in dem bunten Kopftuch saß, als betrachtete sie eine Statue. Plötzlich spitzte sie den Mund und zischte: »Schämen Sie sich was!«

»He?«, fuhr Claudia hoch. »Spinnen Sie oder was?«

Die Frau wandte sich abrupt ab und tippelte mit kleinen, schnellen Schritten Richtung Straße, als wäre der Teufel hinter ihr her. Claudia warf das letzte Stückchen Kuchen in den Mund, ließ die *Frau im Spiegel* fallen und lief ihr nach. Hinter dem Tor bog die Frau links ab und wechselte die Straßenseite, ohne links und rechts zu sehen.

Die hat ja wohl 'nen Schatten, dachte Claudia und kehrte kopfschüttelnd in den Hof zurück, um ihre Illustrierte zu holen. Die Lust an einer Rast war ihr vergangen.

Auf dem Heimweg ließ sie sich Zeit und pflückte unterwegs einen Strauß Wiesenblumen. Weiß, rotblau und gelb. Dazwischen ein paar Getreidehalme. Sie hatte keine rechte Lust zurückzukehren.

14. Kapitel

Währenddessen erwachte im Hof Bergrath endlich auch Chiara Tommaso und blickte auf die Uhr auf ihrem Nachttisch: 14.35 Uhr. Schon so spät! Sie fuhr hoch. Beide Hände auf die Brust gelegt, atmete sie tief ein und aus. Ein und aus. Sie erschrak immer viel zu oft, zu schnell, zu heftig. Wegen nichts und wieder nichts. Sie hasste ihr kaputtes Herz, verfluchte es, wenn es sich selbstständig machte und aus dem Takt geriet. Wenn es einen Sprung machte, aussetzte, plötzlich wie wild pochte, als liefe es davon. Wenn es einfach machte, was es wollte.

Chiara hatte Atemübungen einstudiert, mit denen sie sich beruhigen, die Häufigkeit der Schläge verringern und den Rhythmus stabilisieren konnte. Manchmal funktionierten diese Maßnahmen. Meistens aber nicht, weil sie sie erst anwendete, wenn das Kind schon in den Brunnen gefallen war.

Sie war nicht mit einem schwachen Herzen auf die Welt gekommen. Sie hatte eine vollkommen gesunde, unbeschwerte Kindheit und Jugend hinter sich. Schwimmen, Fahrradfahren, Schulsport – alles problemlos. Erst mit Einsetzen der Pubertät hatte sich ihr Herz zu Wort gemeldet. Anfangs selten und kaum beachtet, weil Chiara es auf den Moment schob. Eine Ungerechtigkeit, ein Krach mit den Eltern, ein tragischer Liebeskummer, eine Klausur, was auch immer. Aber das war ein fataler Irrtum gewesen. Das Ende vom Lied war, dass ihr Herz ein unberechenbares Organ geworden war und Betablocker ihre ständigen Begleiter wurden.

Chiara drückte eine Tablette aus dem Blister, warf sie sich in den Mund, hob die Wasserflasche an, die neben ihrem Bett stand, schraubte sie auf und nahm einige kurze Schlucke.

Claudia lag nicht neben ihr im Bett, der Stuhl, auf den sie abends ihre Klamotten warf, war leer. Mit der Wasserflasche im Schoß erinnerte sich Chiara daran, dass Claudia gesagt hatte, sie wolle nach Weyer gehen und die Abfahrtzeiten des Busses gegenchecken. Chiara wusste nicht mehr, wann Claudia gegangen war, aber sie musste bald wiederkommen. Vielleicht klappte es heute noch mit der Abreise.

Der Gedanke ließ sie munter werden.

Sie band ihre langen Haare mit einem losen Gummi zusammen und strich ihr rotes, knielanges Schlafshirt glatt, auf dem in Brusthöhe in schwarzer Schnörkelschrift geschrieben stand: *Gute Mädchen kommen in den Himmel, böse Mädchen überall hin.* Auf nackten Füßen lief sie über den kalten Steinboden in den Flur. Es war still und dunkel im Haus. In der Küche spähte sie durchs offene Fenster und sah Uwe auf der Bruchsteinmauer in der Sonne liegen. Auf dem Rücken, die Beine angewinkelt, Musik im Ohr, ein aufgeschlagenes Buch auf dem Bauch, die Augen geschlossen. Er bemerkte sie nicht. Vor der Mauer lagen im Schatten drei Flaschen Bier.

Chiara beugte sich hinaus. Eine warme Bö wehte ihr entgegen und mit ihr ein süßer Wiesenduft. In der alten Linde saß ein Vogelschwarm und machte Lärm. Auf dem Schuppendach hockte eine rote Katze, bewegungslos wie eine Skulptur aus Ton. Wie friedlich es hier sein konnte. Eine echte Sommerfrische. Selbst Uwe auf der Mauer schien ein harmloser Urlauber zu sein. Wenn nicht ... Der Anblick des Schuppens ließ sie frösteln. Sie rieb sich die nackten Arme, die leicht gebräunt von der Sonne plötzlich mit einer Gänsehaut überzogen waren.

Chiara blickte sich in der Küche um, dankte Claudia insgeheim fürs Aufräumen und wunderte sich über die hübsche Glasflasche, die mitten auf dem Küchentisch stand. »Waldgeist«, las sie vom Etikett ab und zog den Korken heraus, was ganz leicht war. Sie schnupperte und nippte an der gelben Flüssigkeit. Es schmeckte ein bisschen wie *Averna*. Süß und bitter zugleich. Ein Gnadengesuch von Uwe? Sie musste lächeln, als sie die Flasche zurückstellte. So einfach ging das nicht. Da musste er schon mehr investieren.

Chiara setzte Wasser für einen Tee auf, löffelte Teeblätter in einen Filter und schmierte sich zwei Marmeladenbrote, klappte sie zusammen und schnitt sie in der Mitte durch. Sie aß ihr Brot auf der Fensterbank, zog die Knie hoch und wartete auf Claudia. Die rote Katze hatte das Schuppendach verlassen und sich vor dem Tor in die Sonne gelegt. Sie rekelte sich und leckte ihre Pfoten. Sie hatte einen weißen Bauch.

Als Uwe im Schlaf von der Mauer fiel und fluchte, sprang die Katze davon. Er rappelte sich auf, wischte sich über den Hosenboden und knurrte »Morgen!« in Chiaras Richtung, die er auf der Fensterbank sitzen und lächeln sah.

»Das kommt davon«, rief sie und zeigte auf die Bierflaschen.

»Claudia schon zurück?«

»Nein.«

Er raufte sich die Haare. »Bald drei Uhr«, beschwerte er sich. »Ich muss dringend mit euch reden. Es gibt Neuigkeiten und zwar ...« Er ließ den Satz unvollendet stehen, bückte sich und langte nach einer Flasche Bier, öffnete den Bügelverschluss und setzte sie an den Mund. Er schien zu warten, dass Chiara ihn ausfragte.

Aber Chiaras Interesse an seinen Neuigkeiten war gleich null. Sie biss in das Marmeladenbrot und kaute langsam. Sie

würde mit Claudia zusammen abreisen, heute, spätestens aber morgen früh – gleichgültig, was Uwe sich ausgedacht hatte.

»Morgen kommt nämlich Verstärkung«, verkündete er und wischte sich mit dem Handrücken über den Mund. »Drei Nachrücker. Zwei Männer, eine Frau! Sie können es gar nicht abwarten.«

Chiara blieb der Bissen im Hals stecken, sie bekam einen Hustenanfall. »Was?!«, stieß sie keuchend hervor. Dass ihr Herz in diesem Augenblick einen Aussetzer hatte, war kein Wunder.

Er ließ seine ebenmäßigen, weißen Zähne in der Sonne blitzen, strich sich eine Locke aus der Stirn und brachte sich in seine Lieblingsposition, von der er glaubte, dass sie umwerfend war: leicht breitbeinig, Brust raus, Kinn gereckt. Er war wirklich ein hübscher Kerl, musste Chiara zugeben, wenn er nur nicht so ein Chauvi wäre.

Sie lächelte ihn an. Ein mitleidiges Lächeln, das er missverstand. Er kam auf sie zu, stellte sich auf die Zehenspitzen, umfasste mit einer Hand ihr Kinn, zog ihr Gesicht zu sich heran und versuchte sie zu küssen.

»Lass das!«, fuhr sie ihn an und befreite sich. »Du tust mir weh!«

Er legte eine Hand auf ihr nacktes Bein, beugte sich über ihren Oberschenkel, küsste ihn und säuselte: »Prinzessin auf der Erbse.«

Chiara befreite sich und sprang von der Fensterbank in die Küche hinein. »Bin ich nicht.«

Uwe schlug sich gegen die Stirn. »Natürlich nicht, wie konnte ich das verwechseln, du bist doch Schneewittchen! Das durchsichtige Schneewittchen.«

Chiara schlug ihm das Küchenfenster vor der Nase zu und streckte ihm die Zunge heraus. Er feixte und verschwand aus ihrem Blickfeld, aber nur um eine Sekunde später auf der

Türschwelle zu stehen. Er hielt sich mit beiden Händen am Türrahmen fest.

»Du irrst dich schon wieder«, rief sie ihm zu. »Nicht Schneewittchen war durchsichtig, sondern der Sarg.«

»Und du hast schon wieder recht«, sagte er und kam auf sie zu. »Wie immer.«

»Verschwinde! Lass mich in Ruhe!« Chiara ging rückwärts, bis sie gegen das Buffet stieß.

Er machte einen großen Schritt auf sie zu, noch einen und noch einen, bis er seine Hände um ihre Taille legen konnte. Er presste sich an sie. Ihr Hinterkopf stieß gegen die Glastür des Buffets. »Vor einer Woche warst du noch ganz scharf auf mich.«

Sie wandte ihren Kopf zur Seite.

»Und konntest nicht genug von mir haben.« Er umfasste ihre Handgelenke, bog ihre Arme weit auseinander, dass sie dastand wie ein Kreuz. »Hast du das ganz vergessen?«

Chiaras Stimme wand sich in seiner Umklammerung. Ihr Herz schlug Alarm. Uwe hob ein Bein an und schob es zwischen ihre Knie.

»Gute Mädchen kommen in den Himmel, böse Mädchen überall hin«, las er von ihrem T-Shirt ab. »Sei ein gutes Mädchen, und ich zeige dir den Himmel!«

Chiara schrie, sie wusste nicht warum, es war niemand im Haus, der sie hören konnte. Das Fenster war geschlossen. Kurz ging ihr Blick hinaus, und sie glaubte einen Schatten zu sehen, der sich hinter der Hecke bewegte. »Da! Da ist jemand!«, rief sie.

Uwe ließ von ihr ab, trat ans Fenster und presste seine Stirn gegen die Scheibe. »Guter Versuch«, knurrte er.

»Doch wirklich! Hinter der Hecke läuft jemand rum! Da! Da!« Schon längst sah sie den Schatten nicht mehr. »Sieh nach, bitte!«

Uwe grinste. »Okay. Aber du gehst mit.« Er umfasste ihr rechtes Handgelenk und zerrte sie hinter sich her, aus der Küche, durch den Flur, in den Hof. »Na?«, fragte er und zeigte mit der freien Hand in die menschenleere Gegend. »Feld, Wiese, Wald. Nicht einmal ein Hase hoppelt davon. Wo ist denn nun dein Retter?«

Betreten blickte Chiara auf ihre nackten Füße.

»Ab ins Haus«, zischte Uwe.

»Ich muss mich anziehen.«

»Das kannst du dir sparen«, drohte er, dirigierte sie im Haus in die Küche und hob sie mit beiden Händen auf den Tisch. »Wo waren wir stehen geblieben?«

»Bitte! Uwe! Nicht!«, flehte Chiara hilflos.

»Entspann dich!« Er langte nach dem Kräuterlikör, zog den Korken ab und hielt ihr die Flasche hin. »Hier! Nimm einen Schluck. Der wird dir guttun.«

»Nein!« Sie presste beide Hände auf die Brust und schloss die Augen.

»Wieder dein Herz?«, fragte Uwe einfühlsam und legte seine Stirn an ihre.

Sie nickte, hoffte, dass er sie nun in Ruhe ließ.

»Dann wollen wir doch mal nachsehen.« Er begann ihr Schlafshirt nach oben zu schieben und zog es ihr gerade über den Kopf, als Chiara eine Stimme hörte.

»Stör ich?«

Claudia war zurück.

»Ja«, knurrte Uwe.

»Nein!« Chiaras Stimme klang dumpf unter dem Shirt. »Bleib hier! Bitte!«

»Hey, wer hätte das gedacht. Schneewittchen hat Lust auf einen Dreier«, höhnte Uwe. »An mir soll es nicht liegen.«

Claudia ließ den Blumenstrauß fallen, hob ein Bein, holte aus und trat Uwe mit aller Kraft in den Hintern. Er schrie auf, krümmte sich, fluchte. Chiara sprang vom Tisch und rannte hinaus.

»Willst du mich umbringen?« Uwe stützte sich am Küchentisch ab.

»Manchmal würde ich es gern«, antwortete Claudia. »Bist du von allen guten Geistern verlassen?«

»Was geht dich das an?«

»War nicht Freiwilligkeit hier der Maßstab aller Dinge?«, hielt sie ihm vor und riss sich das bunte Tuch vom Kopf.

»Eben wollte sie ja noch«, brummte Uwe und schleppte sich zu einem Stuhl. Er ließ sich fallen und stützte sich auf seine Knie. »Konnte ich ahnen, dass sie plötzlich ihre Meinung ändert?«

»Du bist ein ...« Claudia winkte ab und ließ ihn in der Küche zurück.

Das Mädchenzimmer war abgeschlossen. Sie klopfte an die Tür und flüsterte: »Ich bin's.«

Chiara ließ sie ein. Claudia streifte ihren Rucksack ab. Sie setzten sich nebeneinander auf die Bettkante. Claudia legte ihren Arm um Chiara.

»Ich halte es hier nicht mehr aus«, keuchte Chiara. »Morgen kommen angeblich Neue, sagt Uwe.«

»Das glaub ich nicht, das kann nicht sein Ernst sein.«

»Doch. Zwei Männer und eine Frau, hat er gesagt. Ich will die nicht sehen. Wir müssen hier weg.«

»Ja, aber der letzte Bus für heute ist leider schon weg.«

»Oh«, Chiara sank enttäuscht an ihre Seite. Claudia zog ihren Taschenkalender aus dem Rucksack. »Morgen früh um 6.23 Uhr geht der erste. Den nehmen wir. Nichts wie weg von diesem verfluchten Hof. Wir packen noch heute Abend,

sobald er im Bett ist. Und bis dahin lassen wir uns nichts anmerken. Reiß dich zusammen.«

Chiara nickte tapfer.

»Frieden!«, verkündete Uwe und hob die Hände hoch, als Claudia und Chiara gegen neunzehn Uhr die Küche betraten. Eine große Salatschüssel und eine Karaffe Rotwein standen auf dem gedeckten Tisch. Den Wiesenblumenstrauß, den Claudia auf dem Rückweg von Weyer gepflückt hatte, hatte er in eine Wasserkaraffe gestellt. Auf dem Herd köchelten kleine Frikadellen in einer roten Sauce. Im Radio liefen bei RTL die besten Hits aller Zeiten und Sonny & Cher sangen gerade: *I got you babe.*

»Das riecht gut«, lobte Claudia ihn.

Chiara hatte sich umgezogen, trug nun Jeans und eine karierte Bluse.

»Bitte nehmen Sie Platz!«, forderte er beide auf, schwang das Küchentuch und zog zwei Stühle vor. Er goss den Wein in die Gläser und verteilte den Salat auf die kleinen Teller. Zwischendurch hielt er sich den Rücken und verzog das Gesicht. Dessertlöffel versprachen einen Nachtisch. Er füllte das Hauptgericht in drei tiefe Teller, raspelte Parmesan über jede Portion und bediente zuerst Chiara, dann Claudia, lief mit seinem typischen Hüftschwung gut gelaunt um den Tisch herum, bis er sich endlich ihnen gegenüber niederließ. Er strich sich eine Haarsträhne aus der Stirn und sagte: »Ich hoffe, es schmeckt den Damen.«

Der nächste Oldie, der im Radio lief, war *Mrs. Robinson* von Simon & Garfunkel, und Uwe spielte sein geliebtes Ratespiel.

»Von 1968«, behauptete er mit vollem Mund. »Was sagt ihr?«

»Nichts«, sagte Claudia.

Sie waren beim Nachtisch angekommen, einer Mousse au chocolat, von der Uwe zugab, sie nicht selbst gemacht, sondern bestellt und am Morgen bei Max' Vertretung im rollenden Verkaufswagen erstanden zu haben.

»Espresso, die Damen?«

Die Damen nickten.

»Zu Befehl.« Er stand auf, räumte die Teller weg und holte die kleine Kaffeekanne aus dem Buffet, eine echte Caffettiera.

»Kommen morgen wirklich Neue?«, fragte Claudia entsetzt, während er das schwarze Espressopulver in den Trichtereinsatz löffelte.

Uwe hielt inne. »Klar! Was dagegen?«

Claudia tippte sich an die Stirn.

»Warum auch nicht? Zu dritt können wir nicht mehr viel ausrichten, und abbrechen kommt für mich nicht infrage. Sie werden euch gefallen«, erklärte Uwe unbekümmert, »es sind zwei tolle Typen und eine neue Sandra. Eine Schwedin, Siv heißt sie.«

»Bist du verrückt?!« Claudia sprang hoch, ihr Stuhl fiel krachend um. »Das darf nicht wahr sein. Du hast echt eine ... eine bipolare Störung.«

Uwe lachte auf.

Chiara saß bleich und unbeweglich an ihrem Platz. Und als Claudia aus der Küche stürmte, folgte sie ihr auf dem Fuß.

Uwe blieb kopfschüttelnd zurück.

Im Mädchenzimmer packten Claudia und Chiara schweigend ihre Reisetaschen. Es gab nichts mehr zu sagen. Sie gingen früh zu Bett und stellten den Wecker auf 5.30 Uhr. Claudia im weiten Herrenhemd mit abgeschnittenen Ärmeln, Chiara wieder in ihrem roten Böse-Mädchen-Schlafshirt. Claudia schlief auf der Stelle ein. Aber Chiara lag wach. Ihr

Herz ließ sie nicht zur Ruhe kommen. Sie spürte das Klopfen in den Schläfen und wälzte sich hin und her.

21.10 Uhr. Sie hörte, wie Uwe die Treppe hinaufstieg, über ihrem Zimmer hin und her ging und telefonierte.

22.45 Uhr. Oben war alles still. Claudia schnarchte leise und gleichmäßig.

23.15 Uhr. Chiara hielt es im Bett nicht mehr aus. Leise schlich sie hinaus. Sie machte kein Licht in der Küche, ein wenig Mondlicht schien bis auf den Küchentisch und direkt durch die kleine Likörflasche hindurch. Der gelbe Inhalt schien wie erleuchtet.

Vielleicht kann ich davon schlafen, sagte sich Chiara und fand ein kleines Wasserglas, goss es halb voll. Sie nippte erst, nahm dann einen großen Schluck. Der Likör schmeckte wirklich gut. Sie wollte nicht entdeckt werden, weder von Uwe noch von Claudia, und beeilte sich, goss sich immer wieder ein, trank und trank, bis die kleine Flasche nichts mehr hergab.

Danach hatte sie Mühe aufzustehen, stolperte über ein Stuhlbein, stieß sich an der Türklinke und schwankte durch den Flur. Im Dunkeln ertastete sie ihr Bett und sank hinein. Sie hatte zu viel getrunken, das war schon klar, und sie war es nicht gewöhnt, aber jetzt war sie wenigstens müde, todmüde, würde endlich schlafen können wie ein Stein und an nichts mehr denken. Darauf freute sie sich am meisten, als sie wegduselte.

0.49 Uhr. Chiara wurde wach. In ihrem Kopf drehte sich alles. In ihrem Bauch rumorte es. Zitternde Unruhe überfiel ihren ganzen Körper, und aus dem harmlosen Bauchgrimmen wurden quälende Krämpfe. Kopfschmerzen schienen ihren Kopf zu sprengen.

»Claudia, mir ist so schlecht«, flüsterte sie und setzte sich auf. Claudia wurde nur halb wach und sagte träge: »Leg dich hin. Versuch zu schlafen.«

Aber im Sitzen fiel Chiara das Atmen leichter. Sie stopfte sich das Kopfkissen in den Rücken und lehnte sich daran, ihr Kopf stieß gegen die Wand, die Augen fielen ihr zu, und es kam ihr vor, als fingen sie zwei starke Arme auf und trügen sie davon.

5.30 Uhr. Der Wecker klingelte. Claudia erwachte und sah zu Chiara hinüber, die halb sitzend, halb liegend gegen die Wand lehnte. Ihre dunklen Lippen waren leicht geöffnet. Ganz entspannt kam sie ihr vor, und es tat ihr leid, sie wecken zu müssen. Leise rief sie ihren Namen, aber Chiara hörte sie nicht.

»Aufstehen, Chiara. Sonst verpassen wir den Bus.«

Chiara reagierte nicht. Auch ihre Augenlider zuckten nicht.

»Aufwachen!«

Sanft stupste Claudia sie an, da sank sie zur Seite und fiel wie eine Puppe gegen Claudias Hand.

»Chiara!«

Claudia rüttelte an ihr, sie kam ihr kalt und steif vor – und so blass.

»Chiara!«

Mit aller Kraft zog Claudia sie hoch, bis sie saß.

»Chiara!«

Claudia ließ sie los, da sank sie wieder um, Arme und Beine und Hände immer noch unverändert angewinkelt.

»Chiara!«

Claudia richtete sich auf, schlug die Hände vor den Mund und starrte fassungslos auf den kalten, steifen Körper, aus dem alles Leben gewichen war. Sie hetzte aus dem Mädchenzimmer durch den Flur, riss die Haustür auf, stolperte die Eingangstreppe hinunter, stürmte schreiend über den Hof auf den Schuppen zu, sprang mit einem Satz über die Bruch-

steinmauer, merkte nicht, was sie tat, und kam erst zu Bewusstsein, als sich ihr durch die mannshohe Hecke ein dunkles Rohr entgegenschob und gegen ihre Brust stieß.

Sie hob automatisch die Arme in Höhe, starrte auf das Rohr, das plötzlich wie die Mündung eines Gewehres aussah, spürte im gleichen Augenblick einen Stoß, der sie von den Füßen riss, noch ehe sie den ohrenbetäubenden Knall hörte. Sie schlug auf dem Rücken auf, griff mit den Händen an ihre Brust, von der ein nie gekannter Schmerz ausging. Sie hob den Kopf an, blickte auf ihre Hände, durch deren Finger Blut hervorquoll. Kraftlos fiel ihr Hinterkopf zurück auf das Pflaster. Durch einen Schleier blickte Claudia in den Himmel über ihr, der so blau und blank war, wie er es nur an einem frühen Sommertag sein konnte.

Es war Freitag, der 27. Juli, 5.45 Uhr.

15. Kapitel

Als Sonja Senger um 8.15 Uhr ihr Büro betrat, stöhnte Brummer erleichtert auf: »Endlich!«

Neugebauer klopfte mahnend auf seine Uhr. »Wo bleibst du denn?«

Sie hängte ihre Leinenjacke über den Stuhl, setzte sich vor den Schreibtisch und begann seelenruhig, ihre Tasche auszuräumen. Soweit sie sich erinnern konnte, lag nichts Dringendes an, die Bürokratie lief nicht davon. Sie war nur eine Viertelstunde später als sonst, weil es an der Aral-Tankstelle in Kommern eine Schlange an den Tanksäulen gegeben und sie sich danach nicht sonderlich bemüht hatte, den Zeitverlust wettzumachen. Auch wenn sie auf den knapp vierzig Kilometern von Wolfgarten nach Euskirchen inzwischen jeden Baum und jede Kuh kannte, war die Fahrt doch streckenweise immer noch ein Erlebnis. Besonders auf der B 266, die sich durch den Nationalpark schlängelte, hatte Sonja am Morgen den Sommer genießen können, das Tempo gedrosselt, beide Seitenscheiben geöffnet und sich die feuchte Waldluft um die Nase wehen lassen. Fast ein Spaziergang.

Als sie durch Mechernich kam, hatte sie sich einen Abstecher zur Siedlung Weyer versagt, sich nur gefragt, was die verbliebenen Studenten jetzt wohl im Hof Bergrath trieben. Ihre Lust auf sexuelle Abenteuer war ihnen doch hoffentlich vergangen, dachte Sonja.

Hoppe wollte Sonja am Abend auf dem Heimweg einen Besuch abstatten.

»Neues von Hoppe?«, fragte sie die Kollegen.

»Von Hoppe nicht«, erwiderte Neugebauer vage. Und berichtete:

Am Vortag hatten die beiden Streifenpolizisten, die die Aufgabe hatten, Hoppe zu beschatten, beobachtet, wie ihn der grau-grüne Lada mit dem gefälschten Berliner Kennzeichen nördlich von Weyer verfolgte. Der Ford und der Lada hatten sich ein gefährliches Rennen geliefert. Der Lada bedrängte und schnitt den Ford ohne Rücksicht auf Verluste, als kurvten sie auf einem Autoscooter herum, bis er schließlich in Eiserfey scharf auf die K 58 abbog und Gas gab, dass die beiden Auspuffrohre qualmten. Den Polizisten war es nicht gelungen, den Fahrer zu stellen. Aber sie hatten ihn gesehen. Es konnte durchaus Peter Schmitz sein.

So weit, so schlecht. Sonja blickte sich zur Teeküche um, die unbenutzt aussah. »Gibt es keinen Kaffee?«

»Keine Zeit«, antwortete Neugebauer und blinzelte nervös.

Brummer seufzte theatralisch. Sie lehnten sich zurück, verschränkten die Arme vor der Brust und begaben sich in Wartestellung. Sie hatten sich angewöhnt, ihr in Fällen wie diesen eine Chance zu geben, selbst auf den Punkt zu kommen. Ein beliebter Intelligenztest.

»Will der Chef mich sehen?«, lautete Sonjas nächster Versuch, Klarheit zu bekommen. Roggenmeier konnte durchaus über Nacht eine seiner gefürchteten Ideen ereilt haben.

Die Kollegen schüttelten die besorgten Gesichter.

Dann konnte es so schlimm nicht sein, sagte sich Sonja und ließ ihren PC hochfahren, als Neugebauer kommentierte: »Das lohnt sich nicht.«

»Haben wir denn Zeit für dieses Spielchen?«

Brummer und Neugebauer wechselten einen Blick, sprachen sich stumm ab, wer das Wort ergreifen sollte.

»Schumacher hat angerufen«, verkündete Neugebauer endlich.

»Der schon wieder«, meinte Sonja, spürte aber eine plötzliche Unruhe, ein Kribbeln wie nach einer Rückkehr aus der Kälte in ein warmes Zimmer.

»Du musst sofort zum Hof Bergrath«, fügte er hinzu. »Der Staatsanwalt kommt auch, die KTU und ein Hauptkommissar von der Bonner Mordkommission. Das ganz große Besteck. Sie haben schon eine neue Sonderkommission eingerichtet.«

Sonja fiel das Kinn herunter. »Sonderkommission?«

Man nickte.

»Und wieso ruft mich keiner an? Ich bin dort eben erst vorbeigefahren. Von Mechernich aus wäre es nur ein Katzensprung nach Weyer gewesen.«

»Wir haben es ja versucht«, erklärte Neugebauer und breitete hilflos die Arme aus, »aber dein Handy war wieder einmal ausgeschaltet.«

Sie überging die Rüge. »Und wann erfahre ich, was passiert ist?«

»Sofort, wenn du mich ausreden lässt«, gab er zurück.

»Also?«

»Dieses Mal hat es die beiden Mädchen erwischt.«

Sonja verzog ihr Gesicht, als hätte sie Schmerzen. »Beide ...?«

Er nickte wehmütig. »Die kleine Italienerin.«

»Und das Dirndl«, fügte Brummer mit Bedauern hinzu.

»Haben wir wieder dubiose Unfälle und Selbstmorde?«

Neugebauer zuckte mit den Schultern. »Chiara Tommaso hat keine äußerlichen Verletzungen, sagte Schuhmacher. Sieht aus, als wäre sie im Schlaf gestorben. Herzversagen, nimmt er an.«

Sonja winkte enttäuscht ab. »Das sagen Ärzte immer, wenn sie nicht wissen, woran jemand gestorben ist. Und Claudia Abt?«

»Sie ist erschossen worden«, erklärte Brummer.

»Echt?!«, rief Sonja begeistert aus und schlug mit der flachen Hand auf den Schreibtisch. »Ja! Ein richtiger, echter Mord! Endlich!«

Brummer und Neugebauer tauschten einen missbilligenden Blick.

Sie senkte ihre Stimme und belegte sie mit einer dicken Scheibe Trauer. »Versteht mich nicht falsch, ich freue mich natürlich nicht darüber, dass sie tot ist. Im Gegenteil, das tut mir sehr leid, wirklich.« Dann aber trällerte sie weiter: »Ich freue mich nur, dass wir nach dem ganzen Herumgeeiere endlich einen glasklaren Mordfall haben. Ich hab´s doch gewusst!«

Die Kollegen nickten vorsichtig.

»Das wirft auch ein ganz anderes Licht auf den Sturz und den Selbstmord.« Sonjas Mundwinkel gingen plötzlich nach oben. Sie lächelte siegesgewiss. »Und vor allem auf Anselmo Lopes. Wir können die Fahndung nach ihm wieder aufnehmen. Vielleicht müssen wir sogar auf die Insel Sylt, wo der alte Bergrath residiert.«

Die Erwähnung der Insel der Schönen und Reichen verfehlte nicht ihre Wirkung. Die Kollegen richteten ihre gramgebeugten Rücken auf und zogen ihre Augenbrauen bis zum Haaransatz hoch.

»Falls es sich um eine alte Geschichte handelt«, ergänzte Sonja.

»Späte Rache«, spekulierte Brummer.

Neugebauer hoffte: »Eine alte Liebe.«

»Genau.« Eva-Maria Hoppe und Wolfgang Bergrath, dachte Sonja, warum eigentlich nicht?

Brummer und Neugebauer sagten unisono mit verträumtem Blick: »Ich war noch niemals auf Sylt.«

»Wenn wir fahren müssen, dann fahren wir natürlich alle zusammen. Aber das wird eine verdammt teure Recherche. Die Reise können wir erst beantragen, wenn wir einen handfesten Beweis haben.« Sie erhob sich. »Warten wir's ab. Jetzt fahren wir erst man nach Weyer!«

»Welch Alternative!«, lamentierte Brummer. »Aber nicht einmal nach Weyer dürfen wir.«

»Wer sagt das?«, fragte Sonja.

»Roggenmeier. Ein gewisser Mühlens soll das jetzt machen.«

»Wer ist das denn?«

»Der Bonner Hauptkommissar.«

Sie nickte. Es war nur logisch, dass Bonn bei einem Mord mitspielte.

»Er ist doof«, meinte Neugebauer und wippte auf seinem Drehstuhl hin und her.

»Vereinfacht ausgedrückt«, fügte Brummer entschuldigend hinzu.

»Ich werde das überprüfen.« Sonja langte nach ihrer Tasche und zwängte sich in ihre Leinenjacke.

»Und was sollen wir derweil machen?«, fragte Brummer seufzend.

»Bringt mir endlich den verdammten Vampir!« Auf der Türschwelle blieb sie kurz stehen und fragte: »Welcher Staatsanwalt kommt denn eigentlich?«

Brummer und Neugebauer blickten sie wortlos, aber vielsagend an.

»Auch das noch«, stöhnte sie.

Die Fahrt zum Tatort nutzte Sonja Senger, um sich für eine Begegnung mit Oberstaatsanwalt Bernd Wesseling, dem sie seit jener Samstagnacht nicht mehr gegenübergestanden hatte, zu wappnen. Diese Nacht war nicht einmal eine Woche

her, es kam ihr aber vor, als sei sie in einem früheren Leben gewesen.

Als sie ihm am letzten Dienstag Heiko Niemeyers Selbstmord meldete, war Wesseling abweisend gewesen und hatte nicht – wie sonst – die Gunst der Stunde für eine Begegnung genutzt. Sonja fragte sich, wie er sich heute aufführen würde, wenn sie sich in die Augen sehen mussten, was wohl kaum zu vermeiden war.

Als sie am Ortseingang von Vussem an der Verkehrsinsel warten musste, weil ihr ein Traktor entgegenkam und in seinem Schlepptau einige Pkws, in denen zermürbte Fahrer hockten, überprüfte sie ihr Äußeres im Innenspiegel. Sie zupfte an ihrem Pony und strich ihre Augenbrauen glatt, als ein Hupen sie aufschreckte. Ein dunkler Audi hinter ihr machte sie darauf aufmerksam, dass die Straße nun frei war. Aber er kam nicht aus Bonn, und es saß eine Frau hinter dem Steuer.

Sonja setzte ihr Auto in Bewegung. Als sie in Weyer in den Kreuzweg einbog, schwor sie sich, sich nichts anmerken zu lassen. Professionell und kühl bis auf die Socken würde sie sein. Am liebsten wäre es ihr, sie wäre vor ihm vor Ort. Das gäbe ihr einen Vorsprung und damit eine gute Ausgangsposition.

Als sie auf den Hof Bergrath fuhr, sah sie, dass ihr Wunsch nicht erfüllt wurde. Alle waren schon da. Der kleine Bus der KTU, zwei Leichenwagen, der Notarztwagen, der Audi mit dem bekannten Bonner Kennzeichen, und, ein wenig abseits, stand nur noch ein letztes Motorrad. Heikos und Sandras Motorräder waren also in der Zwischenzeit abgeschleppt und sichergestellt worden.

Allein unter Männern, dachte Sonja, während sie die Figuren betrachtete, die sich paarweise über den Hof verteilt hat-

ten, als stünden sie auf einer Bühne. Signon und Krings, zwei Bestatter, Schumacher und ein unbekannter Mann mit unmodernem Schnäuzer, Jeans und Lederjacke. Vermutlich dieser Mühlens von der Bonner Mordkommission. Und, last but not least, im hellgrauen, schmal geschnittenen Sommermantel, mit feinen Lederschuhen und akkuratem Mittelscheitel, der Herr Oberstaatsanwalt, der auf einen verstörten Uwe Bergrath einredete.

Sonja bremste abrupt, schaltete den Motor aus, bevor sie den Gang herausgenommen hatte, sodass ihr Auto einen kleinen Satz machte. Dies wurde mit aufmerksamen Blicken registriert. Selbst Wesseling unterbrach sein Gespräch.

Es war Schumacher, der auf Sonja zukam. »Da sind Sie ja!«, rief er, beugte sich zu ihr hinunter, strich seine Locken zurück und schenkte ihr sein umwerfendes Lächeln. Sie ließ die Seitenscheibe hinuntergleiten. Er streckte ihr seine Hand entgegen. »Willkommen, Frau Hauptkommissarin. Freue mich, dass Sie eine Frau sind!«

»Ich mich auch!«, antwortete Sonja lauter als nötig. »Kann ich die Toten sehen?«

»Natürlich, sie sind aber schon im Leichenwagen.«

Erstaunt musterte Sonja ihn. Bis dato hatte er die Leichen stets an ihrem Fundort gelassen, bis sie sie inspiziert hatte.

»Das hat der Staatsanwalt angeordnet«, entschuldigte Schumacher sich achselzuckend. »Kommen Sie!« Ohne die Anwesenden weiter zu beachten, führte er Sonja zu den beiden Leichenwagen. Die Bestatter sperrten die Kofferraumtüren auf und zogen die Leichensäcke auf Schienen hervor. Die Reißverschlüsse wurden geöffnet.

Die Erste, auf die Sonja einen Blick werfen konnte, war Chiara Tommaso, die als Leiche Schneewittchen noch ähnlicher sah. Sie trug ein rotes, knielanges Schlafshirt, auf dem in

Brusthöhe in schwarzer Schnörkelschrift geschrieben stand: *Gute Mädchen kommen in den Himmel, böse Mädchen überall hin.* Sie hatte keine äußeren Verletzungen und sah aus, als schliefe sie.

»Ich tippe auf Vergiftung. Ihre Leute haben in der Küche eine Flasche gefunden, die, bis auf einen gelben, angetrockneten Bodensatz, leer war. Es stand *Waldgeist* drauf, das Etikett war handgeschrieben. Wer weiß, was da außer Alkohol noch alles drin war.« Er zeigte zu Chiara. »Vielleicht hat sie davon getrunken. Ihre Leute haben die Flasche sicherheitshalber einkassiert. Uwe Bergrath behauptet, die habe ihm der Fahrer von Hansens Frischemarkt in Mechernich geschenkt, der die Lebensmittel immer auf den Hof liefert.«

»Geschenkt?«, fragte Sonja ungläubig.

»Ja, bestellt hat er sie angeblich nicht.«

»Habt ihr die Adresse vom Frischemarkt?«

»Klar.«

Claudia Abt lag in dem anderen Leichenwagen im weiten, blutgetränkten Herrenhemd ohne Ärmel. Schumacher schlug vorsichtig das Hemd auf. Eine Fülle von Schrotkörnern hatte die Haut über ihrer linken Brust zerfetzt, war tief in das Gewebe und die Organe eingedrungen. Claudias Mund war schief und leicht geöffnet. Ihre Augen hatte ihr wohl jemand zugedrückt. Ihre roten Stoppelhaare klebten auf der Kopfhaut.

Sonja trat einen Schritt zurück und gab den Bestattern mit einem Zeichen zu verstehen, dass sie genug gesehen hatte. Sie wandte sich ab und blickte zu Schumacher empor. »Hat man die Waffe gefunden?«

Er nickte. »Das war nicht schwer. Sie lag mitten im Hof. Die Spurensicherung hat drüben unter der Hecke die Hülse der Schrotpatrone entdeckt. Kaliber 12/76, passst genau zu der Flinte.«

»Eine Flinte«, wiederholte Sonja leise. Das Wort hatte sie erst vor Kurzem gehört. Und sie wusste noch sehr genau, wo und von wem.

»Eine Flinte ist hier nichts Ungewöhnliches. Damit schießt man hier auf dem Land auf Reh- und Niederwild.«

»... und Menschen«, ergänzte Sonja.

»Wenn man so ein Flinte im Haus hat, warum nicht?«, erklärte Schumacher lakonisch. »Ich habe solche Fälle jedenfalls öfter. Manchmal sind es unbeabsichtigte Verwechselungen und führen aus großer Entfernung auch nicht zum Tod, aber das hier ist aus allernächster Nähe passiert, und es ist noch nicht lange her.«

Sonja nickte und murmelte: »Wie eine Hinrichtung.«

In Schumachers Jacke piepste es aufdringlich. »Kundschaft! Tut mir leid, ich muss weiter. Habe nur auf Sie gewartet.«

Sonja legte ihre Hand auf seinen Arm und sagte: »Danke.«

»Bis zum nächsten Mal!«, rief er munter und lief zu seinem Wagen.

»Bloß nicht.« Sonja sah ihn einsteigen und davonfahren.

»Wir fahren jetzt auch«, meinte eine Stimme hinter ihr. »Und bringen die beiden Leichen in die Bonner Rechtsmedizin.«

»Hat der Staatsanwalt angeordnet, nehme ich an?«, fragte Sonja, ohne sich umzudrehen. Ihre Blicke folgten den roten Rücklichtern des Notarztwagens. Erst als sie im Unterholz gänzlich verschwunden waren, drehte sie sich zu den Bestattern um und breitete die Arme aus. »Na, dann, machen Sie mal.«

Sie tippten an ihre Mützen, zwängten sich in ihre Autos und verließen langsam und würdevoll den Schauplatz.

Als Nächstes verabschiedeten sich die Kriminaltechniker Signon und Krings mit ihren Habseligkeiten, ohne dass sie

das Gespräch mit Sonja gesucht hätten. Es schien, als hätten Wesseling und Mühlens die Fäden straff in der Hand. Wozu hatte man sie überhaupt hierherbestellt?, fragte sich Sonja.

Missmutig betrachtete sie die beiden Herren, die es sich in der Zwischenzeit bei der Bruchsteinmauer gemütlich gemacht hatten. Uwe Bergrath hatte sich im Schneidersitz auf den Boden gesetzt, stützte seine Ellbogen auf die knochigen Knie. Er trug Shorts, sein kariertes Hemd war offen, die Ärmel hochgekrempelt, darunter nichts, außer einigen spärlichen Brusthaaren. Die Herren waren ins Gespräch vertieft.

Sonja verspürte nicht wenig Lust, wortlos in ihr Auto zu steigen und einfach davonzufahren. Aber leider interessierte sie der Fall zu sehr, als dass sie sich so einen Abgang leisten wollte. Sie war in ihn verstrickt, von Anfang an, von dem Tag an, als sie hier hilf- und mittellos einen Fuß in dieses Haus gesetzt hatte. Es war *ihr* Fall. Verdammt noch mal! Wütend stampfte sie mit dem Fuß auf, erwischte einen kleinen Stein, der davonsprang und kurz vor Uwe Bergraths Fuß landete. Der Steinschlag brachte ihr wenigstens Beachtung. Langsam schritt sie auf die Männerrunde zu. Mühlens, mittelgroß und stämmig, erhob sich umständlich.

»Ich habe schon von Ihnen gehört«, sagte Sonja.

Verwundert zog er eine seiner Augenbrauen hoch, die grau und buschig waren.

»Meine beide Kollegen kennen Sie von früher. Die Hauptkommissare Brummer und Neugebauer.«

»Ach, die!«, sagte Mühlens. Er klang nicht überdurchschnittlich begeistert.

»Sie haben mir viel von Ihnen erzählt«, wiederholte Sonja.

Natürlich sagte er daraufhin: »Ich hoffe nur Gutes.«

Wenn der wüsste! Sie wandte sich Uwe Bergrath zu. Er rappelte sich aus seinem Schneidersitz empor, wischte sich

die Hände am Hosenboden sauber und meinte: »Guten Tag, Frau Senger.«

»Haben Sie ein Alibi?«, überfiel sie ihn. Aus den Augenwinkeln sah sie Wesseling auf den Boden blicken und seine Schuhspitzen anlächeln.

»Selbstverständlich«, stieß Uwe hervor. »Als Chiara starb ...«

»Wann starb sie denn?«, fragte Sonja.

»Zwischen zwei und drei Uhr in der Nacht«, sprang Mühlens ein. »Aber wir haben ihn schon vernommen.«

»Und wo waren Sie zu der Zeit?«, fragte Sonja unbeirrt weiter.

»In meinem Bett.«

»Allein?«

Uwe grinste. »Wollte ja keine mit.«

»Ach, wie konnte das passieren?«

»Wir haben ihn schon vernommen«, versuchte Mühlens erneut, sich Gehör zu verschaffen.

»Und als Claudia starb?«, fragte Sonja Uwe und sah Wesseling weiter seine Schuhe anlächeln.

»Das war heute Morgen gegen sechs Uhr, ich habe den Schuss gehört und bin sofort mit meinem Gewehr herausgerannt. Vorher war ich natürlich auch noch im Bett.«

»Immer noch allein?«

»Logisch.«

»Und Sie waren es nicht, der auf Claudia geschossen hat?«, fragte Sonja.

»Ich bin Kriegsdienstverweigerer«, antwortete Uwe entrüstet.

»Wieso haben Sie dann ein Gewehr?«

»Moment! Moment!« Wesseling meldete sich zu Wort. Gespannt ruhten plötzlich alle Augen auf ihm. Er stieß sich von der Bruchsteinmauer ab und reckte sich empor zu beeindruckender Größe. Sein zarter Herrenduft umwehte ihn. Er starrte lange und finster in Uwes Augen, als sähe er durch sie

hindurch bis ins Innere des Übeltäters, wo die Wahrheit saß. Was er sah, schien ihm nicht zu gefallen.

»Haben Sie einen Waffenschein?«

»Nein«, antwortete Uwe. »Das Gewehr gehört meinem Vater, der hat einen, denke ich mal.«

Wesseling räusperte sich und sagte: »Je nun.«

Mühlens nickte, als hätte Wesseling endlich ausgesprochen, was sich sonst niemand traute, was aber alle dachten.

Uwe steckte seine Hände in die Hosentaschen und atmete erleichtert auf. »Dann kann ich jetzt wohl gehen, oder?«

»Auf keinen Fall«, bestimmte Wesseling.

»Was sonst?«

»Euskirchen.« Er war kurz angebunden, da gab es nichts zu beschönigen.

»Gute Idee«, steuerte Sonja bei, »ein Wochenende in U-Haft hat noch nie geschadet. Sehen Sie es als innere Einkehr. Andere geben viel Geld für einen Urlaub im Kloster aus. Montagmorgen, nach einem guten Frühstück, können Sie dann alles in Ruhe zu Protokoll geben und vielleicht wieder gehen.«

Uwe machte plötzlich einen langen Ausfallschritt. Aber Wesselings Hand schnellte hervor und krallte sich um den linken Arm des Fluchtwilligen, Mühlens stürzte sich mit einem Satz auf den rechten Arm. Mit einem Schrei riss Uwe seine Fäuste in die Höhe. Während Wesselings eiserne Hand ihn hielt, zerrte Mühlens Handfesseln aus seinem Gürtel und ließ sie mit einem satten Klick um Uwes Handgelenk und sein eigenes einrasten.

»Abführen«, bestimmte Wesseling mit hochrotem Kopf, ließ Uwe los und rieb sich seinen Arm.

Unschlüssig blickte Mühlens vom staatsanwaltlichen Audi zum einfachen Passat.

»Nicht in meinem Auto«, sagte Wesseling pikiert.

16. Kapitel

So kam es, dass Sonja Senger, anstatt Hoppe endlich ihren Besuch abzustatten, mit Uwe Bergrath und Mühlens, dessen Vornamen sie nicht kannte, nach Euskirchen fuhr. Die beiden Männer hockten aneinandergefesselt auf der Rückbank und starrten mit versteinerten Mienen in den Rückspiegel, in dem sie Sonjas Blicken immer dann begegneten, wenn sie sie von der Straße nahm. Bergrath überragte Mühlens um eine Kopfeslänge.

Wesseling thronte allein in seinem Audi und gondelte hinter ihnen her, ehe er in Breitenbenden abbog, um über die B477 auf die Autobahn nach Bonn zu fahren und sich später einen schönen Abend zu machen.

»Viel Spaß«, sagte Sonja leise.

»Wie bitte?« Mühlens beugte sich vor.

»Ach, nichts«, antwortete sie, und ihre Augen lächelten ihm im Spiegel zu. Sie drückte das Gaspedal runter, schaltete einen Gang höher und überholte einen LKW.

In der Polizeibehörde Euskirchen wurde Uwe Bergrath in einer der frisch renovierten Haftzellen in Gewahrsam genommen, Mühlens wollte sich von einem Streifenwagen nach Bonn kutschieren lassen. Während er in Sonjas Büro auf den Fahrer wartete, unterhielt er sich angeregt mit Brummer und Neugebauer. Nicht nur über die jüngsten Ereignisse im Hof Bergrath, sondern sie verzettelten sich in Schwärmereien von den guten, alten Zeiten in Bonn, und es hörte sich nicht so an, als könnten sie einander nicht leiden. Man verabredete sich bei nächster Gelegenheit auf ein Bier. Sonja verfolgte verwundert die Gespräche und war fast dankbar, als Rog-

genmeier sie und Mühlens zu einem Bericht in sein Büro einbestellte.

Roggenmeier bot dem Bonner Kollegen seinen besten Stuhl an und überließ es Sonja, einen Platz zu finden. Er ignorierte sie und wandte sich Mühlens zu. »Sie können sich ja nicht vorstellen, wie froh ich bin, dass Sie den Fall nun übernehmen.«

Mühlens warf Sonja einen verlegenen Blick zu. »Von Übernehmen kann keine Rede sein. Wir arbeiten zusammen. Wie Sie wissen, sind wir in Bonn bei schwerer Körperverletzung ...«

Roggenmeier winkte ab. »Ja, ja, ja. Hauptsache, Sie sind jetzt da. Sie kommen doch gerade vom Tatort, nun lassen Sie mal hören.«

»Gerne«, hob Mühlens an und setzte Roggenmeier die Details zu den neuesten Ereignissen im Hof Bergrath auseinander. Roggenmeier lehnte sich zurück, schloss ab und an die Augen und schien es zu genießen, der Stimme zu lauschen.

Mühlens' Stimme war tief und wohlklingend, ein wenig märchenonkelhaft, fand Sonja. Er entpuppte sich als ausschweifender Redner, der sich gewählt und exakt ausdrücken konnte, als hätte er zuvor jedes Wort einstudiert. Sein Vortrag wimmelte von Fremdworten aus der Kriminologie und Psychologie. Er hatte für alles eine Erklärung und fand alles sonnenklar. Auch die Tatsache, dass die Polizisten, die den Hof beschatten sollten, keine Chance gehabt hatten, den Schuss zu verhindern.

Roggenmeier war tief beeindruckt und verkündete, dass er für den Nachmittag eine Pressekonferenz einzuberufen hätte. Ehe er Mühlens bitten konnte, ihn zu begleiten, schlug dieser sich selbst vor. Roggenmeier war sehr angetan von dieser Initiative und bedachte Sonja, die die ganze Zeit über gestanden und geschwiegen hatte, mit einem vorwurfsvollen Seitenblick.

»Ich muss zu Hoppe«, erklärte Sonja lahm.

»Tun Sie, was Sie für nötig halten«, seufzte Roggenmeier.

»Das mache ich immer.«

Brummer und Neugebauer wollten gerade zum Mittagessen aufbrechen, als sie eintrat. »Kommst du mit?«

»Nein, danke«, lehnte sie ab. »Ich muss zu Hoppe.«

»Hoppe?«, fragte Mühlens, der plötzlich hinter ihr stand. Sie hatte ihn nicht kommen hören. »Ist das nicht der Spanner aus Weyer?«

Mühlens hatte sich wirklich gut vorbereitet, musste Sonja zugeben. Sie langte nach ihrer Tasche und warf sich ihre Leinenjacke über die Schulter. Er zupfte nachdenklich an seinem Schnäuzer. Als sie auf der Türschwelle stand, entschied er: »Ich komme mit.«

»Sie wollten doch unbedingt mit dem Chef zur Pressekonferenz«, erinnerte sie ihn.

»Wir machen das für dich«, schlug Brummer vor und klopfte Mühlens wieder auf die Schulter. »Mach dir keine Sorgen!«

»Ja. Genau«, steuerte Neugebauer bei und blinzelte nervös.

»Und wie wollen Sie zurückkommen?«, fragte Sonja in einem letzten Versuch, ohne das Genie aus Bonn auszukommen. »Ich fahre nämlich von Weyer aus direkt nach Hause.« Setze mich in meinen Ohrensessel und lese Sjöwall und Walhöö, dachte sie, und ihr könnt mich alle mal. Wahrscheinlich musste sie wieder bei Seite 131 anfangen.

»Ins Forsthaus am Ende der Stromleitung«, hörte sie Neugebauer und Brummer unisono feixen.

Mühlens überlegte kurz. »Da wird sich schon was finden.«

Auf der Fahrt nach Weyer erfuhr Sonja mehr über Mühlens, als sie wollte. Sein Vorname war Gregor, und er schlug vor,

dass sie sich duzten. Er war fünfundfünfzig Jahre alt und in Dresden geboren, das er aber schon im zarten Alter von nur zwei Jahren, ein Jahr vor dem Mauerbau, verlassen musste, weil sein Vater die Dinge kommen gesehen hatte.

»Gott sei Dank«, murmelte Sonja und dachte an den Dialekt, der seine schöne Stimme für immer verhunzt hätte. Sie versuchte, ihn mit den Sehenswürdigkeiten der Region von seinem Schicksal abzulenken, erwähnte die Bruder-Klaus-Kapelle von Zumthor bei Wachendorf, den Heidentempel bei Pesch, die Kakushöhle bei Mechernich, und erhoffte sich einen kulturellen Austausch.

Aber Gregor winkte die Informationen durch und fuhr unbeirrt in seinem Lebenslauf fort. Seine Familie habe sich im Westen in Stuttgart niedergelassen, wo sein Vater eine Anstellung als Ingenieur bei Mercedes bekommen habe. Er sei dort in den Kindergarten und zur Schule gegangen und habe die Stadt erst nach dem Abitur verlassen, als er in Köln einen Studienplatz bekam.

»Gott sei Dank«, wiederholte Sonja. Nicht auszudenken, wenn er schwäbeln würde.

»Sie, ich meine, du kommst ja aus Köln«, sagte Gregor und zwinkerte ihr zu. Er war wirklich gut vorbereitet. »Aber man hört es nicht.«

War das ein Trost?

Kurz vor Weyer hatte Sonja immer noch dreißig Jahre im Leben des Gregor Mühlens vor sich. Als sie der lang gestreckten S-Kurve der Hauptstraße folgten, ahnte er wohl das Ende der Reise und versuchte es kurz zu machen: »Nach dem Studium kam ich zur Polizei Bonn, habe dort meine Frau Julia kennengelernt und geheiratet. Wir haben zwei Kinder, einen Jungen und ein Mädchen. Achtzehn und sechzehn Jahre alt. Alexander und Sophie. Sie sind ...«

»Wir sind da!« Sonja hielt an, stieg aus und warf die Tür zu. Sie blickte am schmucken Häuschen der Hoppes hoch und hatte Mühe, sich zu erinnern, warum sie hierhergefahren waren. Sicher nicht, um Mühlens' Lebenslauf kennenzulernen, der keine Brüche aufzuweisen schien, was ihr unheimlich vorkam, wenn sie an ihren eigenen dachte. Hoppes dunkelroter Ford stand nicht vor der Tür, und sie hatten keinen Durchsuchungsbeschluss. Beides war schlecht und verhieß nichts Gutes.

»Wie gehe ich vor?«, fragte Gregor, als sie zusammen auf das Haus zugingen.

»Das kommt drauf an«, antwortete Sonja und schob trotzig die Unterlippe vor.

»Du warst schon einmal hier«, lenkte er ein. »Ich halte mich zurück.«

»Das wäre schön«, sagte sie und konnte sich nicht vorstellen, dass er es aushalten würde, den Mund zu halten.

Sonja klingelte. Nach einer Weile erschien Eva-Maria Hoppe in lavendelfarbener Strickjacke und dunklem, wadenlangem Rock in der Haustür. Sie wirkte abgehetzt und trug Straßenschuhe statt Pantoffeln. Und sauber waren sie nicht.

»Mein Mann ist nicht da«, sagte sie anstelle einer Begrüßung und musterte Gregor Mühlens mit ihren durchsichtigen Augen.

Er zückte seinen Ausweis. »Mein Name ist Mühlens, ich bin Hauptkommissar von der Bonner Mordkommission.« Er wies zu Sonja. »Und das ist meine Kollegin Senger aus Euskirchen.«

Eva-Maria nickte Sonja zu.

»Wir hätten da ein paar Fragen an Sie.«

»Ich habe gar keine Zeit«, flüsterte Eva-Maria und machte Anstalten, hinter die Haustür zu verschwinden.

Gregor setzte einen Fuß auf die Schwelle. »Ich glaube doch.«

Widerwillig ließ Eva-Maria den ungebetenen Besuch eintreten. Gregor folgte ihr durch den schmalen Flur Richtung Wohnzimmer, während Sonja vor den bäuerlichen Antiquitäten stehen blieb. Neben den anderen martialischen Gerätschaften hing das Gewehr, das eine Flinte sein sollte. Aber irgendwas hatte sich an dieser Flurwand verändert. Unterhalb des Gewehrlaufes hatte die Tapete einen Kratzer abbekommen. Sonja stellte sich auf die Zehenspitzen, zog einen Einmalhandschuh aus ihrer Tasche, wollte ihn gerade überstreifen, als sich jemand räusperte.

Eva-Maria. Sie war in der Wohnzimmertür stehen geblieben, ihre Hände steckten in den ausgebeulten Taschen ihrer Strickjacke. »Ich habe Staub gewischt«, erklärte sie ungefragt.

Sonja behielt den Handschuh in der linken Hand, während sie Eva-Maria ins Wohnzimmer folgte, wo Mühlens es sich in einem der beiden Sessel bequem gemacht hatte. Der linke Fuß lag auf dem rechten Oberschenkel. Der Saum seiner Jeans war umgeschlagen. Kurze Beine hatte er, bemerkte Sonja und fragte: »Wo ist Ihr Mann denn jetzt, Frau Hoppe? Wieder arbeiten? In Euskirchen, in der Bank?«

Eva-Maria nickte. »Natürlich.«

»Reden Sie doch keinen Blödsinn. Ihr Mann arbeitet dort seit über einem Jahr nicht mehr, das wissen Sie genauso gut wie wir.«

Sie senkte den Blick und betrachtete den Perserteppich, als sähe sie das Muster heute zum ersten Mal.

»Also, wo ist er?«

»Einkaufen«, erwiderte sie endlich mit weinerlicher Stimme und verlagerte das Gewicht vom einen auf das andere Bein.

»Wo?«

»In Mechernich«, erklärte sie und zeichnete mit dem linken Fuß den Umriss einer Blume nach. »Bei Rewe.«

»Wann ist er denn losgefahren?«

Eva-Maria blickte auf zur Wanduhr über dem Sofa. »Es kann nicht mehr lange dauern. Er macht unseren Wocheneinkauf.«

Sonja schrieb Hoppe für heute ab. Wenn er das fremde Auto vor der Tür sah, würde er mit Sicherheit abdrehen. »Wissen Sie denn, wo Ihr Mann jetzt arbeitet?«, fragte sie, ging im Wohnzimmer auf und ab und spielte mit dem Handschuh.

»Gar nicht mehr«, antwortete Eva-Maria schnell. »Er arbeitet gar nicht mehr, das haben Sie doch eben selbst gesagt.«

»Und ob er arbeitet«, platzte es aus Gregor heraus.

Eva-Maria fuhr zusammen.

»Und zwar für einen Betrüger der allerschlimmsten Sorte.«

Sonja warf ihm einen wütenden Blick zu. Er zuckte entschuldigend mit den Schultern. Eine Weile blieb es still im Wohnzimmer.

Dann fragte Eva-Maria vorsichtig: »Was meinen Sie denn damit?«

»Es sieht so aus, als arbeite Ihr Mann für einen betrügerischen Händler, für einen Dealer. Peter Schmitz heißt er, natürlich ein Deckname. Ein Osteuropäer. Hat Ihr Mann jemals von so einem Mann gesprochen?«

»Nein, nie«, antwortete Eva-Maria und schüttelte den Kopf. »Jedenfalls kann ich mich nicht daran erinnern.«

»Genauso wenig, wie Sie sich an den Hof Bergrath und Wolfgang Bergrath erinnern können?«

Eva-Maria hob den Zeigefinder ihrer rechten Hand. »Warten Sie. Ich habe nachgedacht. Ich glaube, ich erinnere mich

doch an diesen Wolfgang Bergrath. Unsere Eltern waren miteinander befreundet. Er ist zwei Jahre älter als ich, wenn ich mich nicht irre, wir hatten uns nie viel zu sagen. Er ist geschieden, habe ich gehört.«

»Erinnern Sie sich inzwischen auch daran, dass sein Sohn auf dem alten Hof gerade mit seinen Freunden seine Sommerferien verbringt?«, fragte Sonja.

»Möglich wäre es«, meinte Eva-Maria.

»Was soll das denn heißen?«, blaffte Gregor sie an. »Es ist so. Und vier dieser Freunde sind inzwischen tot.«

»Vier?!« Eva-Maria schlug eine Hand vor den Mund.

»Ja, in Worten: vier. Wo waren Sie eigentlich gestern um Mitternacht?«, herrschte Gregor sie an.

»Ich?«, fragte sie entsetzt. »Wieso ich?«

»Ja, Sie! Wo waren Sie?«

»Ich?«, wiederholte sie. »Ich war natürlich hier, wo denn sonst? Ich habe geschlafen.«

»Und Ihr Mann?«

Sie zog ihre Schultern hoch. »Wenn ich schlafe, dann merke ich nichts. Ich nehme an, er hat auch geschlafen.«

Sonja öffnete den Mund, um etwas zu sagen, aber Gregor war schneller. »Wann sind Sie denn wach geworden?«

»Um 7.30 Uhr geht immer der Wecker. Da lag Martin schon wieder neben mir.«

»Schon wieder?«, hakte er nach.

»Ich meine, natürlich«, Eva-Maria unterbrach sich, blickte unsicher zwischen den Kommissaren hin und her und trat von einem Bein auf das andere. »Ich wollte nur sagen, er lag neben mir und schlief.«

»Soso«, brummte Gregor.

Sonja haderte mit Eva-Marias angeblichem Versprecher. Sie musste doch wissen, dass Sätze wie diese die Polizei hell-

hörig machten. Sonja witterte Absicht. Was ging in dieser Frau vor?

»Wurde er sofort vom Wecker wach?«, hörte sie Gregor fragen.

»Nicht vom Wecker«, antwortete Eva-Maria. »Ich musste ihn tüchtig rütteln. Ach, da fällt mir etwas ein.« Sie machte plötzlich auf dem Absatz kehrt und verschwand in den Flur. Ihre Schritte waren erst auf der Treppe zu hören, dann ging sie im ersten Stock hin und her, eine Schranktür wurde geöffnet und geschlossen – dann wieder die Schritte auf der Treppe.

Gregor und Sonja wechselten ratlose Blicke.

Eva-Maria erschien in der Wohnzimmertür und presste ein kleines Päckchen und ein gefaltetes Blatt Papier an sich. »Das habe ich in der Aktentasche meines Mannes gefunden. Ich weiß nicht, ob das wichtig ist.«

»Zeigen Sie mal!« Gregor sprang hoch und riss ihr beides aus den Händen. Während er das DIN-A4-Blatt gründlich studierte, fragte Sonja: »Und was war sonst noch in der Aktentasche?«

»Nichts«, beteuerte Eva-Maria und tippte sich an die Stirn. »Doch, sein Handy ist noch drin.«

»Und wo ist die Aktentasche?«

»Die trägt er immer mit sich«, versicherte Eva-Maria und nestelte an den Knöpfen ihrer Strickjacke. Ihre Blicke wanderten zwischen den Kommissaren hin und her. Eine Mischung aus Stolz und Trotz lag in ihren Augen.

»Soll das etwa heißen, dass er nicht weiß, dass sie leer ist?«, fragte Sonja ungläubig.

»Sieh mal!« Gregor ließ Eva-Maria keine Zeit zu antworten, trat neben Sonja und reichte ihr das Blatt. Eine Tabelle mit sieben Spalten mit den vorgedruckten Titeln: Name/Vorna-

me, Code-Nr., Anschrift, Preis, bezahlt, Datum, Unterschrift. Zwanzig Zeilen waren unter den Spalten angeordnet. In der letzten Zeile war Gerhard Pfennig, Code-Nr. 079, wohnhaft in Kall, aufgeführt. Er hatte am 24. Juli die fällige Summe aber weder bezahlt noch eine Unterschrift geleistet.

Plötzliche Sorge um Martin Hoppe überfiel Sonja. All diese persönlichen Daten durfte mit Sicherheit niemand ungestraft mit hinaus in ein neues Leben nehmen. Aus einem derartigen Geschäft auszusteigen war nicht einfach, und häufig blieb nur die Wahl zwischen Weitermachen und Tod. War Hoppe wirklich nur einkaufen in Mechernich?

War er nicht vielmehr unterwegs, um das letzte Päckchen zuzustellen, ohne zu wissen, dass es längst nicht mehr in seiner Aktentasche lag?

Auf dem kleinen Päckchen standen drei Ziffern. 079. Gregor schickte sich an, es zu öffnen. Das Paketband war bereits eingerissen.

»Gib her!«, forderte Sonja Gregor auf, zog den Handschuh an und auch einen zweiten für die rechte Hand. Sie streifte das eingerissene, braune Paketpapier ab. Ein durchsichtiger Plastikbeutel fiel in ihre Hand, in dem sich zehn blaue, diamantförmige Tabletten befanden. Der Beutel war wiederverschließbar. Sonja öffnete ihn und entnahm ihm eine der leicht gewölbten Tabletten. Sonja drehte die Tablette zwischen Daumen und Zeigefinger hin und her, hielt sie unter die Deckenlampe und betrachtete sie von beiden Seiten. Der Durchmesser betrug etwa einen halben Zentimeter. Die Stärke war nicht mehr als zwei Millimeter. Auf einer Seite war ein *V* eingestanzt.

»Wenn das mal nicht Viagra ist«, triumphierte Gregor.

»Du kennst dich aber aus«, konterte Sonja.

Er grinste. »Fünfundneunzig Prozent der unter der Hand verkauften Viagras sind gefälscht.«

Sonja nickte. Er hatte leider recht. Erst vor Kurzem war diese Meldung, die auf Probeeinkäufen im Internet beruhte, durch die Presse gegangen. Neuesten Erkenntnissen zufolge waren gefälschte Potenzmittel die Rauschmittel der Zukunft. Nicht Ecstasy, nicht Heroin oder Kokain. Ein Kilogramm Viagra kostete auf dem Schwarzmarkt 90.000 Euro – und damit mehr als Kokain. Die gefälschten Medikamente kamen meist aus China über Osteuropa nach Deutschland und enthielten wenig bis gar nichts von dem Wirkstoff, sondern alle möglichen anderen Stoffe, die gesundheitsgefährdend, ja, teilweise lebensbedrohlich waren. Erst Anfang des Jahres hatte ein Labor sogar Rattengift in einer angeblichen Viagra-Tablette gefunden.

»Sonst war da wirklich nichts in der Aktentasche?«, fragte Gregor Eva-Maria.

»Nein«, beteuerte sie. »Das haben Sie mich schon mal gefragt.«

»Ich nicht«, knurrte Gregor.

»Aber«, sagte Eva-Maria und wies mit dem Kinn zu Sonja. »Die Frau eben.«

»Sie haben also nichts sonst herausgenommen?«, fragte Gregor unbeirrt ein weiteres Mal, als wollte er Eva-Maria weich kochen.

»Nein«, wiederholte sie beleidigt. »Das habe ich Ihnen doch schon gesagt.«

Sonja und Gregor blickten sich an. Auch wenn sie sich erst seit Kurzem kannten, ahnten sie, dass sie sich dieselbe Frage stellten: Warum lieferte eine Ehefrau ihren Ehemann den Behörden aus freien Stücken aus?

Sonjas Ratlosigkeit führte zu einem skeptischen Gesicht, Gregors zu einer Kurzschlusshandlung. Er riss Sonja die Tablette aus den Fingern und warf sie sich im gleichen

Moment mit Schwung in den Mund. Sonja war viel zu verdutzt, um ihn daran zu hindern.

»Bist du verrückt?!«, fuhr sie ihn an.

»Um Himmels willen!«, stieß Eva-Maria hervor und schlug die Hände vor die Brust.

Beide Frauen starrten Gregor an, als würde er jeden Augenblick explodieren. Was er nicht tat. Er fiel auch nicht tot um, er rannte vielmehr an Eva-Maria vorbei aus dem Wohnzimmer und kurz darauf war das Rauschen eines Wasserhahnes zu hören. Als er zurückkehrte, rieb er sich den Bauch.

»Hast du sie ausgespuckt?«, hoffte Sonja.

»Nö. Musste sie mit Wasser runterspülen, so ein ekliges Zeug.«

Eva-Maria erbleichte und lehnte sich kurz gegen den Türrahmen, dann stieß sie sich ab, wankte zum Sofa und setzte sich vorsichtig auf die Armlehne.

Gregor stand breitbeinig im Wohnzimmer. Sonja musterte ihn. Er schien mit seinen Augen zu kämpfen. Die Lider flackerten, und er konnte den Blick nicht halten. Seine Mundwinkel bebten. Auch Arme und Beine schienen von einem plötzlichen Tremor befallen. Als er den Mund öffnete, um etwas zu sagen, lallte er. Er war ein Schauspieler. Aber ein schlechter. Und Sonja musste sich ein Grinsen verkneifen.

»Um Himmels willen!«, stieß Eva-Maria das eine um das andere Mal hervor. »Rufen Sie doch einen Arzt! Schnell!«

»Ich muss raus hier!«

Sonja riss die Tabelle und den Tablettenbeutel an sich und rannte Gregor nach.

Im Auto plumpste er auf den Rücksitz und sank um. Sonja zwängte sich auf den Fahrersitz.

Kaum hatten sie Weyer verlassen, richtete sich Gregor auf der Rückbank auf. Seine Blicke trafen im Rückspiegel auf

Sonjas. Unverschämt grinste er unter seinem albernen, unmodernen Schnäuzer. Er hob eine Hand hoch und hielt die blaue Tablette zwischen Daumen und Zeigefinger.

Sie fuhr an den Straßenrand und bremste, ließ den Motor laufen, starrte durch die Windschutzscheibe und zischte: »Zufrieden?«

»Ich wollte nur sehen, wie die Lavendelfrau reagiert, wenn ich die Tablette schlucke«, erklärte er sich.

»Und?«

»Es war nicht eindeutig«, gab er zu. »Sie scheint nicht zu wissen, was es ist.«

»Ich habe nichts anderes erwartet«, sagte Sonja.

»Ph«, machte er.

Sie wendete und fuhr geradewegs nach Weyer zurück und hielt vor Hoppes Haus. Während sie Gregor keines Blickes würdigte, sagte sie: »Du gehst jetzt da rein und wartest auf Martin Hoppe. Wenn er kommt, rufst du einen Streifenwagen und bringst ihn nach Euskirchen. Setz ihn fest.«

»Und du?«, protestierte Gregor lahm.

»Außerdem bringst du die Tabelle und die Pillen und das Gewehr in die KTU«, fuhr Sonja fort.

»Welches Gewehr?«, fragte er irritiert.

»Das im Flur an der Wand hängt.«

»Und dann?«

»Dann meldest du mir Vollzug und wir sind quitt.«

»Danke«, grunzte er.

»Bitte.«

Drei Sekunden später nahm er die Tabelle und das Päckchen an sich, schälte sich aus dem Auto und klingelte an der Haustür.

Während Sonja mit Brummer telefonierte und ihm den Auftrag gab, sofort einen Streifenwagen nach Kall zu Ger-

hard Pfennigs Wohnung zu schicken, öffnete Eva-Maria die Tür.

Als Sonja Brummer erklärte, dass Martin Hoppe vielleicht in Pfennigs Wohnung oder zumindest dort gewesen sei, ließ Eva-Maria Gregor eintreten. Über die Schulter warf er Sonja einen letzten Blick zu, eine Mischung aus Vorwurf und Resignation.

West hatte genau den gleichen Blick, als Sonja vor ihrem Forsthaus parkte. Aber er verzieh ihr, als sie ihm eine Dose Kaninchenragout servierte. Nachdem er die Schüssel ausgeleckt hatte, sprang er auf ihren Schoß und legte sich auf das aufgeschlagene Buch von Sjöwall und Walhöö, Seite 132. Sonja lehnte sich zurück, schloss die Augen und seufzte, wahrscheinlich würde sie nie im Leben über diese Seite hinauskommen, würde nie erfahren, zu welchem Ergebnis der Ballistikexperte kam, der die Kugel untersucht hatte, die Viktor Palmgren getötet hatte.

Genauso wenig wie sie jemals herausfinden würde, wer Chiara vergiftet und Claudia erschossen hatte, ob Sandra vielleicht doch die Treppe heruntergestoßen wurde und Heiko sich gar nicht umbringen wollte, sondern dazu genötigt wurde. Welche Rolle der geheimnisvolle Anselmo Lopes in dem ganzen Drama spielte und warum Eva-Maria ihren Martin so offensichtlich ans Messer lieferte.

Vielleicht gab es doch die berühmte Geschichte im Hintergrund. Und eine Reise auf die Insel Sylt stand an. Ein, zwei Übernachtungen waren vielleicht drin, wenn sie Wolfgang Bergrath nicht sofort aufstöbern konnten. Es war Sommer, Ferienzeit. Familien und Paare packten jetzt die Koffer, reisten in ferne Länder an einen weißen Strand und ein blaues Meer, erklommen Berge oder besichtigten irgendein Welterbe.

Sonja war ewig nicht verreist. Allein hatte sie dazu keine Lust. Mit wem sollte sie die neuen Eindrücke teilen? Ihre Urlaube verbrachte sie im Forsthaus, verzettelte sich mit irgendetwas, las oder machte lange Spaziergänge und wunderte sich am Ende, wenn die Zeit wie im Flug vergangen war und sie mal wieder nicht über den Tellerrand geblickt hatte, sondern an ihren Arbeitsplatz zurückkehrte, froh, wieder mit jemandem reden zu können und sich von ihrem Leben abzulenken. Aber Sylt, zusammen mit Neugebauer und Brummer, das konnte eine runde Sache werden.

Gegen Abend meldete Hauptkommissar Gregor Mühlens, dass er alle Befehle ordnungsgemäß ausgeführt habe. Martin Hoppe sei in einer Haftzelle in der Euskirchener Polizeibehörde untergebracht.

»Gut«, sagte Sonja knapp. »Wo wurde er aufgegabelt? In Pfennigs Wohnung?«

»Nein, nein, er kam von dort, wie er später zugab. Er war ganz außer sich nach Hause gefahren, weil jemand seine Aktentasche ausgeräumt haben musste.«

»Jemand?«, fragte sie.

»Nein. Ich habe ihm gesagt, dass seine Frau dafür gesorgt habe, dass die Liste und die Tabletten bei uns in den allerbesten Händen seien. Da ist er rot geworden wie eine Krabbe in der Pfanne.«

»Und sie?«

»Eva-Maria? Ach, du kennst sie ja. Dann hat er aber auch noch etwas von einem Tagebuch gefaselt, das in der Aktentasche gewesen sein soll.«

»Und was sie dazu gesagt?«

»Eva-Maria weiß natürlich von keinem Tagebuch. Aber ich hatte ja gleich den Verdacht, dass sie die Aktentasche gefilzt hat, bevor sie sie uns gab«, behauptete Gregor.

»Wenn sie das Tagebuch nicht freiwillig herausrückt, müssen wir eine Hausdurchsuchung machen«, sagte Sonja. »Aber es dürfte ja kein Problem sein, dafür einen Beschluss zu bekommen.«

»Habe ich schon beantragt«, sagte Gregor schnell. »Apropos Staatsanwalt. Oberstaatsanwalt Wesseling hat Druck gemacht. Er will sämtliche Ergebnisse bis spätestens Montagmorgen auf seinem Tisch haben.«

»Hat er das?«, kommentierte Sonja.

»Hat er.«

»Sonst noch was?«, fragte Sonja ungeduldig.

»Kann man wohl sagen. Gerade als ich mit den Kollegen Martin Hoppe von seinem Haus ins Auto abführen wollte, ist uns dieser Peter Schmitz doch quasi in die Arme gelaufen.«

»Was?«, schrie Sonja ins Telefon.

Gregor schwieg.

»Gratuliere!«, sagte sie nach einer Weile und beendete das Gespräch.

Montag!, stöhnte sie. So lange zu warten, konnte sie sich nicht vorstellen.

17. Kapitel

Die Likörflasche hat mir eine Frau aus Weyer gegeben«, erklärte Anton Folger, nachdem er Sonja Senger in das kleine Büro ohne Fenster gebeten hatte, das hinter der Verkaufsfläche von Hansens Frischemarkt lag. Folger war etwa Mitte vierzig und sah abgearbeitet aus. Der grasgrüne Kittel ließ seine Gesichtsfarbe blass erscheinen und die Ringe unter seinen Augen blau. Verwunderung über den polizeilichen Besuch ließ er sich nicht anmerken. Er tat routiniert.

»Kennen Sie sie?«, fragte Sonja.

Folger schüttelte den Kopf. »Aber das heißt nichts, denn das war ja nicht meine normale Route. Ich bin ja nur eingesprungen. Die meisten, die ich beliefert habe, kannte ich nicht.«

»Und wann war das?«

»Letzten Donnerstag, als ich mit meinem Verkaufswagen in Weyer Halt gemacht habe.«

»Können Sie sich noch erinnern, wie sie aussah?«, fragte Sonja.

»Die Flasche?«

Sonja verdrehte die Augen.

Folger legte die Stirn in Falten und presste seinen rechten Zeigefinger an den Mund. »Warten Sie. Hm. Ja, ja, jetzt weiß ich es wieder. Die Frau trug ein buntes Kopftuch, ziemlich weit in die Stirn gezogen und ...«

Ein Kopftuch im Sommer?, fragte sich Sonja. »Und was noch?«

»Hm.« Folger machte es offenbar gern spannend.

»Trug sie vielleicht eine lavendelfarbene Strickjacke?«, schlug sie vor.

Folger blickte sie irritiert an und schüttelte dann langsam den Kopf. »Nee. Keine Strickjacke. Einen Mantel. Einen hellen Sommermantel. Ja, genau, einen hellen Sommermantel trug sie. Die meisten tragen ja Kittelschürzen. Die aber nicht.«

»Können Sie sich vielleicht auch noch erinnern, welches Haus es war?«, wollte Sonja weiter wissen.

»Ach«, winkte er ab. »Es war auf der Hauptstraße, aber welches Haus, da fragen Sie mich echt zu viel. Es war, glaube ich, bei meinem dritten Halt und schon kurz vor dem Ortsausgang. Aber ich war mit Bedienen beschäftigt, und auf einmal stand sie da.«

»Sie würden die Frau doch sicher wiedererkennen?«

Er wackelte mit dem Kopf und verzog das Gesicht. »Weiß ich nicht, eher nicht. Tut mir leid, aber ich finde, dass sie irgendwie alle gleich aussehen.«

»Und was sollten Sie mit der Flasche machen?«, fragte Sonja.

»Ich sollte sie auf den Hof Bergrath bringen. Die jungen Leute dort hätten sie bestellt. Geld wollte die Frau dafür nicht haben. Es sei quasi eine Art Kostprobe oder so.«

Schöne Kostprobe, dachte Sonja. »Haben Sie sich nicht darüber gewundert?«

»Nein. Warum sollte ich?«, fragte Folger und blickte verlegen zu seinem Chef. »So etwas machen andere auch.«

»Und zwar gegen meinen ausdrücklichen Willen«, mischte sich Hansen ein. Er saß in einem billigen Anzug und grünem Schlips hinter seinem Schreibtisch und klopfte mit dem Kuli auf die Tischplatte. »Manchmal sind meine beiden Fahrer die reinsten Postboten. Ich habe es ihnen ausdrücklich verboten. Das wird noch böse enden, habe ich immer gesagt. Jetzt haben wir den Salat.«

Folger blickte auf seine Schuhspitzen, und als Sonja seinem Blick folgte, wunderte sie sich, dass er keine grünen Schuhe trug, sondern schwarze Exemplare, wie jeder andere auch.

Hansen sortierte nervös Papiere auf seinem Schreibtisch. »Die Polizei im Geschäft. Das hatten wir schon einmal. Das ist mir sehr unangenehm.«

»Ja?«, fragte Sonja neugierig.

»Nach einem Ladendiebstahl.«

»Ach so.«

Ansonsten konnte Hansen nach einem Blick in sein querformatiges Tourenbuch bestätigen, dass Anton Folger am Donnerstag, den 26. Juli, seinen Kollegen Max Kirchheim vertreten habe, der aufgrund seines Jahresurlaubs die Tour mit dem grasgrünen Transporter über die Dörfer im Umkreis von Mechernich nicht habe fahren können.

»Seit wann hat Max Kirchheim denn Urlaub?«, fragte Sonja.

»Genau seit diesem Donnerstag, seit dem Sechsundzwanzigsten«, antwortete Hansen ungeduldig. »Und da Sie sicher wissen wollen, wie lange noch, sag ich es Ihnen gleich, genau vierzehn Tage, nämlich bis zum 9. August.«

»Danke«, sagte Sonja. Da hatte es aber jemand sehr sehr eilig gehabt, dachte sie, und keine Zeit verstreichen lassen.

»Bitte.«

»Soll nicht wieder vorkommen, Chef«, versprach Folger mit quengelnder Stimme. »Echt nicht.«

»Echt nicht!«, wiederholte Hansen, und einige Blätter von seinem Schreibtisch flogen zu Boden. Folger bückte sich rasch und sammelte sie auf. »Dafür kann ich mir nichts kaufen. Was ist mit meinem guten Ruf? Wer will denn noch in einem Geschäft einkaufen, wo ständig die Polizei ist? Beim nächsten Mal können Sie Ihren Kittel an den Nagel hängen,

Folger. Das garantiere ich Ihnen. Ich kann überall und jederzeit neue, vernünftige Arbeitskräfte bekommen. Die stehen hier Schlange.« Er sprang auf und schien das Büro verlassen zu wollen. »Das muss ich mir nicht bieten lassen.«

Als er die Hand auf die Klinke legte, fragte Sonja: »Wollen Sie gar nicht wissen, *warum* die Polizei hier ist? Wir sind nicht hier, weil Ihre Fahrer Post spielen.«

Hansen zog die Augenbrauen zusammen.

»Zwei junge Frauen sind im Hof Bergrath gestorben.« Hansens Hand glitt von der Klinke. Folger trat einen Schritt zurück, als ginge er in Deckung. »Eine wurde vermutlich vergiftet.«

Hansen schluckte, Folger stellte das Atmen ein.

Drei Sekunden lang war es still im Büro. Aus dem Laden drangen Geräusche herein. Rufe und Flaschenklappern, untermalt von leiser Musik, die die Kunden in Kauflaune versetzen sollte.

»Es ist besser, Sie gehen jetzt«, sagte Hansen endlich leise und wies Sonja die Tür.

»Gern.« Lächelnd schritt sie an ihm vorbei.

Es war viel los im Supermarkt an einem Samstag, die Kunden tätigten ihre Wochenendeinkäufe. Sommerwetter war vorausgesagt. Grillkohle und Steaks, Saucen und Salate und vor allem Bier und andere Getränke wurden einkaufswagenweise Richtung Kasse geschoben, wo sich eine Schlange gebildet hatte.

Sonja nutzte die Gelegenheit und kaufte auch für sich und West das Nötige ein. Brot und Butter. Wurst und Käse, Milch und Joghurt, Obst und Salat. Fünf Schalen Katzenfutter. Und dann das Unnötige: Leckerlis für beide. Chips mit Zwiebel- und Sticks mit Kaninchengeschmack. Erst als sie auf die Straße trat, bemerkte sie, dass Anton Folger ihr nachlief. Sie tat,

als bemerkte sie ihn nicht, und suchte angestrengt nach ihrem Auto, von dem sie vergessen hatte, wo sie es abgestellt hatte.

»Frau Kommissarin! Warten Sie doch mal!«

Sonja machte endlich ihr Auto aus, ließ per Funk die Schlösser aufschnappen und begann, ihre Einkäufe in den Kofferraum zu laden.

»Ich weiß nicht, ob es wichtig ist«, brachte Folger außer Atem hervor, als er neben ihr stand und mit anpackte. »Ich glaube, meine Frau kennt eine Frau, die Likör selbst macht. Sie macht das wohl als eine Art Hobby. Vielleicht ist das die Frau, die Sie suchen. Ich weiß leider nicht, wo sie wohnt. Aber verkaufen tut sie diese Liköre nicht, soweit ich weiß ... Ich meine wegen dem Finanzamt und so, nicht dass Sie denken ... Sie verschenkt sie immer nur.«

»Soso.«

»Meiner Frau hat sie auch schon mal eine Flasche geschenkt. Wenn ich daran denke, dass sie jetzt auch … Ich pack so ein Zeug ja nicht an ... aber ihr hat es geschmeckt.«

»Und wie heißt diese Frau?«, unterbrach Sonja ihn und konnte sich die Antwort fast denken.

»Das könnte ich meine Frau heute Abend ja mal fragen«, antwortete er.

»Oder jetzt sofort«, forderte sie ihn auf.

»Jetzt sofort?«

»Oder haben Sie kein Handy?«

»Doch. Doch, natürlich«, sagte er und blickte sich gehetzt um. Dann fischte er ein Handy aus der Kitteltasche. Er tippte eine einzige Zahl ein, ließ es einige Male klingeln und sprach dann auf die Mailbox. Er nannte seine Frau »Liebchen« und machte es dringend.

Sonja gab ihm ihre Karte. »Rufen Sie mich bitte an, sobald Sie den Namen der Frau haben.«

»Gerne.«

»Und danke für den Hinweis.«

Er lächelte stolz. Mit den Worten »Ich wollte es Ihnen nur gesagt haben« verabschiedete er sich.

Am Nachmittag machte Sonja einen Spaziergang bis nach Hergarten und wieder zurück und inspizierte den Entwicklungsstand des Nationalparks, aß in der Kermeterschänke ein Steak vom Hirschen und studierte die anderen Gäste, verbrachte den Rest des Abends zusammen mit West auf der alten Ofenbank vor dem Haus und betrachtete den Abendhimmel. Für Sjöwall/Wahlöö war es längst zu dunkel geworden.

Das Ergebnis ihrer Studien war beruhigend. Im Nationalpark wichen die Fichten zusehends den Buchen, die Gäste in der Kermeterschänke waren Holländer, und der Abendhimmel zeigte sich in seinem schönsten Rot. Und *Die Großen lässt man laufen* lief ihr nicht davon.

Aber in Sonjas Gedankenwelt ging es alles andere als ruhig zu. Es war schon seltsam. Am Donnerstag, als der Likör auf den Hof geschafft wurde, war alles anders gewesen als sonst: von einem Ersatzfahrer über eine unbekannte Frau aus Weyer bis zu einem Likör, den niemand bestellt hatte.

Sonja fragte ihren Bauch um Rat. Wem traute sie die Tat zu? Auf die einzig wahre Frage, wer vom Tod der vier Studenten profitierte, gab es keine befriedigende Antwort. Und Beweismittel? Noch gab es keine.

Vor Montag würde sie nicht wissen, woraus die Tabletten bestanden, die Hoppe in der Eifel verhökerte, was sich in Chiaras Magen und – abgesehen von Alkohol – im Likör befunden hatte und mit welcher Flinte, der vom Hof Bergrath oder der aus dem Hause Hoppe, auf Claudia geschossen

worden war. Vor Montag würde sie nicht wissen, wer welche Fingerspuren wo hinterlassen hatte.

Bevor sie in den ersten Stock kletterte, um sich schlafen zu legen, warf sie dem Telefon einen letzten, bösen Blick zu. Niemand hatte es für nötig gehalten sie anzurufen. Sie hatte ihr Handy – eingeschaltet! – die ganze Zeit nicht aus der Hand gelegt und, seit sie zurückgekehrt war, auch stets ein Ohr für das Festnetztelefon gehabt. An ihr lag es nicht.

Nein, es lag am Herrn Oberstaatsanwalt, diesem Miesepeter. Er hätte genauso gut darauf bestehen können, die Ergebnisse schon heute zu bekommen. Aber dann wäre ja sein schönes Wochenende vermutlich im Eimer gewesen. Und das, nein, das konnte man ihm wirklich nicht zumuten. Musste der Herr sich doch erholen, von den Mühen des Alltags.

Sie verfluchte ihn auf jeder Treppenstufe.

Und machte damit ihren telepathischen Fähigkeiten mal wieder alle Ehre, allerdings hatten sie dieses Mal eine lange Leitung, denn erst am nächsten Morgen holte Wesseling sie aus dem Schlaf, obwohl er genau wusste, dass sie am Wochenende nicht vor neun Uhr aufstand.

»Bernd Wesseling«, meldete er sich förmlich am Telefon, und, wie Sonja fand, eine Spur zu schuldbewusst.

»Puh«, stöhnte sie noch atemlos von der Treppe, aber ihr Herz klopfte nicht nur von der sportlichen Einlage.

»Stör ich?«

»Ach, weißt du ...« Nein! Er sollte nicht versuchen, Smalltalk zu machen, danach stand ihr nicht der Sinn. Er konnte die Ergebnisse noch nicht haben, also, warum rief er an? Sie atmete laut aus.

»Sollte ich später noch mal anrufen?«

»Wozu?«

»Um dir die Ergebnisse mitzuteilen.«

»Ich denke, du bekommst sie erst morgen?«

»Wer sagt das?«, fragte Wesseling pikiert.

»Mühlens, dein Hauptkommissar aus Bonn.«

»Je nun.«

Es entstand eine Pause. Sonja setzte sich mit dem Telefon in ihren Ohrensessel und machte sich auf ein längeres Warten gefasst. Sie musste kichern, als West auf ihre nackten Beine sprang, und flüsterte: »Lass das! Nicht jetzt! Ich muss telefonieren, das siehst du doch!«

»Bist du allein?«

»Nö«, meinte Sonja zögerlich und verscheuchte West von ihrem Schoß. Mit einem Satz sprang er auf den Küchentisch und von dort auf die Fensterbank.

»Also«, begann Wesseling.

»Also?«, fragte Sonja.

»Du bist die Erste, die ich anrufe.«

Sonja nickte schweigend.

»Folgendes: Das Gewehr, das wir im Hof Bergrath gefunden haben, wurde seit Jahren nicht benutzt.«

Sonja erschrak. »Damit könnte Uwe Bergrath also wieder auf freien Fuß gesetzt werden.«

»Könnte. Aber das passt mir nicht.«

»Gut«, lobte sie ihn erleichtert. »Halt ihn noch da. Es ist viel zu früh für eine Entscheidung.«

»Aber auf der Flinte aus dem Hause Hoppe wurden frische Schmauchspuren gefunden und frische Fingerspuren, unter anderem auch die von Martin Hoppe. Das 12/76er-Kaliber der sichergestellten Schrothülse stimmt auch überein.«

»Prima. Damit bleibt Martin Hoppe auf jeden Fall in U-Haft«, sagte Sonja aufgeregt.

»Aber nicht nur deswegen«, fuhr Wesseling fort. »Die angeblichen Viagra-Tabletten, die er in der Eifel vertrieben hat, bestehen zu siebzig Prozent aus Milchzucker und nur zu dreißig Prozent aus dem eigentlichen Wirkstoff.«

»Da haben die Anwender ja noch mal Glück gehabt.«

»Das macht die Straftat nicht besser.«

»Stimmt.«

»Nun zu Chiaras Tod: Im Bodensatz der hübschen Likörflasche befand sich neben Alkohol und anderen Kräutern vor allem Digitalis in einer absolut tödlichen Dosis. Chiara hätte nicht die ganze Flasche austrinken müssen, um zu sterben. Dr. Döring, unser Rechtsmediziner, rät aber dringend zu einer toxikologischen Untersuchung. Bei einer Vergiftung geht das nicht ohne, meint er. Sonst kann er nicht mit Sicherheit feststellen, ob Chiara das Zeugs wirklich getrunken hat.«

»Sie war herzkrank«, gab Sonja zu bedenken. »Aber sie nahm kein Digitalis, sondern irgendeinen Betablocker.«

Wesseling nickte. »Das ist nicht verwunderlich. Digitalis, sagt Dr. Döring, wird äußerst selten verschrieben, weil es eine geringe therapeutische Breite hat. Es eignet sich aber vorzüglich dazu, jemanden zu vergiften. Denn ...«, er machte eine Pause.

Die endlos schien. Sonja räusperte sich ungeduldig.

»Die Dosis macht das Gift«, verkündete Wesseling endlich theatralisch, als hätte er gerade die Entdeckung des Jahrhunderts gemacht. Danach schwieg er, wohl in der Hoffnung auf ein Lob vom anderen Ende der Leitung. Als das ausblieb, meinte er: »Ehe du jetzt auf die absurde Idee kommst, sie hätte sich selbst umgebracht, muss ich dich enttäuschen, denn die Vergangenheit hat gezeigt, dass Selbstmörder ihre Tabletten nie vorher mühsam in einer Flüssigkeit auflösen, sondern sie sich in den Hals werfen und dann nachspülen.«

»Alles klar. Was ist mit dem Schuppen und den beiden Schlüsseln? Hat die Spurensicherung etwas entdeckt?«

»Wenig«, gab er zu. »Auf dem Inventar im Schuppen waren nur Hoppes Fingerspuren. Auch auf dem Hocker.« Trotzdem könnte ihn jemand anders weggekickt haben, mit den Füßen zum Beispiel, dachte Sonja, während Wesseling weitersprach: »An den beiden Schlüsseln waren allerdings jede Menge Fingerspuren, aber nur Fragmente und außer Hoppes und Uwes keine, die registriert sind. Wir vernehmen ihn übrigens morgen früh.«

»Du und Gregor Mühlens?«, nahm Sonja an.

»Nein, du und ich. 9.15 Uhr«, sagte er und beendete das Gespräch.

»Warum nicht 9.17 Uhr?«, fragte Sonja das Telefon und zog eine Grimasse.

Sie blieb im Sessel sitzen und ließ die neuesten Erkenntnisse eine Weile auf sich einwirken. Der Fall begann endlich, Struktur zu bekommen. Nach und nach fielen die Puzzleteile an die richtige Stelle. Uwe Bergrath und Martin Hoppe saßen bereits in U-Haft. Sehr praktisch. Noch lieber wäre es Sonja allerdings, wenn sie in Gesellschaft von Anselmo Lopes und Eva-Maria Hoppe dort hocken würden.

Martin hatte kein stichhaltiges Alibi für die Tatzeiten, da Aussagen von Eheleuten immer mit Vorsicht zu genießen waren. Auf der Flinte aus seinem Hause waren frische Schmauchspuren gefunden worden. Aber konnte die nicht ebenso Eva-Maria verursacht haben? Sie hatte die Aktentasche ihres Mannes gefilzt, nicht um ihn zu schützen, sondern um ihn der Polizei auszuliefern. Konnte sie auch die Frau mit dem Kopftuch und dem Sommermantel sein, die Anton Folger den vergifteten *Waldgeist* angedreht hatte? Digitalis war verschreibungspflichtig. Wie konnte Eva-Maria an Digitalis kommen?

In Gedanken beobachtete Sonja West, der sich auf der Fensterbank putzte. Die Sonne schien auf sein Fell und ließ es glänzen. Seine langen, dunklen Schnauzhaare standen wie Stachel ab. Auf seinem rechten Ohr ließ sich eine Fliege nieder, die er mit heftigem Schlackern vertrieb. Dann schien er zu überlegen, was er nun mit sich anfangen konnte.

Leise rief Sonja seinen Namen. Er stellte seine Ohren auf, aber er drehte sich nicht zu ihr um. Sonja stand auf, holte eine Dose Katzenfutter aus dem Schrank und öffnete den Deckel. Das laute Plopp war Wests Startzeichen. Er stand schneller vor ihr, als Sonja das Futter in den Napf füllen und vor seine Füße stellen konnte. Und er meckerte noch, weil es so lange dauerte.

»Guten Appetit«, sagte sie und strich zärtlich über seinen Rücken. »Wenn ich dich nicht hätte.« Abgesehen von einigen Ameisen, Fliegen und Spinnen war West das einzige Lebewesen im Forsthaus. So lange Sonja noch im Dienst war, gab es wenigstens tagsüber ein soziales Netz: die Kollegen, den Chef ... und ja, selbst Wesseling. Aber was, wenn sie eines Tages in Pension sein würde? Lange war das nicht mehr hin. Die Vorstellung, einmal ganz allein auf der Welt zu sein, umwehte sie wie ein kalter Wind.

Wenn Martin Hoppe tatsächlich verurteilt werden sollte, hatte seine Frau auch niemanden mehr. Sie hatte nicht einmal ein Haustier. Sie hatte keine Kinder, und ihre Mutter ... Ein neuer Gedanke durchfuhr Sonja wie ein Blitz aus heiterem Himmel.

Eva-Maria Hoppe ging nach dem ersten Klingeln ans Telefon und meldete sich mit zaghafter Stimme.

Sonja fiel mit der Tür ins Haus: »Woran ist Ihre Mutter eigentlich gestorben?«

»Warum wollen Sie das wissen?«, fragte Eva-Maria vorsichtig.

»Woran?«, wiederholte Sonja.

»Das ist doch schon so lange her.«

»Wie lange denn?«

»Zwei Jahre werden es in diesem Sommer«, antwortete Eva-Maria.

»War sie krank?«

»Sie war zweiundneunzig Jahre alt.«

»Woran?«, fragte Sonja nun schon zum dritten Mal.

»Meine Mutter hatte ein sogenanntes Altersherz, sagte der Arzt. In der Nacht vom 10. auf den 11. August hat es einfach aufgehört zu schlagen, obwohl sie ihre Medikamente regelmäßig eingenommen hatte und ...«

»Welches Medikament?«, unterbrach Sonja.

»Ach, es hat so einen komischen, schrecklich langen Namen.«

»Haben Sie vielleicht zufällig noch einen Rest davon im Haus?«

Eva-Maria schwieg, sie schien nachzudenken. Dann antwortete sie: »Ich glaube, ja. Ich kann auf der Packung nachsehen, wenn Sie wollen.«

»Bitte. Ich rufe Sie gleich zurück.«

Sonja gab ihr fünf Minuten.

Gerade als sie Eva-Maria ein zweites Mal anrufen wollte, klingelte ihr Telefon. Es war Anton Folger, der Ersatzfahrer vom Frischemarkt Hansen, der zutiefst bedauerte, dass seine Frau sich leider nicht erinnern könne, wie die Frau, die Liköre herstellte, hieß. Dazu sei es schon zu lange her und die Begegnung nur flüchtig gewesen. Keinesfalls habe es sich um eine gute Bekannte oder gar eine Freundin gehandelt, beteuerte er. Seine Frau sei aber ziemlich sicher, dass die Frau damals in Weyer wohnte. Ob sie das heute immer noch tat, das wisse sie selbstverständlich nicht.

Dass diese Auskunft nicht der Wahrheit entsprach, war nicht zu überhören. *Liebchen* mauerte.

»Das verstehe ich nicht«, sagte Eva-Maria ein wenig atemlos beim nächsten Anruf. »Als ich letztes Mal meinen Medizinschrank aufräumte, habe ich die Packung noch in der Hand gehabt. Aber jetzt ist sie nicht mehr da. Wie kann das sein?«

»Wer kann denn außer Ihnen an dem Schrank gewesen sein?«

»Niemand. Nur Martin und ich. Ach, ich habe wirklich immer aufgepasst, dass meine Mutter nicht vergaß, ihre Tabletten zu nehmen. Ich habe wirklich alles für sie getan, alles, aber ich konnte trotzdem nicht verhindern«, Eva-Marias Stimme brach, »dass sie starb.«

»Das tut mir leid«, sagte Sonja. »Welcher Arzt hat denn Ihre Mutter betreut?«

»Dr. Ahlert«, antwortete Eva-Maria. »Aber der hat seine Praxis längst aufgegeben.«

Irgendwie hatte Sonja keine andere Antwort erwartet. Höchstens die, dass Dr. Ahlert bereits verstorben war. Sie seufzte. »Ich werde ihn schon finden.«

»Ja«, meinte Eva-Maria. »Auf dem Friedhof.«

Sonja hätte das Gespräch am liebsten beendet, aber es gab noch die eine oder andere offene Frage. »Frau Hoppe, Ihr Mann möchte gern sein Tagebuch wiederhaben.«

Stille am Ende der Leitung.

»Er sagt, es sei in seiner Aktentasche gewesen.«

Weiter Stille.

»Sie müssen es uns aushändigen, denn es könnte ihn entlasten, verstehen Sie das?«

Stille.

»Ich komme morgen mit einem Durchsuchungsbeschluss.«

»Gut«, sagte Eva-Maria leise.

»Nichts ist gut«, sagte Sonja zu West, während sie in der Wohnküche auf und ab ging und er sich ausgiebig das Maul schleckte. »Ich frage dich, warum Eva-Maria überhaupt keine Anstalten macht, ihren Ehemann zu schützen und zu entlasten? Sie macht genau das Gegenteil. Sie serviert ihn uns auf einem Silbertablett. Würdest du das mit deiner Frau machen?«

West interessierte sich für ihre Frage so sehr, dass er ausgiebig gähnen musste.

»Ich würde das nicht mit meinem Mann machen – wenn ich einen hätte, meine ich.«

18. Kapitel

Als Sonja Senger am frühen Montagmorgen in Wolfgarten die Haustür aufriss, traute sie ihren Augen nicht. Auf den Treppenstufen hockte ein junger Mann und kraulte ihren Kater. Seine vollen, schwarzen Haare glänzten in der frühen Sonne. West drückte sich gegen seine Beine und machte einen Buckel.

»Guten Morgen«, sagte der Fremde und richtete sich auf. »Mein Name ist Anselmo Lopes.«

»Ach, nee«, erwiderte Sonja. Anselmo Lopes? Der geheimnisvolle Portugiese, der nach Sandras Treppensturz, verkleidet als Vampir, vom Hof Bergrath geflohen war, der sich ungefragt Sonjas Dienstwagen geliehen, ihn ins Forsthaus überführt hatte und danach den nächsten Flieger nach Portugal genommen hatte, war zurückgekehrt.

»Suchen Sie Ihre Zähne?«, fragte Sonja bissig und registrierte mit einem Seitenblick einen Blumenstrauß, der zu seinen Füßen lag. »Na, dann kommen Sie mal rein.«

West betrat als Erster den Flur, miaute krächzend und schlich in die Wohnküche. Sonja hatte noch nicht gefrühstückt. Im Hinblick auf die bevorstehende Vernehmung des Martin Hoppe zusammen mit Oberstaatsanwalt Wesseling war ihr der Appetit auf ein Frühstück vergangen. Mehr als einen Kaffee würde sie nicht herunterbekommen. Vielleicht wollte ihr Gast auch einen.

»Nur hereinspaziert!«, rief sie ihm zu.

Er betrat den Flur und bückte sich unter dem niedrigen Türsturz. Sie schloss die Tür hinter ihm, drehte den Schlüssel herum und steckte ihn ein. Er trug ein dunkelgrünes Polohemd, das

lose über seiner Jeans hing. Beide Hände, in denen Sonja den Blumenstrauß vermutete, verbarg er hinter dem Rücken. Wie lange war es her, dass jemand ihr Blumen gebracht hatte?

»Ich glaube, ich muss mich entschuldigen.«

»Das wird nicht reichen«, gab Sonja bekannt. »Möchten Sie einen Kaffee?«

»Nein, danke.« Mit Schwung zauberte er den goldgelben Blumenstrauß hervor. »Das sind Strelitzien«, erklärte er und machte einen zackigen Bückling. »Sie wurden 1778 aus Südafrika nach Portugal eingeführt.«

»Aha«, sagte Sonja unbeeindruckt und holte einen Wasserkrug aus der Küchenabteilung. Die Strelitzien sahen sehr vornehm aus. Aber auch das reichte nicht.

Anselmo wartete, bis Sonja saß, ehe er selbst Platz nahm. Er war gut erzogen und nett anzusehen. Typ Schwiegersohn. Aber da sie keine Tochter hatte, nützte ihm das wenig.

Sonja wagte es nicht, ihn auch nur eine Sekunde aus den Augen zu lassen, um etwa die Handschellen oder ihre Pistole, die oben in ihrem Schlafzimmer beieinanderlagen, zu holen. Sie rief in ihrer Dienststelle an und bestellte Brummer und Neugebauer zu sich.

»Warum das denn?«, wollte Brummer wissen.

»Mein Wagen springt nicht an«, war ihre Antwort, ehe sie das Gespräch beendete und ehe Brummer fragen konnte, warum sie deshalb zu zweit kommen sollten.

»Keine Sorge, ich hau nicht wieder ab«, versicherte Anselmo. »Ich weiß auch nicht so recht, warum ich das überhaupt gemacht habe«, gestand er. Er hatte einen kaum hörbaren Akzent. »Ich meine, einfach Ihr Auto zu nehmen und damit abzuhauen.«

»Ich weiß es auch nicht«, sagte Sonja und blickte auf die Uhr. Brummer und Neugebauer konnten noch nicht hier

sein, das war klar. Aber sie sollten es. Und Wesseling würde toben, wenn sie zu spät zur Vernehmung kam.

Anselmo zuckte mit den Schultern. »Ich war völlig durcheinander nach Sandras Tod. Erst unterwegs wurde mit bewusst, was ich da angestellt habe, deswegen habe ich Ihr Auto auch sofort hierhergefahren.«

»Und sind dann geradewegs in mein Haus eingebrochen«, ergänzte sie.

»Ich wollte nur Ihren Schlüssel nicht einfach stecken lassen, sondern ihn in Sicherheit bringen.«

»Sehr rücksichtsvoll«, fand Sonja und betrachtete die Strelitzien. Sie glichen kapriziösen, langschnäbeligen Vögeln.

»Wo haben Sie denn die ganze Zeit gesteckt?«

»Ach«, sagte er. »Überall und nirgends. Und ...«

Sonja klopfte auf die Uhr. »Und zu Hause in Portugal.«

»Woher wissen Sie …?«

»Ich weiß alles«, sagte Sonja ihren Lieblingsspruch auf.

»Sie haben nach mir gesucht?«

»Wir haben Sie zur Fahndung ausgeschrieben, natürlich.«

Er nickte betroffen. »Verstehe. Ich habe von den vier Todesfällen im Hof Bergrath gehört. Ich habe einen Freund, der ist Redakteur beim *Kölner Stadt-Anzeiger* und war bei der Pressekonferenz dabei. Er hat mich gestern angerufen, weil er wusste, dass ich dort meine Semesterferien verbringe. Er sagt, dass die Polizei bei Sandras Sturz von einem Unfall ausgeht.«

»Sie nicht?«

»Nein! Das war kein Unfall«, beteuerte er. »Uwe hat sie gestoßen.«

Sonja nickte ernst, obwohl sie innerlich jubilierte. Endlich gab es einen Zeugen, und sie verzieh ihm auf der Stelle den Autodiebstahl, den Hausfriedensbruch und das Gebiss, in

das sie sich gesetzt hatte. Die Wahrscheinlichkeit, dass Heikos Selbstmord ein echter Selbstmord war, sank gerade gegen null. Anselmos Aussage war mehr wert als jede Strelitzie. Es sei denn – Sonja versuchte ihre Begeisterung zu bremsen –, er versuchte gerade, seine Tat Uwe Bergrath in die Schuhe zu schieben, und am Ende würde Aussage gegen Aussage stehen.

»Es kam oben im Mansardenzimmer zu einem Gerangel zwischen uns dreien«, fuhr Anselmo fort. »Ich hielt Sandra fest, er zerrte an ihr, sie riss sich los. Uwe gab ihr einen Stoß, sie fiel über den Teppichläufer und dann Stufe für Stufe die Treppe hinunter. Und Uwe hat mich daran gehindert, sie aufzufangen.«

Es klang plausibel, aber Sonja blieb misstrauisch.

»Ich bin der einzige Zeuge, verstehen Sie? Darum bin ich hier! Ich will, dass die Wahrheit ans Licht kommt. Das hat mir keine Ruhe gelassen. Ich kann es zwar nicht beweisen, aber ich könnte mir auch vorstellen, dass Uwe auch Heiko, Chiara und Claudia auf dem Gewissen hat. Glauben Sie mir, er ist unberechenbar, gewaltbereit, jähzornig ...«, Anselmo suchte nach Worten. »Er ist ein Despot. Wenn er mich findet, dann ...«

»Er ist in U-Haft«, sagte Sonja. »Dort werden Sie übrigens auch gleich landen.«

Ein Motorengeräusch näherte sich.

»Gibt es jemanden, der bezeugen kann, dass Sie am 24. und 27. Juli, als Heiko Niemeyer, Claudia Abt und Chiara Tommaso starben, nicht am Tatort waren?«

»Ja, meine Mutter würde das sofort tun.«

»Das glaube ich Ihnen. Sonst niemanden?«

»Ich habe Flugtickets und ...«

Brummers Dienstwagen tauchte auf und kam hinter dem Passat zum Stehen. Sie waren zu zweit gekommen, stellte

Sonja dankbar fest, und marschierten stolz und aufrecht auf die Haustür zu, die noch offen stand.

»Wo sind meine Sachen eigentlich?«, fragte Anselmo. »Vor allem mein Smartphone? Und mein Personalausweis? Etwa noch auf dem Hof? Muss ich dort etwa noch einmal hin?«

»Nein«, sagte Sonja, drehte den Schlüssel in der Küchentür herum und ließ die Kollegen herein. »Ich habe hier jemanden für euch.«

Anselmo sprang wieder gut erzogen auf und stellte sich vor.

Brummer und Neugebauer waren nicht wenig verwundert, den gesuchten Vampir in Sonjas Wohnzimmer sitzen zu sehen wie einen ganz normalen Gast.

Sonja klopfte auf ihre Uhr und überließ die drei Herren sich selbst. »Ich habe einen Termin. Zieht die Haustür einfach hinter euch zu.«

Es war 9.17 Uhr, als sie das Verhörzimmer außer Atem betrat. Oberstaatsanwalt Bernd Wesseling und Martin Hoppe saßen sich gegenüber. Wesseling schenkte Sonja nur einen strafenden Blick.

»Ich war es, der den Notarzt gerufen hat, als die Schreie ...«, Hoppe unterbrach seinen Satz und starrte auf die Tischplatte. Nach einem Wochenende in U-Haft sah er aus, als hätte er sich aufgegeben. Seine unrasierten Wangen waren eingefallen. Seine Haare ungekämmt, sein billiges Jackett verknittert und die Hose ausgebeult.

Im Gegensatz zu Hoppe glänzte Bernd Wesseling, war wie stets akkurat gekleidet und gekämmt, strahlte aber nicht wie sonst Souveränität aus, sondern wirkte aufgewühlt.

Sonja setzte sich lautlos auf einen freien Stuhl. Sie konnte es kaum erwarten, Hoppe endlich die Fragen zu stellen, die ihr

nach dem Gespräch mit seiner Frau den gesamten Sonntag auf den Nägeln brannten.

»Weiter!«, bestimmte Wesseling ruppig

»1987 wurde unsere Tochter Christina geboren«, sagte er unvermittelt.

»Sie haben eine Tochter?«, mischte sich Sonja erstaunt ein.

»Nicht mehr«, sagte Hoppe. »Christina starb mit vier Jahren bei einem Verkehrsunfall. Danach haben Eva-Maria und ich keine Kinder mehr haben können.«

»Moment! Moment!«, unterbrach Wesseling ihn und klopfte mit seinem Stift auf den Tisch. »Wie kam es zu dem Unfall?«

»Es war alles meine Schuld«, flüsterte Hoppe, schlug die Hände vors Gesicht und begann zu schluchzen.

»Wann war das?«, fragte Wesseling weiter.

»1991, am 7. Juni, direkt vor unserer Haustür und ...«, Hoppes Stimme brach.

Sonja und Wesseling wechselten einen Blick, nickten sich zu, wurden sich schweigend einig, dass sie nur ins Archiv gehen mussten, um zu erfahren, was sie wissen wollten.

Nach einer Gedenkminute fuhr Hoppe fort und berichtete stockend von seinem unglücklichen Leben, das im unfreiwilligen Abschied von der Sparkasse und seiner vergeblichen Suche nach einem neuen Job seinen unrühmlichen Höhepunkt fand. Vor seiner Frau Eva-Maria habe er alles verheimlicht, um sie nicht zu beunruhigen, weil sie so empfindsam sei. Den leer stehenden Hof Bergrath habe er rein zufällig als Versteck für sich entdeckt, als er des Herumreisens müde geworden sei. Die Begegnung mit Peter Schmitz am Kölner Hauptbahnhof habe er zunächst als Glücksfall betrachtet.

»Es war Ihre Frau, Herr Hoppe, die uns die Liste und das letzte Päckchen gegeben hat, das Sie nicht mehr ausliefern

konnten«, sagte Sonja und war auf Hoppes Reaktion gespannt.

Hoppe erbleichte und fragte: »Auch mein Tagebuch?«

»Nein.«

»Weiter!«, kommandierte Wesseling ruhelos.

Hoppe hatte alle Mühe, sich zusammenzureißen und weiterzumachen. Er habe nicht geahnt, fuhr er stockend fort, dass die Tabletten Fälschungen waren. Dass der Handel mit ihnen illegal war, sei ihm zwar irgendwie bewusst gewesen, aber er habe sich nicht darum gekümmert. Ihm sei es nur um den Verdienst gegangen. Auch als er Peter, der ein Lager für seine Geschäfte suchte, den leer stehenden Hof Bergrath vorschlug, habe er nur das Geld im Blick gehabt. Aber dann – kurz bevor Peter mit der ersten Lieferung in Weyer erscheinen wollte, hatten sich die Studenten dort eingenistet und keine Anstalten gemacht, wieder zu verschwinden. Er habe sich zwar nichts sehnlicher gewünscht, als dass die jungen Leute verschwänden, aber nachgeholfen habe er nicht. Danach hob er seine rechte Hand und streckte den Daumen und zwei Finger in die Höhe. »Ehrenwort!«

In welchem Film hatte er das bloß gesehen?

»Ihr Ehrenwort können Sie für sich behalten«, knurrte Wesseling mit hochrotem Kopf und übergab mit einer Handbewegung das Verhör an Sonja Senger, vermutlich um Zeit zu gewinnen, in der er sich beruhigen konnte. Sonja wunderte sich über ihn, er war sonst nicht so schnell aus der Ruhe zu bringen.

»Woran ist Ihre Schwiegermutter eigentlich gestorben, Herr Hoppe?«, fragte sie übergangslos.

Wesseling und Hoppe blickten sie verdutzt an.

»Sie hatte es am Herzen«, antwortete Hoppe nach einer Weile und legte eine Hand auf die linke Brust.

»Nahm sie Tabletten?«

»Natürlich. Sie nahm seit Jahren *Lanitop*. Ich habe selbst jeden Monat das Rezept vom Arzt geholt und in die Apotheke gebracht.«

Sonja langte nach dem Telefon und gab mit leiser Stimme ihrem Kollegen Neugebauer den Auftrag, schleunigst herauszufinden, aus welchen Wirkstoffen *Lanitop* bestand, und dann sofort zurückzurufen.

Wesseling hatte sich ein wenig beruhigt und konnte weitermachen. Er sprach laut und schnell, eine Frage folgte der nächsten, er ließ Hoppe keine Zeit zum Nachdenken. Die Fragen klangen wie Kanonenschüsse.

»Können Sie sich an das Gewehr erinnern, das in Ihrem Haus im Flur hängt?« Hoppe nickte. »Benutzen Sie es manchmal?«

Hoppe lächelte vorsichtig. »Ehrlich gesagt, ja. Die Kaninchen im Garten sind eine echte Plage.«

»Haben Sie es mit in Ihr Versteck im Schuppen genommen?«

»Nein. Warum sollte ich?«

»Wegen der Kaninchen?«, schlug Wesseling vor.

»Nein. Kaninchen interessieren mich nur, wenn sie in unserem Garten sind.«

»Freitagmorgen wurde Claudia Abt erschossen.«

»Nicht mit meinem Gewehr!«, protestierte Hoppe schwach. »Ich war das nicht!«

»Doch mit Ihrem Gewehr!«

»Ich war das nicht!«

»Wer soll es sonst gewesen sein?«

Hoppe zog die Schultern hoch.

Wesseling schlug mit der flachen Hand auf den Tisch. Das Telefon klingelte im gleichen Augenblick. Es war Neugebauer, der zurückrief.

Sonja nickte Wesseling zu, beendete das Gespräch nach wenigen Worten und wandte sich an Hoppe: »Herr Hoppe, Ihre Frau stellt selbst Liköre her?«

Er blickte erstaunt auf und schien sich über die Ablenkung zu freuen. Ein Lächeln huschte über sein Gesicht. »Und zwar sehr gute. Die sollten Sie mal probieren. Es ist ihr kleines Hobby. Sie hat ja sonst nicht mehr viel. Im Keller steht ein ganzer Karton mit diesen Flaschen. Sie verschenkt sie ab und zu. Immer neue Mischungen erfindet sie.«

»Ihre Frau hat uns gesagt, dass eine ganze Packung *Lanitop*, die sie noch von ihrer Mutter übrig behalten hat, plötzlich in ihrem Medizinschrank fehlt.«

Hoppe blickte Sonja verständnislos an.

»*Lanitop* ist ein Digitalispräparat, und in dem Likör, mit dem Chiara Tommaso vergiftet wurde, war Digitalis in einer tödlichen Dosis enthalten.«

Hoppe blinzelte irritiert. »Ich verstehe nicht.«

»Wir fragen uns nun, wie das Digitalis in den Likör kommt.«

Er nickte mechanisch und presste leise hervor: »Ich war es nicht.«

»Könnte das Ihre Frau getan haben?«

»Eva-Maria?«

»Jetzt reicht es mir!«, tobte Wesseling und sprang auf. »Wer denn sonst? Haben Sie mehrere Frauen? Schluss. Aus. Ende. Sie bleiben vorläufig hier in Haft. Und Sie sollten sich einen guten Anwalt suchen.« Mit diesen Worten öffnete Wesseling die Tür und forderte den Polizisten, der draußen Wache schob, auf, Martin Hoppe abzuführen.

»Ich werde noch wahnsinnig«, regte sich Wesseling auf, als er allein mit Sonja im Verhörzimmer zurückblieb. Er lief um den Tisch herum wie ein Hamster im Rad.

»Er hat nichts mit den Morden zu tun«, sagte Sonja und folgte seinem sinnlosen Lauf mit den Augen. »Setz dich doch endlich mal hin, du machst mich ja ganz nervös.«

Wesseling hielt inne und sah auf sie hinab. Er legte den Kopf schief und betrachtete sie, als sähe er sie heute zum ersten Mal. »Wie geht es dir eigentlich?«

Verwundert blickte sie empor. Was wollte er hören? »Gut, wieso?«

»Du siehst bedrückt aus«, fand er, zog einen Stuhl hervor und ließ sich ihr gegenüber fallen.

»Wir suchen einen zwei- bis vierfachen Mörder, warum sollte ich jubeln?«

Er lehnte sich zurück, sah zur Zimmerdecke und sagte: »Je nun.«

Sie seufzte. Einen besseren Ort für eine Aussprache hätte er nicht wählen können. Es war total romantisch im Verhörzimmer. Stille breitete sich aus. Sie hörte Wesseling atmen.

»Hoppe war es nicht«, wiederholte sie nach einer Weile.

Wesseling schnaufte. »Und dieser Anselmo Lopes?«

»Der sitzt in meinem Büro.«

»Wie bitte? Das erfahre ich erst jetzt?«

»Er war es aber auch nicht. Wir haben zwar noch niemanden gefunden, der bezeugen kann, dass er zur Tatzeit nicht am Tatort war – außer seiner Frau Mama in Portugal. Er ist zurückgekehrt, um auszusagen. Er war Zeuge des Treppensturzes«, erklärte Sonja und überging Wesselings Fragen. »Er behauptet, dass es kein Unfall war, sondern Mord, und der Mörder heißt Uwe Bergrath.«

Wesseling überlegte nur kurz und knurrte dann: »Und wenn er nur versucht, die Morde, die er selbst begangen hat, Uwe anzuhängen?«

Sonja winkte ab. »Daran habe ich auch schon gedacht. Aber Anselmo hat kein Motiv. Außerdem ist er nicht der Typ für einen Mörder.«

»Das ist natürlich ein schlagendes Argument.« Wesseling schüttelte resigniert den Kopf.

»Oder ...«, begann Sonja.

»Was ist mit diesem Peter Schmitz?«, fragte Wesseling und fuchtelte verzweifelt mit den Händen durch die Luft.

»Auch Peter Schmitz können wir abhaken. Der wird uns seine Hintermänner sicher nie verraten.«, sagte Sonja. »Und zweitens hat er auch kein Motiv. Der kann jederzeit und überall ein neues Versteck für seine Medikamente finden, dazu muss er niemanden umbringen.«

»Hm«, machte Wesseling.

Sonja dachte an Eva-Maria Hoppe. Es war sicher ein halbstündiger Fußmarsch, auch über die Abkürzung, von Weyer zum Hof Bergrath. Sie sah nicht so aus, als wäre sie eine kräftige Wandererin. Vielleicht hatte sie jemanden, der sie dorthingefahren hatte?

»Findest du denn nicht, dass es verdammt auffällig ist, wie Eva-Maria Hoppe uns immer wieder auf ihren Martin stößt?«

»Schon«, gab Wesseling widerwillig zu und zog die Stirn in Falten.

»Das ist doch nicht normal.«

»Nein, das ist es nicht.«

»Vielleicht will sie ihn dafür bestrafen, weil sie nach dem Tod ihrer Tochter keine weiteren Kinder haben konnten. Vielleicht ist er in ihren Augen schuld an allem«, führte Sonja weiter aus. »Immerhin hat er das selbst so gesagt.«

Wesseling blickte sie irritiert an.

»Sie wäre nicht die erste Frau, die von einem unerfüllten Kinderwunsch zu einer kriminellen Tat getrieben wird.«

Seine Irritation verwandelte sich in Ungläubigkeit.

»Rache ist doch *das* Motiv schlechthin.«

»Rache? Von mir aus. Geh der Sache mit dem Verkehrsunfall nach«, gab Wesseling von sich. »Und wir machen in der Zwischenzeit eine Gegenüberstellung: Uwe Bergrath und Anselmo Lopes. Mehr können wir im Augenblick wohl nicht tun.«

»Nein«, sagte Sonja, verließ den Raum, ließ die Tür offen stehen und marschierte in ihr Büro, wo sie ins virtuelle Archiv ging.

19. Kapitel

Seit drei Nächten hatte Uwe Bergrath kein Auge zugemacht. Drei Tage in Haft, das war kein Spaß. Für niemanden, und für einen verwöhnten Genussmenschen, wie er einer war, erst recht nicht. Nichts, aber auch gar nichts, hatte auch nur halbwegs seinen Gewohnheiten und Bedürfnissen entsprochen, weder das Bett noch das Essen noch die Umgebung noch die Behandlung. Er trug immer noch dieselben Klamotten. Es war ein einziger Albtraum.

Die Haftzelle war sauber. Aber das war schon das einzig Gute, das er sagen konnte.

Eine bodenlose Frechheit war es, ihn, den Sohn des bekannten Immobilienmaklers Wolfgang Bergrath, seiner Freiheit zu berauben. Obendrein zu Unrecht. Natürlich hatte er mit dem Gewehr, mit dem er sich nur zur Verteidigung gewappnet hatte, als er am Freitagmorgen in aller Frühe den Schuss gehört hatte, nicht geschossen. Er war doch nicht blöd.

Die ganzen drei Tage über hatte er versucht, seinen Vater ans Telefon zu bekommen, aber der war wohl mit seiner neuen Tussi unterwegs und hatte Besseres zu tun, als sich um seinen einzigen Sohn zu kümmern, dem das Schicksal übel mitgespielt hatte.

Wenigstens die gute Isabel, die Sekretärin seines Vaters, hatte sofort alle Hebel in Bewegung gesetzt und den hauseigenen Firmenanwalt mobilisiert. Aber auch der hatte nichts ausrichten können. Der Oberstaatsanwalt war hart geblieben und hatte keine Kaution akzeptiert. Das würde Folgen haben. Der würde sich noch wundern.

Wie einen Schwerverbrecher behandelte man ihn, wie einen Mörder!

Ihn, einen harmlosen Psychologiestudenten, der seine Semesterferien nicht auf der faulen Haut verbrachte wie der Großteil seiner Kommilitonen, sondern seine Freizeit opferte, um sich der Wissenschaft zu verschreiben. Und das nicht zum ersten Mal. Seit Beginn seines Studiums – also seit vier Jahren – veranstaltete er während der Semesterferien im Sommer Seminare auf Hof Bergrath. Seine sogenannten »Sommermärchen« erfreuten sich großer Beliebtheit im Institut. Uwe hatte jedes Jahr freie Wahl unter den Kommilitonen. Natürlich war es eine Gratwanderung, wie das Leben selbst, aber kein einziges Mal war es zu einem Zusammenstoß mit der Polizei gekommen. Niemand seiner Probanden hatte ihn je angezeigt. Es wäre ihnen allen viel zu peinlich gewesen.

Ruhelos wanderte Uwe in seiner Zelle auf und ab. Seine Gedanken drehten sich im Kreis. Es gab nichts zu tun. Nichts, mit dem er sich ablenken konnte. Nichts, mit dem er seine Finger und seinen Geist beschäftigen konnte. Man hatte ihm alles genommen, nicht nur die Freiheit und die Würde, auch sein Smartphone, sein Notebook und vor allem seine Kamera. Irgendein gefrusteter Kommissar hatte sich in der Zwischenzeit sicher längst mit den Fotos amüsiert und sie auf seine spießige Art und Weise interpretiert und gegen ihn verwendet. Sie hatten ja alle keine Ahnung.

Uwe warf sich auf das trostlos schmale, harte Bett und starrte an die Decke, ohne sie zu sehen. Denn vor seine Augen schob sich immer wieder dieser Anblick. Der Moment, als er die Tür zum Mansardenzimmer aufriss und sie fand: eng umschlungen, innig wie ein Liebespaar, jauchzend und stöhnend, hin und weg vor lauter Lust, Sandra und Anselmo.

Heute wusste er nicht mehr, was über ihn gekommen war, als er die beiden auseinanderriss. Es war ein Gefühl, das er bisher nicht gekannt hatte. Aber Eifersucht, das war es mit Sicherheit nicht. Darüber war er hinaus. An Sandra lag ihm nicht mehr als an anderen Frauen. Nämlich nichts. Es ging nicht um Sandra, es ging um Anselmo. Es war wie ein Schlag ins Gesicht gewesen oder ein Schlag in die Magengrube, den Anselmo ihm verpasst hatte.

Uwe sprang auf, zwei Schritte zum Fenster, drei Schritte zur Tür und wieder zurück. Ja, er hatte sie aus dem Zimmer gestoßen. Aber nur, um mit Anselmo allein zu sein, er musste dringend mit ihm reden. Hier stimmte etwas nicht. Anselmo hatte das System nicht begriffen. Er hatte Sandra in Besitz genommen, davon war keine Rede gewesen.

Dass Sandra über den Teppich in der Diele stolperte, war ihre eigene Ungeschicklichkeit, damit hatte er nichts zu tun.

Aber dann hatte eine Art Starre seinen Körper befallen, er wusste es noch ganz genau, fast spürte er sie wieder. Wie eine Lähmung. Er war unfähig gewesen, Anselmo loszulassen oder Sandra festzuhalten, er hatte nichts tun können. Nichts, außer zusehen. Sehen, wie Sandra fiel und fiel und fiel. Erst als er den dumpfen Aufprall auf dem Steinboden hörte, hatte er seine Hände, mit denen er Anselmo die ganze Zeit umklammert hielt, öffnen können.

Uwe ließ sich auf den Holzstuhl fallen, stützte die Ellbogen auf den Tisch und versenkte sein Gesicht in den Händen. Natürlich hatte er *danach* ein schlechtes Gewissen und es sich vielleicht zu einfach gemacht, indem er Sandras Tod kurzerhand Anselmo in die Schuhe schob. Aber war er das nicht auch in gewisser Weise gewesen? Sobald er wieder auf freiem Fuß war, musste er seinen Psychotherapeuten aufsuchen, um das zu klären. Und außerdem, wer seiner Kommi-

litonen, die sich unten versammelt hatten, um zu richten, wer von ihnen hätte ihm denn die Wahrheit geglaubt? Niemand. Keiner. Die Mädchen nicht, Heiko nicht.

Zu dem Zeitpunkt hatte er noch nicht ahnen können, dass Sandra tot war. Da hatte er noch darauf gehofft, dass sie überlebte, sich aber nicht erinnern konnte. Aber dann war es anders gekommen. Zu seinem Glück. Denn der Tod, musste er sich eingestehen, war doch viel sicherer als eine Amnesie.

Anselmo hatte sich mit seiner Flucht selbst den größten Schaden zugefügt. Hoffentlich war er auch feige genug, um nie wieder aufzutauchen.

»Uwe Bergrath!«

Uwe hörte die Stimme aus weiter Ferne.

»Uwe Bergrath!«

Eine Hand rüttelte an seiner Schulter.

Uwe fuhr hoch. Die Zellentür stand offen. Er blickte sich um. Der Polizist, der hinter ihm stand, nahm die Hand von seiner Schulter und schloss eine Handschelle um sein Handgelenk. »Kommen Sie mit.«

»Kann ich endlich gehen?«

Der Polizist antwortete nicht, sondern führte ihn hinaus. Es ging über einen langen Flur, zwei Treppen hoch, es folgte ein weiterer Flur mit vielen Türen. Vor der vierten Tür, vor der ein Polizist auf einem Stuhl saß, blieben sie stehen, und der Polizist klopfte. Auf den Zuruf »Herein« schob er die Tür auf.

Das Zimmer hatte kein Fenster und war nur mit einem Tisch möbliert, an dem drei Personen saßen. Wie durch einen Nebel sah Uwe die Gesichter, ehe sein Blick auf einer Person hängen blieb: Anselmo.

Anselmos Blick war unbeweglich. Zu seiner Rechten saß der Staatsanwalt, links von ihm hatte sich Hauptkommissar

Mühlens mit dem unbändigen Schnäuzer niedergelassen. Uwe trat einen Schritt zurück, aber der Polizist zog ihn ins Zimmer und löste die Handschelle.

»Warten Sie bitte draußen«, sagte der Staatsanwalt zum Polizisten.

Die Tür wurde hinter Uwe geschlossen, er hatte das Gefühl, mit Anselmo allein zu sein.

»Setzen Sie sich«, sagte der Staatsanwalt und zeigte auf den letzten freien Stuhl.

Uwe gehorchte, ohne den Blick von Anselmo zu nehmen.

Der Staatsanwalt ließ eine Weile vergehen, ehe er sich räusperte. »Wir sind hier, um den Tod von Sandra Klemens zu klären.« Er wies mit der offenen Hand auf Uwe. »Herr Bergrath, bitte legen Sie kurz und knapp dar, was in der Nacht vom 21. auf den 22. Juli im Hof Bergrath geschah.«

»Anselmo Lopes hat Sandra Klemens die Treppe hinuntergestoßen.« Uwe hörte seine Stimme, deutlich und klar.

Anselmo zeigte keinerlei Reaktion. Er zuckte nicht einmal mit einer Wimper. Seine Blicke hypnotisierten Uwe. Sein Kinn war gereckt.

Der Staatsanwalt wandte sich Anselmo zu. »Und jetzt Sie bitte.«

Fast ohne die Lippen zu bewegen, stieß Anselmo hervor: »Uwe Bergrath hat Sandra Klemens die Treppe hinuntergestoßen.«

»Einer von Ihnen macht eine Falschaussage«, resümierte der Kommissar.

Der Staatsanwalt nickte dem Kommissar zu.

Nachdem die Fronten klar waren, gab der Kommissar den Kontrahenten eine letzte Chance, ihre Haut zu retten, und verlangte eine ausführliche Beschreibung der Tatumstände, mit allem Für und Wider, mit allen Blick- und Standpunkten.

Die Berichte zogen sich hin, die Zeit verging. Es ergab sich nichts Neues, die Angaben schienen dem Kommissar und dem Staatsanwalt bekannt.

Zum Schluss fragte der Staatsanwalt die beiden Gegner, ob sie bei ihrer anfänglichen Aussage blieben und sie unter Eid wiederholen würden, was beide heftig bejahten. Danach schloss er die Vernehmung und ließ Anselmo Lopes und Uwe Bergrath abführen.

Es war eine skurrile Veranstaltung.

Kaum war Uwe wieder in seiner Zelle, durchmaß er mit langen Schritten die wenigen Quadratmeter, trat fluchend gegen Bett, Tisch und Stuhl und schlug wie ein Geisteskranker seine Stirn immer wieder gegen die Wand. So lange, bis ein kleiner Blutfleck zurückblieb, obwohl er keinen Schmerz spürte. Er verweigerte die Nahrung, sank schließlich erschöpft auf sein Bett und zog die Knie bis ans Kinn. Tränen rannen ihm über das Gesicht, ohne dass er weinte. Irgendwann fiel er in einen traumlosen Schlaf.

Am nächsten Morgen wurde die Tür geöffnet, und ein gut gelaunter Polizist meinte: »Sie können gehen.«

20. Kapitel

Eva-Maria trug ihre ewige, lavendelfarbene Strickjacke, und ihre hellen Augen blickten sich unruhig um, als erwartete sie noch jemanden. Als ein Motorrad vorüberfuhr, trat sie schnell einen Schritt zurück, ließ Sonja ein und warf die Tür zu.

»Sie haben Chiara Tommaso vergiftet«, sagte Sonja. Das war keine Frage, das war eine Feststellung. »Der Wirkstoff heißt Digitalis. Die Untersuchung Ihres Likörs war eindeutig. Wir wissen, dass Ihr Mann es nicht getan haben kann. Sie wollten es ihm in die Schuhe schieben.« Der Unterschied zwischen Tatsachen und Behauptungen war häufig nur ganz klein. Oft musste man den Dingen auf die Sprünge helfen.

Die kleine, unscheinbare Frau bedachte Sonja mit einem langen Blick. Sonja hielt ihm stand, sie war sich ihrer Sache ganz sicher und gespannt, ob Eva-Maria einsehen würde, dass es nun vorbei war.

Eva-Maria bohrte ihre Hände in die Jackentaschen und murmelte: »Mit dem Tod der Krankenschwester habe ich aber nichts zu tun.«

Sie zäumte das Pferd von hinten auf, nun gut. Hauptsache, sie redete endlich, dachte Sonja.

»Ihr Tod hat mich erst auf die Idee gebracht.«

»Alle umzubringen?«, fragte Sonja.

Eva lächelte vage. »Nicht alle. Der Vampir ist mir weggelaufen. Und den Piraten haben Sie ja einkassiert.«

Sein Glück, dachte Sonja und schluckte. »Haben Sie also auch den Cäsar ...?«

»Ach, wissen Sie, er stand schon da auf seinem Hocker, den Kopf in der Schlinge, und traute sich einfach nicht. Er brauch-

te nur jemanden, der den Hocker wegnahm. Ich kam da wie gerufen. Ich habe ihm helfen können, genauso wie diesem ...« Eva-Maria spitzte die Lippen. »Schneewittchen«, stieß sie voller Verachtung hervor. Dann lächelte sie versonnen. »Sie hatte es am Herzen. Ich habe ihr nur eine gute Medizin gegeben. Sie war so gut, sie hätte nicht die ganze Flasche austrinken müssen, um endlich erlöst zu sein. Ein paar Schlucke hätten auch gereicht. Aber mein Likör hat wohl einfach viel zu gut geschmeckt. Wollen Sie nicht wissen, wie ich ihn herstelle?«

»Nein«, antwortete Sonja knapp. »Alle hätten davon trinken können.«

Eva-Maria verzog den Mund. »Haben sie aber leider nicht.«

»Also mussten Sie sich noch etwas Neues einfallen lassen.«

»Das war nicht schwer. Für das Dirndl war ein Gewehr genau richtig. Und sie lief mir auch praktisch vor den Lauf. Der Traum aller Jäger.«

»Das war ein Geständnis«, machte Sonja sie aufmerksam. »Hinreichend umfassend.«

»Egal.« Eva-Maria zuckte mit den Schultern. »Jetzt ist doch alles egal. Hauptsache, diese schrecklichen ...«, sie suchte nach einer passenden Bezeichnung. Als ihr keine einzufallen schien, fragte sie: »Wollen wir uns nicht ins Wohnzimmer setzen? Ich könnte Ihnen etwas zu trinken anbieten. Vielleicht einen Likör?«

»Nein«, antwortete Sonja knapp, sie stand gut da, wo sie stand. »Sagen Sie mir lieber, warum all die jungen Leute sterben sollten.«

Eva-Maria blickte sie ungläubig an, hob den Finger und zeigte Richtung Haustür. »Wissen Sie denn nicht, was die da oben im Hof Bergrath getrieben haben?«

»Sie haben gefeiert«, antwortete Sonja und spielte damit nicht unabsichtlich das Treiben der Studenten herunter.

»Feiern nennen Sie das? Sie haben ihr Leben in den Dreck geworfen! Sie haben es beschmutzt, als hätten die ein Recht dazu! Als müssten sie nicht dankbar sein, leben zu dürfen! Jeden Tag aufs Neue. Es ist nicht selbstverständlich zu leben!« Jeder Satz war eine Anklage. Der Eifer ließ Eva-Maria um Luft ringen. Ihre Augen leuchteten und flogen hin und her. Und sie war noch nicht fertig. Voller Ekel und Widerwillen verzog sie das Gesicht. »Sie haben ihre Körper zur Schau gestellt! Fragen Sie mich nicht, wie! Nackt sind sie herumgelaufen und haben sich einander hingegeben ohne Anstand und Ehrfurcht, wie die Tiere. Sie haben getanzt und gesungen, gesoffen und gefressen ... Und das alles hier in unserer Heimat. Gleich vor unserer Haustür!« Nach den letzten beiden Worten schlug Eva-Maria eine Hand vor den Mund. »Und die Eltern?«

Damit schien Eva-Maria auf den Punkt zu kommen. »Sie sind erwachsen«, gab Sonja zu bedenken. »Sie können tun und lassen, was sie wollen.«

Eva-Maria winkte ab. »Was müssen sie für Eltern haben? Auch sie sind schuld. Gott schenkt ihnen Kinder, und anstatt, dass sie sie voller Dankbarkeit aufziehen zu anständigen, ordentlichen Menschen, sehen sie einfach zu, wie sie auf die falsche Bahn geraten, und kümmern sich nicht um sie. Wahrscheinlich sind Vater und Mutter so sehr mit Selbstverwirklichung, Geld verdienen und Geld ausgeben, Karriere machen beschäftigt, dass sie nicht einmal bemerken, was mit ihren Kindern geschieht, welches Unheil sie anrichten. Eigentlich müsste man sie genauso ...«

»Stopp!«, rief Sonja und hob abwehrend beide Hände.

»... während andere ...«

»Während andere Paare ihr Kind auf tragische Weise verlieren?«, unterbrach Sonja sie und beobachtete gespannt die Hüterin der Moral in ihrer lavendelfarbenen Strickjacke. Jetzt war der Moment gekommen. Sie war Eva-Marias verirrten Lebensregeln ganz nah gekommen.

Aber Eva-Maria schien die Frage nicht gehört zu haben. »Diese jungen Leute hatten alle Chancen der Welt! Sie lebten, waren gesund, durften studieren, aber stattdessen vergeudeten sie dieses Glück. Solche Menschen sind es nicht wert zu leben, das müssen Sie zugeben, Frau Kommissarin, sie haben es einfach nicht verdient zu leben.«

»Darum haben Sie sie umgebracht?«, fragte Sonja ungläubig.

»Sie hatten Motorräder.« Eva-Maria sprach das letzte Wort fast buchstabenweise und voller Abscheu aus, sie wiederholte es, als fürchtete sie, Sonja könnte sie nicht verstanden haben. »Mo-tor-rä-der.«

Sonja nickte. Auf dieses Wort hatte sie gewartet. »Ich glaube, ich verstehe.«

»Sie verstehen gar nichts«, fuhr Eva-Maria sie an.

»Doch«, erklärte Sonja eindringlich. »Ich weiß, dass Sie Ihre Tochter durch einen Motorradunfall verloren haben.«

Eva-Maria blickte überrascht zu ihr auf und hielt sich an der Flurkommode fest. »Sie wissen davon?«

Sonja nickte.

»Das hat Ihnen mein Mann erzählt!«

»Nein«, antwortete Sonja. »Ich habe in unserem Archiv den Zeitungsartikel gefunden.«

»Aber er hat Ihnen sicher gesagt, dass ich schuld war.«

»Nein«, sagte Sonja. »Das hat er nicht.«

»So war es auch nicht. Denn es war allein seine Schuld, das müssen Sie mir glauben.«

»Weder Sie noch er waren schuld. Es war ein Verkehrsunfall«, erinnerte Sonja sie. »Ein Unglück.«

»Entschuldigen Sie, aber ich muss mich setzen. Meine Beine tun mir weh.« Eva-Maria setzte sich auf die unterste Stufe der Treppe, die ins Obergeschoss führte, zog ihren Rock über die Knie und raffte die Strickjacke über der Brust zusammen. »Es war der 5. Juli 1991. Ein Sonntagnachmittag. Christina und ich waren spazieren gegangen. Sie hatte ihren neuen hellblauen Frotteeball mitgenommen, wir wollten oben auf der Wiese damit spielen. Als wir zurückkamen, saß meine Mutter ganz allein in ihrem Rollstuhl auf der obersten Stufe zum Hauseingang und winkte uns. Martin muss sie dorthingeschoben haben. Er selbst hockte im Vorgarten und zupfte Unkraut. Als ich das Gartentor öffnete, merkte ich, dass der Rollstuhl sich plötzlich in Bewegung setzte. Martin hatte vergessen, die Bremsen anzuziehen.«

Stille breitete sich im Treppenhaus aus. Aus dem Wohnzimmer drang leise aber stetig das Ticken der Wanduhr. In der Ferne war ein vertrautes Motorengeräusch zu hören, das nicht von Traktoren stammte und nicht von Autos. Es wurde lauter, dann ebbte es wieder ab.

»Ich ließ Christina los, ließ den Ball fallen und stürzte wie von Sinnen zum Rollstuhl. Im letzten Moment konnte ich ihn aufhalten und zurückschieben. Noch bevor ich die Bremsen einstellen konnte, hörte ich hinter mir einen furchtbaren Krach.« Eva-Maria hielt sich die Ohren zu. »Als ich mich umwandte, war Christina schon an den Straßenrand geschleudert worden. Ihr Ball lag auf der gegenüberliegenden Seite. Ein Motorrad lag mitten auf der Straße, der Fahrer ein paar Meter weiter entfernt.« Eva-Maria ließ die Hände sinken, sie suchten Halt am Treppengeländer, ihre Beine fielen auseinander. »Sie war vier Jahre alt, als sie starb, und was

hat Martin in diesem Augenblick getan?« Sie blickte durch das Treppengeländer hindurch wie durch das Gitter eines Gefängnisses. »Martin hat Unkraut gejätet.« Und nach einer kleinen Pause fügte sie hinzu: »Er war schuld.«

Es war verständlich, dass Eva-Maria ihren Mann für alles verantwortlich machte, was aus seinem fahrlässigen Verhalten resultierte, um sich selbst zu schützen. Denn auch sie hätte sich für ihre Tochter statt für ihre Mutter entscheiden können, aber dazu hatte sie keine Zeit gehabt. Sie hatte sich für keine von beiden entschieden. Sie hatte in diesem Augenblick einfach gehandelt.

Obwohl Sonja den Hergang des Unfalls kannte, seit sie vor etwa einer Stunde im Archiv auf den Zeitungsartikel aus dem Jahre 1991 gestoßen war, der den kleinen Ort Weyer in der Eifel erschüttert hatte, war sie jetzt nicht weniger betroffen. Inzwischen war an der Kreuzung Brehbergstraße/Burgring ein Verkehrsspiegel aufgestellt worden. Als Sonja die Jahreszahlen und Altersangaben miteinander verglich, war sie zu einem erschreckenden Ergebnis gekommen und hatte damit einen weiteren Mosaikstein in einer Kette von Motiven entdeckt, die Eva-Maria keine andere Wahl gelassen hatten, als so zu handeln, wie sie gehandelt hatte.

»Christina wäre heute so alt wie die Studenten im Hof Bergrath«, erklärte Sonja mit gesenkter Stimme.

Als Eva-Maria Sonja anblickte, schien sie durch sie hindurchzusehen. Es gab nichts zu bestätigen, nichts zu leugnen. Es war, wie es war. Die beiden Frauen schienen eng miteinander verbunden zu sein, einander ganz nah, für einen Augenblick.

Aber Eva-Maria beendete den Moment abrupt, als sei es ihr unangenehm, räusperte sich und sagte: »Sie wollten doch das Tagebuch haben.«

»Ja?«

»Ich habe es nicht mehr.«

»Die Unterschlagung von Beweismaterial ist strafbar«, sagte Sonja hilflos.

»Es war einfach zu eklig, was darin stand.« Angewidert schüttelte Eva-Maria sich.

»Waren Fotos dabei?«, fragte Sonja in der Hoffnung, dass Eva-Maria sich im Strafgesetzbuch nicht auskannte.

»Nein, das hätte noch gefehlt. Ich konnte mir auch ohne Fotos alles ganz genau vorstellen. Ich habe es nicht nur mit eigenen Augen gesehen, sondern Martin hat – ordentlich wie er ist – darin alles haarklein beschrieben.« Sie schüttelte sich wieder voller Abscheu. »Ich wollte dieses Buch nicht in meinem Haus haben. Ich konnte es einfach nicht ertragen. Ich habe es in klitzekleine Stückchen zerrissen und im Kamin verbrannt.« Sie reckte das Kinn. »Es existiert nicht mehr. Niemand wird je erfahren, was Martin geschrieben hat.«

Sonja konnte sich nicht dagegen wehren. Vor ihren Augen erstand eine Szene: Eva-Maria, die – wie die Hexe im Märchen – fluchend und trampelnd die Seiten zerriss und mit ihnen ein Höllenfeuer entfachte, dessen Flammen ihr wutverzerrtes Gesicht in grellrotes Licht tauchten. Sonja versuchte sich von dem Bild zu befreien, rieb sich die Augen und konzentrierte sich. Noch waren nicht alle Fragen beantwortet. Noch gab es Ungereimtheiten.

»Frau Hoppe, wen haben Sie denn zuerst im Hof Bergrath entdeckt, die Studenten oder Ihren Mann?«

»Ach, die drei Motorräder machten schon eine Weile hier die Gegend unsicher«, begann Eva-Maria. »Sie rasten über die Hauptstraße durch die Kurven, ohne links und rechts zu sehen, als ob hier niemand wohnte. Jeden Tag hatte ich Angst, dass ein neues Unglück geschieht. Eines Tages stan-

den sie im Hof unserer Konditorei. Die Verkäuferin erzählte mir, dass die Fahrer im Hof Bergrath Urlaub machten.«

»Zu Fuß ist das eine halbe Stunde von hier«, warf Sonja ein.

»Ich habe mir mein altes Fahrrad wieder flott gemacht und bin hier nebenan über den Kreuzweg zur *Siedlung Weyer* geradelt und musste mit ansehen, was sie dort trieben. Rein zufällig habe ich auf dem Rückweg das Auto meines Mannes entdeckt. Und an einem anderen Abend ihn selbst, wie er im Schuppen hockte und sich die Augen aus dem Kopf guckte. Ich habe mich so für ihn geschämt.«

»Das heißt, Sie wussten, dass er keine richtige Arbeit mehr hatte?«

Eva-Maria lächelte Sonja spöttisch an und antwortete: »Aber ja. Lange schon.«

»Wussten Sie auch von seiner Kuriertätigkeit?«

»Nein, das hat er mir verschwiegen«, klagte Eva-Maria. »Aber als ich die Sachen in der Aktentasche fand und dazu die Tagebucheintragungen. Dort hatte er ja alles festgehalten. Die Sache mit Peter, die Kunden, seine Hoffnung auf das regelmäßige Geld. Aber wie er dann noch diese jungen Leute ständig dabei beobachtet hat, wie sie ... und alles haarklein beschrieben hat, das war zu viel, das konnte ich nicht mehr ertragen. Über zwanzig Jahre habe ich alles runtergeschluckt. Viel zu lang.«

Rache, dachte Sonja und holte ihr Telefon hervor.

»Er hat mir meine Tochter genommen«, sagte Eva-Maria mit matter Stimme. »Sie war mein Ein und Alles.«

21. Kapitel

Hauptkommissarin Sonja Senger saß in ihrem Ohrensessel. Beine hoch und Ruhe im Forsthaus in Wolfgarten am Ende der Stromleitung. Sie war zerschlagen. Eine Odyssee lag hinter ihr. In knapp zehn Tagen war es ihr mithilfe der Kollegen gelungen, den Fall Hof Bergrath zu lösen, wenn auch nicht zur Zufriedenheit, denn er hatte einfach viel zu viele Opfer gefordert: vier Tote!

Die Gegenüberstellung von Uwe Bergrath und Anselmo Lopes stand noch aus. Aber hier gab es wenig Hoffnung auf Erfolg. Da der Rechtsmediziner keine sturzfremde Gewalt bei Sandra Klemens hatte feststellen können, stand Aussage gegen Aussage. Keiner der beiden hatte einen Rückzieher machen wollen. Also musste man sie ziehen lassen.

Immerhin konnte Peter Schmitz, im wirklichen Leben Djako Bossew, nicht länger sein Unwesen als Grenzgänger treiben. Er war in der Tat Teil des vermuteten Bulgarischen Systems gewesen und zog es vor, in Haft bleiben, als auf freiem Fuß und damit der Willkür seines Bulibashas ausgeliefert zu sein. Er würde den bulgarischen Behörden ausgeliefert werden. Aber mit an Sicherheit grenzender Wahrscheinlichkeit würde es bald einen neuen Peter Schmitz geben. Und wenn der Patentschutz für Viagra eines Tages auslief und damit die Preise in den Keller fielen, würde dieser neue Peter Schmitz ein neues Betätigungsfeld finden: ein anderes, unerschwingliches Medikament, das irgendwo auf der Welt gefälscht wurde.

Die Großen lässt man laufen, dachte Sonja wütend. Da hatte sich seit 1970 nicht viel geändert.

Sie blickte aus dem Fenster. West war irgendwo draußen unterwegs und hinderte die Feldmäuse an einem friedlichen Schlummer in der warmen Abendsonne. Gregor Mühlens war nach Bonn zurückgekehrt. Die Kollegen Neugebauer und Brummer steckten ihre Köpfe vermutlich schon wieder in staubige Aktenberge. Aus ihrer Reise nach Sylt war leider nichts geworden. Der Fall Bergrath war zwar das Resultat einer alten Geschichte. Aber es war eine andere gewesen, als sie vermutet hatten.

Sonja hatte sich einige Tage Auszeit genehmigt – als Ausgleich für die geleisteten Überstunden. Eigentlich sollte nichts und niemand sie nun mehr daran hindern können, endlich über Seite 133 in *Die Großen lässt man laufen* von Sjöwall/Walhöö hinauszukommen. Das 20. Kapitel begann mit den Worten:

Martin Beck und Mansson betrachteten die Kugel, die Viktor Palmgren getötet hatte. Sie lag vor ihnen auf einem weißen Blatt Papier, und ihre übereinstimmende Meinung war, dass sie klein und unschuldig aussah.

Sonjas Blick verlor sich zwischen den Zeilen. Klein und unschuldig, das war auch ihr erster Eindruck von Eva-Maria Hoppe gewesen. Nach ihrem Geständnis war sie in Haft genommen worden: drei Morde und Unterschlagung von Beweismaterial. Sie würde Weyer in der Eifel sehr lange nicht wiedersehen. Und ob noch jemals jemand ihren Likör probieren wollte, war mehr als fraglich.

Martin Hoppe musste sich lediglich für den Vertrieb illegaler Medikamente verantworten. Die Verfolgung nach § 201a StGB war ihm aufgrund von Eva-Marias Aussage erspart geblieben. In einer einzigen Sache hatte sie ihren Mann – ohne es zu wissen und zu wollen – entlastet. Immerhin. Aber dass es ausgerechnet dieser Paragraf war, hatte schon eine gewisse Ironie.

Es ist etwas Seltsames an dieser Geschichte, sagte Mansson wenig später.

Ja, wahrhaftig, dachte Sonja, seltsam berührt. Wann hatte das Unglück der Familie Hoppe seinen Lauf genommen? Als die kleine Christina hinter ihrem Ball hergelaufen war, wie es alle kleinen Kinder tun, oder musste man früher ansetzen? Als der Rollstuhl sich in Bewegung gesetzt hatte, weil Martin Unkraut jätete. Weil Eva-Maria mit Christina fortgegangen war? Wo war der Anfang, wo hörten die Fragen auf?

Martin Beck hatte darüber auch schon nachgedacht, war aber zu – Sonja blätterte weiter zu Seite 134 – *keiner logischen Konsequenz dieser Überlegung gekommen.*

Lächelnd ließ Sonja das Buch sinken. Sie hatte es geschafft. Und verlor plötzlich jedes Interesse weiterzulesen, als wäre es nur um diese eine Hürde gegangen.

Sie legte das Buch beiseite und stand auf, wanderte in ihrer Wohnküche hin und her, trat hinaus in den Garten und sah ratlos in die Gegend. Die Sonne ging unter, der rote Ball hing schon auf den Baumspitzen. Von der Ofenbank aus beobachtete sie, wie das rote Licht langsam hinter den Bäumen versank und die Landschaft sich in ein blaues Gemälde verwandelte. Erst Hellblau, dann Dunkelblau, zuletzt Nachtblau.

West tauchte mit blitzenden Augen aus einem Seitenweg auf und näherte sich langsam, durchschritt das Gartentor, schlich die Stufen empor, stellte sich auf die Türschwelle und forderte Sonja lautstark auf, ihm gefälligst auf der Stelle sein Abendbrot zu servieren. Selbstverständlich kam sie seinem Wunsch nach.

Und dann war alles getan.

Alles bis auf eines.

Sonja kletterte die Stiege hinauf und gönnte sich eine lange, heiße Dusche. Sie zog ihr frisch gewaschenes, rotes Abendkleid an, frisierte und schminkte sich möglichst dramatisch,

besprühte sich mit Parfüm, warf sich die Stola über die Schultern und drapierte sie kunstvoll. Unten stieg sie in ihre Pumps und nahm die einzige Abendtasche, die sie besaß, die schwarze Clutch, und sagte zu West: »Bis später.«

Er beobachtete, wie sie mit den hohen Absätzen zum Auto stakste. Als sie hinter dem Steuer saß, war er auf den Fenstersims gesprungen, und sie glaubte ein Grinsen in seinem runden Gesicht zu sehen. »Das verstehst du nicht.«

In der alten Villa an der Poppelsdorfer Allee öffnete ihr eine ältere Dame. Sie sah ganz anders aus, als Sonja sie sich vorgestellt hatte. Keine Vogelnestfrisur, keine Perlenkette über dem Twinset, keine Plüschpantoffeln. Ihre fast weißen Haare waren raspelkurz, sie trug eine weite, schwarze Hose und eine knielange, hellgraue Bluse darüber, beides aus edlem Leinen, und wies Sonja lächelnd den Weg nach oben.

»Ich bin ...«, begann Sonja flüsternd.

Frau Hornschuh legte den Finger auf den Mund. »Kommen Sie nur herein.«

Ihr Lächeln war einladend. Sie schien sich zu freuen, dass Sonja gekommen war. Hoffentlich erging es ihrem Obermieter ebenso. Seine Wohnungstür war nur angelehnt. Sonja schob sie auf und setzte einen Fuß auf das Parkett.

»Hallo?«

Keine Antwort. In allen Zimmern brannte Licht und schien hinaus auf den langen Flur. Leise Piano-Musik erfüllte die Wohnung. Sonja wagte sich bis zur ersten Zimmertür vor und linste vorsichtig um die Ecke. Da saß er am Küchentisch, mit dem Rücken zu ihr. Er schien ihr Spiegelbild in der Fensterscheibe entdeckt zu haben, denn er hob sein Glas und prostete ihr zu. Und ehe Sonja es sich noch einmal überlegen konnte, fiel die Wohnungstür mit einem kleinen Seufzer zu.

Danken möchte ich

der Konditorei M & M Arns in Weyer in der Eifel,
die mich während meiner Recherchen zu diesem Buch
mit ihrer wunderbaren Taat verwöhnt hat

und

Rolf – für all die schwarze Tinte.

KBV KRIMINALROMAN

Breuer/Panahandeh

TRATTORIA FINALE

Taschenbuch, 208 Seiten
ISBN 978-3-942446-86-0
9,50 EURO

Glauben Sie immer noch, Jörg Haider habe einen gewöhnlichen Autounfall gehabt?
Wissen Sie, was wirklich in Barschels Badewanne geschah?
Denken Sie etwa, dass hinter jedem Fallschirmabsturz technisches Versagen steckt?

Ettore Violenza und Jacques Assaraf lieben nicht nur einander - sie lieben auch ihren Job. Das betagte mörderische Paar zählt zu den besten Auftragskillern Europas. Doch auch die schillerndste Laufbahn muss einmal zu Ende gehen - immerhin sind die beiden mittlerweile schon über 90. Sie blicken auf ein ereignisreiches Berufsleben zurück und wollen sich zur Ruhe setzen, um sich endlich ihren Traum von der eigenen Trattoria zu erfüllen. Schon immer haben sie ihre ungewöhnlich kulinarischen Ideen mit dem ausgefallenen Beruf verbunden.

Und so laden sie Freund und Feind zu einer großen Feier in ihre Bad Godesberger Villa ein. Nicht nur dieses Fest hat es in sich, sondern auch die abgründigen Erinnerungen, die Jacques und Ettore zum Besten geben.

Ein schräger Krimispaß, gespickt mit Leichen und Rezepten. Zum Nachkochen empfohlen, zur Nachahmung eher nicht ...